诗经·风雅颂

许志刚 编著

[日] 细井徇 绘

名物图解版

北方联合出版传媒（集团）股份有限公司

辽海出版社

# 图书在版编目（CIP）数据

诗经·风雅颂：名物图解版 / 许志刚编著；[ 日 ]
细井徇绘 . — 沈阳：辽海出版社，2023.2
ISBN 978-7-5451-6231-8

Ⅰ . ①诗… Ⅱ . ①许… Ⅲ . ①《诗经》—诗歌研究
Ⅳ . ① I207.222

中国版本图书馆 CIP 数据核字 (2022) 第 203835 号

出 版 者：北方联合出版传媒（集团）股份有限公司
　　　　　辽海出版社
　　　　　（地址：沈阳市和平区十一纬路 25 号　邮编：110003）

印 刷 者：北京君达艺彩科技发展有限公司
发 行 者：北方联合出版传媒（集团）股份有限公司
　　　　　辽海出版社
幅面尺寸：145mm×210mm
印　　张：21
字　　数：630 千字
出版时间：2023 年 2 月第 1 版
印刷时间：2023 年 2 月第 1 次印刷
责任编辑：何　静
责任校对：林明慧
封面设计：任展志
版式设计：任展志

书　　号：ISBN 978-7-5451-6231-8
定　　价：159.00 元（全两册）

购书电话：024-23224481
网　　址：http://www.lhph.com.cn
版权所有，翻印必究
法律顾问：辽宁普凯律师事务所　　王 伟
如有质量问题，请与印刷厂联系调换
印刷厂电话：010-80898387
盗版举报电话：024-23284481
盗版举报信箱：liaohaichubanshe@163.com

# 前　言

　　《诗经》是商周时代诗歌的选集，包括周部族早期歌诗，西周至春秋中叶以前的作品，还有少量殷商的作品，共305篇。

　　这些作品产生之初都是歌唱的文本。《诗经》中很多作品都讲到当时创作的情形。《魏风·园有桃》："心之忧矣，我歌且谣。"《小雅·四月》："君子作歌，维以告哀。"《大雅·卷阿》："矢诗不多，维以遂歌。"人们以歌唱的方式进行诗歌创作，并以演奏、歌唱的形式传播。在当时的祭祀、聘问、宴饮、游戏等场合，都有各种形式的歌诗表演。如《仪礼·乡饮酒礼》记载宴会间有歌唱，笙箫演奏，笙瑟间奏、合奏等不同的表演："工歌《鹿鸣》《四牡》《皇皇者华》。""笙入堂下，磬南，北面立。乐《南陔》《白华》《华黍》。""乃间歌《鱼丽》，笙《由庚》；歌《南有嘉鱼》，笙《崇丘》；歌《南山有台》，笙《由仪》。乃合乐，《周南》：《关雎》《葛覃》《卷耳》；《召南》：《鹊巢》《采蘩》《采蘋》。"贵族聚会宴饮需要演奏、伴奏、歌唱《诗经》中的作品以助兴。

　　《诗经》中的作品与音乐相伴而生，借音乐以传播。古人在收集、整理时，还保留它的音乐性特点，将这305篇作品按照不同的音乐类别划分为"风""雅""颂"三类。

　　"风"指周都城以外具有地方特色的歌诗，称为"国风"，即不同地域的乐歌，包括十五个不同地域的作品：《周南》《召南》《邶风》《鄘风》《卫风》《王风》《郑风》《齐风》《魏风》《唐风》《秦风》《陈风》《桧风》《曹风》《豳风》，所在区域从周的都城附近到齐地，遍布长江以北的广大地域。这些作品体现出不同地域、部族的歌诗在文化和艺术风格方面的特点。

　　"雅"本为周部族的音乐。雅乐起源于周部族长期生活的西部地区，带有鲜明的刚健昂扬的艺术风格。《大雅·崧高》云："吉甫作颂，其诗孔硕，其风肆好。"《大雅·烝民》云："吉甫作颂，穆如清风。"这既是对尹吉甫所作歌诗的赞美，又可以看出雅乐的风格特色。周人取代殷商成为统治部族，其音乐也成为主流艺术，故称之为雅乐，即正乐，与其他诸侯、地域的音乐相区别。雅诗分为大雅、小雅两部分。大雅、小雅音乐的风格基本相同，但作品的题材、作者的身份、所表达的感情有所不同。大雅多歌咏朝廷大事，关乎家国情怀，如《云汉》表现出周宣王遭逢严重旱灾时对社稷、民生的深切关怀；《大雅·烝民》赞扬仲山甫对王朝的重要作用。小雅多抒发个人情感，如《小雅·采薇》表现了将士在战争中的境遇、具体感受。

"颂"为祭祀祖先和自然神的乐歌。这些乐歌受到祭祀环境的制约，多具有虔诚的感情和雍容典雅的风格。"颂"以《周颂》为主，兼收少量《商颂》《鲁颂》。《周颂》是周王朝祭神的乐曲。其中大部分是周王祭祀祖先神的乐歌，有的赞美祖先的功德，有的陈述了自己的困惑、苦恼，祈求祖先神给自己以力量；还有一些诗是在祭祀自然神如山神、社稷神等场合歌唱的。《商颂》是殷商王朝统治者及其后裔祭祀自己先人的乐歌。《鲁颂》是鲁国的祭祀乐歌。

《诗经》中的作品产生的时间跨越五六百年以上，涉及的地域横亘几千里，能够将这些作品收集到一起是很不容易的。这得益于古代对歌诗的重视和相关的政策。古代有"献诗""采诗"制度。《国语·周语上》云："故天子听政，使公卿至于列士献诗。"《汉书·食货志》云："孟春之月，群居者将散，行人振木铎徇于路以采诗，献之大师，比其音律，以闻于天子。"这些作品创作之后，经过"献诗""采诗"渠道，汇集到朝廷乐官（即太师）那里，"比其音律"即初步整理。乐官保存这些歌诗，在各种礼仪中演奏、歌唱。于是，这些作品得以广泛流传。《诗经》在先秦时代称为《诗》或《诗三百》，孔子对这些作品进行了整理，使之成为儒家经典之一，更凸显出《诗经》在礼乐教育方面的重要作用。

《诗经》中除少数作品记述了作者的名字，其他作品的作者都无从稽考。但从作品中可以看出，上自天子、公卿，下至侍从、小吏、农夫、村妇，都可以放声歌唱，并有作品被收入《诗经》中。

《诗经》中的作品生动地表现了人们在特定历史条件下形成的内心

世界：他们的个性与思想感情，他们的欢乐与苦恼，他们与外在环境的和谐、矛盾和冲突，他们对人生与社会理想的追求。这些作品在诗性联想、语言锤炼、意象塑造、境界构建等方面表现出相当高的艺术水平，确立了中国古代诗歌的民族传统和民族风格。《诗经》是古人留下的最宝贵的文学遗产和精神财富。从它产生以后，历代诗人、文学家乃至莘莘学子无不受到它的哺育和影响。

　　《诗经》中涉及很多草木鸟兽，作者或用它们起兴抒情，或作为委婉的比喻，或用来描写境遇，或用以构建意象。这些动植物都浸透了诗人的情感。认识这些草木鸟兽，有助于深入理解作者的情感和艺术特色。同时，古人通过阅读《诗经》也"多识于草木鸟兽之名"。古人对这些草木鸟兽的注释较详细，还绘制了不少图画。本书选取了日本著名画家细井徇《诗经名物图解》中的成果，借以提升阅读中的直观感受，这对理解《诗经》的意蕴将会有所助益。

许志刚

2021 年 8 月

# 目录

# 国风·周南

　　周南具体指什么区域有争议，一般认为是周公采邑的南部地区，采邑不属于国家，所以只说"周南"。《周南》共有十一篇。

# 关 雎

这是我国有记载的最早的情诗之一，传诵千年历久不衰，格调清新，雅而不俗，展现了先秦时期人们直白真挚的爱情观。虽然没有具体写女子的容貌，但让人感觉一位婷婷的淑女迎面走来，仿佛近在眼前。

关关雎鸠①，在河之洲②。
窈窕淑女③，君子好逑④。

参差荇菜⑤，左右流之⑥。
窈窕淑女，寤寐求之⑦。

求之不得，寤寐思服⑧。
悠哉悠哉⑨。辗转反侧⑩。

参差荇菜，左右采之⑪。
窈窕淑女，琴瑟友之。

参差荇菜，左右芼之⑫。
窈窕淑女，钟鼓乐之。

【注释】

①关关：水鸟鸣叫之声。雎鸠：一种水鸟。②洲：河流中的小块陆地。③窈窕：体态纤盈而俏丽。淑：端庄。④君子：这里是女子对男子较为尊敬的称呼。⑤参差：形容草木生长得长短不一。荇菜：一种水草，其嫩叶可食。⑥流：选择。⑦寤：睡醒。寐：睡着。⑧思：助词，无意义。服：思念。⑨悠：忧思的样子。⑩辗转：转动。反侧：翻来覆去。⑪采：摘取。⑫芼：采摘。

雎鸠

雎鸠，古代的一种常见鸟类，一般认为是鹗鸟（一种猛禽），但也有人认为是一种小型水鸟，繁殖期间会双宿双飞，因此常用来借指爱情。

雎鸠

朱熹提出："雎鸠，水鸟，状类凫鹥（野鸭）。今江淮有之。生有定偶，而不相乱，偶常并游，而不相狎。"因此古人将其作为爱情的象征。

荇菜

荇菜是在浅水区域生长的水生植物，有着鲜黄色的花朵，是很好的观赏性植物，全草可以入药，嫩荇菜可以当野菜食用。

# 葛 覃 gě tán

这是一位身在异国他乡，思念家乡，渴望回家的女子写下的诗。从这首诗中，我们可以感到女子天真的欢欣。她脑海里浮现的画面，色彩纯净而又鲜艳、亮丽轻快，葛藤、鸟儿、灌木和谐共生。本诗展现了她对父母深切的感激与牵挂。

葛之覃兮①，施于中谷②，

维叶萋萋③。

黄鸟于飞④，集于灌木，

其鸣喈喈⑤。

葛之覃兮，施于中谷，

维叶莫莫⑥。

是刈是濩⑦，为絺为绤⑧，

服之无斁⑨。

言告师氏⑩，言告言归。

薄污我私⑪，薄浣我衣。

害浣害否？归宁父母⑫。

【注释】

①葛：葛藤，是古代制作麻衣的主要原材料。覃：长。②施：蔓延。中谷：山谷之中。③维：语气助词，无含义。萋萋：草木茂盛的样子。④黄鸟：黄鹂。于：语气助词。⑤喈喈：鸟鸣声。⑥莫莫：茂密的样子。⑦刈：用刀割。濩：煮。⑧絺：较细的葛布。绤：较粗的葛布。⑨服：穿。无斁：心里没有厌弃。⑩言：语气助词。告：告诉。师氏：负责管理自己的人。⑪私：内衣。⑫归宁：指古代已婚女子回娘家省亲。

葛

葛是多年生藤本植物，花为紫红色，葛全身都是宝，根、茎、叶、花均可入药。茎皮纤维可以织布和造纸，葛粉和葛花能够解酒与食用。

## 卷 耳

这是一首表现妻子思念丈夫的情感的诗,妻子在采摘卷耳的过程中,时刻思念着远方丈夫,想象着丈夫在外的艰辛与劳苦。

采采卷耳①,不盈顷筐。

嗟(jiē)我怀人,寘(zhì)彼周行②。

陟(zhì)彼崔嵬(cuī wēi)③,我马虺隤(huī tuí)④。

我姑酌彼金罍(léi)⑤,维以不永怀。

陟彼高冈,我马玄黄⑥。

我姑酌彼兕觥(sì gōng)⑦,维以不永伤⑧。

陟彼砠(qū)矣⑨,我马瘏(tú)矣⑩,

我仆痡(pū)矣⑪,云何吁矣⑫!

【注释】

①采采:不断采摘。卷耳:又叫苍耳,可以当野菜食用。②寘:放置。周行:大路。③陟:登上。崔嵬:山势高低不平。④虺隤:因疲倦而生病。⑤姑:姑且。金罍:青铜材质的酒杯。⑥玄黄:马因病而毛色有变。⑦兕觥:犀角材质的酒杯。⑧永伤:长期思念。⑨砠:有土的石山。⑩瘏:马因过度劳累而生病。⑪痡:人因病弱而难以走路。⑫吁:忧愁。

卷茸

　　卷耳即苍耳，苍耳的总苞上有钩状的硬刺，经常贴附在动物和人体上，
借助人力畜力散布到远方。种子可榨油，苍耳子油与桐油的性质近似，可
掺和桐油制造油漆，也可作油墨、肥皂、油毡的原料。

## 樛　木 ^(jiū)

这是一首祝福君子能够安享福寿的诗篇。诗的描写对象由树及人,彼此对应。将谦和的君子比喻为树,把人当成大树,人与树的品质交相辉映,表达了作者对君子的敬仰与美好的祝福。

南有樛木①,葛藟累之②。^(lěi)

乐只君子,福履绥之③。^(zhǐ)　^(tuǒ)

南有樛木,葛藟荒之④。

乐只君子,福履将之⑤。

南有樛木,葛藟萦之⑥。^(yíng)

乐只君子,福履成之⑦。

【注释】
①樛木:弯曲生长的树木。②葛藟:一种草本植物。累:纠缠在一起。③福履:福禄。绥:降临。④荒:长满地面。⑤将:扶助。⑥萦:缠绕。⑦成:成就。

<sup>zhōng</sup>
# 螽　斯

　　这是一首祝愿他人子孙满堂的诗。全诗采用螽斯这种具有强大繁殖能力的昆虫，借物喻人，来祝福一个家族能够开枝散叶、人丁兴旺，展望家族和睦相处、安乐祥和的美好未来，具有很强的艺术感染力。

　　　　螽斯羽<sup>①</sup>，诜　诜兮<sup>②</sup>。

　　　　宜尔子孙，振振兮<sup>③</sup>。

　　　　螽斯羽，薨　薨兮<sup>④</sup>。

　　　　宜尔子孙，绳绳兮<sup>⑤</sup>。

　　　　螽斯羽，揖揖兮。

　　　　宜尔子孙，蛰　蛰兮<sup>⑥</sup>。

【注释】

　　①螽斯：一类昆虫，常见的种类如蝈蝈。羽：翅膀。②诜诜：同"莘莘"，形容为数众多。③振振：繁盛兴旺。④薨薨：很多虫子振翅时发出的声音汇聚在一起形成的较大声响。⑤绳绳：连续不断。⑥蛰蛰：聚集。

螽斯

　　螽斯在中国北方俗称蝈蝈，是鸣虫中体型较大的一类，有诸多种类。此外，由于螽斯外观上与蝗虫接近，因此在先秦时期人们经常把蝗虫也归入螽斯中。

# 桃 夭

这是一首向新娘表示祝贺的诗，以桃树、桃花、桃枝、桃子、桃叶等事物象征即将出嫁的女子，表达了对新娘在日后可以过上幸福生活的美好祝福。这首诗对后世文学影响很大，如"面若桃花""人面桃花相映红"等典故与诗句，都是受本诗的影响。

桃之夭夭<sup>①</sup>，灼灼其华<sup>②</sup>。

之子于归<sup>③</sup>，宜其室家<sup>④</sup>。

桃之夭夭，有蕡偾其实<sup>⑤</sup>。

之子于归，宜其家室。

桃之夭夭，其叶蓁蓁<sup>⑥</sup>。

之子于归，宜其家人。

【注释】

①夭夭：形容桃树生机盎然的样子。②灼灼：形容桃花的鲜艳。华：通"花"。③子：指将要出嫁的新娘。④宜：和善。室家：这里指新郎的家。⑤蕡：很丰硕的果实。⑥蓁蓁：形容枝繁叶茂的样子。

桃

　　桃花是中国传统的观赏花卉，花朵丰腴，色彩艳丽，也被历代的文人墨客赋予了多重的人文与文学含义，"人面桃花相映红""桃花一簇开无主，可爱深红爱浅红"等诗句都是大众耳熟能详的。

# 兔罝 ^(jū)

这是一首赞美勇猛善于打猎的武士的诗。这些武士在战争爆发时要保家卫国，和平时期还要狩猎。这首诗就描写这些武士在狩猎兔子的过程中进行的周密安排，表明他们训练有素。有了这样的武士，国家、社稷都有了保障。

肃肃兔罝①，椓^(zhuó)之丁丁②。

赳赳武夫，公侯干^(gān)城③。

肃肃兔罝，施于中逵④。

赳赳武夫，公侯好仇⑤。

肃肃兔罝，施于中林⑥。

赳赳武夫，公侯腹心⑦。

【注释】

①肃肃：捕猎网细密的样子。兔罝：用来捕捉兔子等小型野兽的网。②椓：敲击、捶打。丁丁：敲击木桩的声音。敲击木桩的目的是固定捕猎网。③干：盾牌。城：城郭，这里指代护卫。④逵：较大道路的十字路口。⑤仇：同"逑"，指同伴。⑥施：设置。中林：林中。⑦腹心：心腹，能够信任的亲近之人。

兔

　　在古代，人们把兔子看作十分亲切、和善的小动物。在传统文化里，月宫中除了嫦娥、吴刚、桂树之外，还有兔子的身影，这是古代人民美好的想象，宋代还有中秋节月下卖"彩兔"的习俗。

## 芣 苢
（fú yǐ）

这是一首劳动人民在劳作时演唱的诗歌。诗中概括了劳动人民采集芣苢的过程。人们边采边唱，欢声笑语，最终满载而归，具有很强的感染力。

采采芣苢①，薄言采之②。

采采芣苢，薄言有之③。

采采芣苢，薄言掇之。
（duó）

采采芣苢，薄言捋之。
（luō）

采采芣苢，薄言袺之④。
（jié）

采采芣苢，薄言襭之⑤。
（xié）

【注释】

①芣苢：车前草，其全草及种子皆可入药。②薄言：发语词，无意义。③有：拥有。
④袺：用手提起衣服的下摆兜住东西。⑤襭：把衣服的下摆塞进腰带里兜住东西。

芣苢

卷耳

    芣苢在《毛传》里被认为是车前草，其叶和种子都可以入药，车前草结出的种子数量众多，与当时崇奉多子多孙的想法契合。而闻一多、游修龄等人认为芣苢是薏苡。

# 汉 广

这是一首由樵夫吟唱的情歌，全诗展现出发自内心的恋慕之情与无法得到姑娘垂青的慨叹之情，并幻想自己和这位女子结婚，一起生活时的甜蜜场景，读来让人唏嘘不已。

南有乔木<sup>①</sup>，不可休思<sup>②</sup>。

汉有游女<sup>③</sup>，不可求思。

汉之广矣，不可泳思<sup>④</sup>，

江之永矣<sup>⑤</sup>，不可方思<sup>⑥</sup>。

翘翘错薪<sup>⑦</sup>，言刈其楚<sup>⑧</sup>。
<sub>yì</sub>

之子于归，言秣其马<sup>⑨</sup>。
<sub>mò</sub>

汉之广矣，不可泳思，

江之永矣，不可方思。

翘翘错薪，言刈其蒌<sup>⑩</sup>。
<sub>lóu</sub>

之子于归，言秣其驹。
<sub>jū</sub>

汉之广矣，不可泳思，

江之永矣，不可方思。

【注释】

①乔木：高大的树木。②思：语气助词，无意义。③汉：指汉水。游女：在河岸边游玩的女子。④泳：泅渡过河。⑤江：这里指长江。永：很长。⑥方：渡河用的木排。这里指乘木筏渡河。⑦翘翘：生长在高处的树枝。错薪：杂乱的柴草。⑧刈：割。楚：荆棘一类的低矮灌木。⑨秣：喂。⑩蒌：蒿草。

蒌蒿是生于水边的野草，粗如笔管，有节，生狭长的小叶，初生时有二寸来高，俗称"蒌蒿薹子"，加肉炒食极清香。苏东坡有"蒌蒿满地芦芽短"的诗句。

楚

　　楚即牡荆，以树姿优美、苍古奇特闻名，是杂木类树桩盆景的优良品种。牡荆材质坚硬，又是制作家具、木雕、根艺等的上等木材。古代将牡荆制成行刑的木杖，是刑罚的象征。

# 汝 坟
rǔ

这是一首妻子思念丈夫的诗，表达妻子深切思念远方的丈夫，并希望能够早日见面且从此再不分离的感情，同时表达了对周王室暴政造成夫妻天各一方局面的愤怒。

遵彼汝坟①，伐其条枚②。

未见君子，惄如调饥③。
nì

遵彼汝坟，伐其条肄④。
yì

既见君子，不我遐弃。
xiá

鲂鱼赪尾⑤，王室如毁⑥。
chēng　huǐ

虽则如毁，父母孔迩⑦。

【注释】

①遵：沿着。汝：汝水，属于淮河的支流。坟：通"濆"，指堤坝。②条枚：树枝与树干。③惄：忧愁。调饥：朝饥，早上很饿。④肄：树枝被砍掉后新长出的小枝。⑤赪：红色。传说鲂鱼只有在很累时尾巴才会变红，这里暗喻在暴政的压迫下，百姓感到极度困苦、劳累。⑥毁：烈火焚烧。⑦孔迩：距离不远，这里指家人团聚。

鲂

　　鲂即鳊鱼，广泛分布于我国主要水系中，是最常见的食用鱼，肉质鲜嫩。相传南北朝时期，襄阳刺史张敬儿特制了一种"陆舻船"，一次可以载运一千六百尾鳊鱼进贡给皇帝。

## 麟之趾

这是祝愿新婚夫妇多子多孙、后代品行高尚的诗。麒麟是古代传说中的神兽，只要出现就代表吉祥，而且麒麟在传统文化中是仁义的化身，本诗也以麒麟来代指具有美好品行的人。

麟之趾①，振振公子②，于嗟麟兮③！

麟之定④，振振公姓，于嗟麟兮！

麟之角，振振公族，于嗟麟兮！

【注释】

①麟：麒麟。趾：脚。②振振：振奋有所作为的样子。公子：诸侯的后代。③于嗟：感叹词。④定：同"顶"，额头。

# 国风·召南

　　《召南》是先秦时期召南地区的民歌，召南一般认为是指召公采邑南方地域。《召南》共有十四篇。

# 鹊 巢

这是一首祝贺新娘出嫁，并祝愿她将来能够幸福美满的诗。本诗以动物喻人，表达了美好的祝福之情，是"鸠占鹊巢"这一成语的出处。

维鹊有巢<sup>①</sup>，维鸠居之<sup>②</sup>，

之子于归，百两御之<sup>③</sup>。

维鹊有巢，维鸠方之<sup>④</sup>。

之子于归，百两将之<sup>⑤</sup>。

维鹊有巢，维鸠盈之<sup>⑥</sup>。

之子于归，百两成之<sup>⑦</sup>。

【注释】

①维：语气助词。鹊：这里指喜鹊。②鸠：一般认为指杜鹃，也叫布谷鸟。传说布谷鸟从不自己筑巢，而是占据其他鸟的巢穴。③两：同"辆"，车辆。御：迎接。④方：这里将别人的窝作为自己的窝。⑤将：护送。⑥盈：充盈，这里指子嗣众多。⑦成：婚礼结束。

鹊

　　在中国，喜鹊是一种吉祥鸟，是喜庆、吉祥、幸福、好运的象征，经常出现在中国传统诗歌、对联中。牛郎织女鹊桥相会的故事也是家喻户晓。

# 采蘩 ^fán^

这首诗描写蚕妇为公侯采集白蒿以便养蚕的画面，通过蚕妇们彼此之间的问答，表达蚕妇对被迫日夜操劳的不满；并通过对蚕妇外貌，尤其是对发髻凌乱，还有工作后匆忙往家里赶的描写，展现了蚕妇工作的辛苦。

于以采蘩①？于沼于沚②。

于以用之？公侯之事。

于以采蘩？于涧之中。

于以用之？公侯之宫③。

被之僮僮④，夙夜在公⑤。
被之祁祁⑥，薄言还归⑦。

【注释】

①蘩：白蒿。养蚕结茧时，蚕要在白蒿之间结茧。此外，秋天采收白蒿并煮着吃，味道很好。古人也将其作为供品用于祭祀。②沼：池沼。沚：河道中的小块沙洲。③宫：这里指宗庙，指代在宗庙里举行的祭典。④被：通"髪"，指发髻。僮僮：光洁高耸的样子，形容头发的整洁与美好。⑤夙夜：从早到晚。公：为公侯之家做事。⑥祁祁：本义是舒展，这里指发型凌乱。⑦薄言：匆忙。还归：回家。

蘩即白蒿，是可以食用的野菜之一，也是古代用于祭祀的供品。

# 草 虫

这是一位痴情女子在苦苦等候丈夫归来的思夫诗。从诗中，我们可以得知女子的丈夫外出久不回家，妻子从秋到春，一直在苦苦等候，岁月蹉跎，时光荏苒，却始终没能看到丈夫的身影，只能幻想夫妻团聚时的美好场景。然而世事无情，直到诗的最后，也没能实现团聚的愿望。

喓喓草虫<sup>①</sup>，趯趯阜螽<sup>②</sup>。
未见君子，忧心忡忡<sup>③</sup>。
亦既见止<sup>④</sup>，亦既觏止<sup>⑤</sup>，
我心则降<sup>⑥</sup>。

陟彼南山，言采其蕨。
未见君子，忧心惙惙<sup>⑦</sup>。
亦既见止，亦既觏止，
我心则说<sup>⑧</sup>。

陟彼南山，言采其薇<sup>⑨</sup>。
未见君子，我心伤悲。
亦既见止，亦既觏止，
我心则夷<sup>⑩</sup>。

**【注释】**

①喓喓：虫鸣声。草虫：泛指能发出较大鸣叫声的昆虫。②趯趯：跳跃。阜螽：蚱蜢。③忡忡：心中忧愁的状态。④止：语气助词。⑤觏：相见。⑥降：放下，这里指安心。⑦惙惙：忧愁。⑧说：同"悦"，高兴。⑨薇：薇菜，古代常吃的野菜。⑩夷：心情平静。

薇

蕨

蕨菜，又叫拳头菜、拳菜、龙头菜等。蕨菜可以食用的部分是未展开的幼嫩叶芽及上半段较嫩的茎秆，是常见的野菜。

## 采蘋

这是一首描写少女采集白蘋以便在出嫁前祭祀祖先的诗。按照先秦礼法，女子出嫁之前要举行教成之祭，祭品用鱼和蘋藻。这首诗讲述的就是少女从事先准备到进行教成之祭的全过程。我们也可以从中窥见先秦礼仪的内容与特点。

于以采蘋①？南涧之滨②。

于以采藻③？于彼行潦④。

于以盛之⑤？维筐及筥⑥。

于以湘之⑦？维锜及釜⑧。

于以奠之⑨？宗室牖下。

谁其尸之⑩？有齐季女⑪。

【注释】

①于以：在何处。蘋：一种水生植物，可以当野菜食用，是古代的祭品之一。②滨：河边。③藻：一种水草，可以当野菜食用。④行潦：雨后出现的积水坑。⑤盛：用器皿盛装它。⑥筐：方形的竹筐。筥：圆形的筐箩。⑦湘：烹煮。⑧锜：有三只脚的炊具。釜：无脚的炊具。⑨奠：摆放祭品。⑩尸：主持典礼。⑪齐：恭敬的样子。

蘋 藻

　　蘋，现在叫田字草、四叶草、水草头等，是常见的野菜，用于炒菜、熬汤都是不错的食材，也是古代祭祀时的供品。

　　藻，现在称为菹草，常见的水生植物，可以当野菜，也可以当鱼饲料。

# 甘　棠

　　这是一首百姓纪念召伯，并称颂其德政的诗篇。召伯，周武王的大臣，名姬奭，曾辅助周武王伐纣。召伯曾在甘棠树下为百姓主持公道，百姓因爱戴召伯，因此也就爱护象征召伯的甘棠。后来，人们将"召棠"作为颂扬官员政绩的典故。

　　蔽芾甘棠<sup>①</sup>，勿翦勿伐<sup>②</sup>，召伯所茇<sup>③</sup>。

　　蔽芾甘棠，勿翦勿败<sup>④</sup>，召伯所憩<sup>⑤</sup>。

　　蔽芾甘棠，勿翦勿拜<sup>⑥</sup>，召伯所说<sup>⑦</sup>。

【注释】

　　①蔽芾：形容树木茂盛。甘棠：棠梨，这里指棠梨树。②翦：同"剪"，修剪枝叶。③茇：草屋，这里指在野外露宿。④败：损伤，与砍伐类似。⑤憩：休息。⑥拜：本义是弯曲，这里指掰断树枝。⑦说：同"税"，住宿。

甘棠

　甘棠，现在称为杜梨或棠梨，是一种野生梨树，果实与一般的梨相比，小而略涩，可以当水果，但现在一般只是作为嫁接的砧木。嫩叶可以当野菜食用。

## 行 露

这首诗是一位女子对古代欺男霸女、逼迫成婚行为的反抗与控诉。一个已经娶妻的男子倚仗官府的力量强迫女子与其成亲。女子不畏强暴，痛骂对方为雀、鼠，决不屈服。一位刚烈女子的形象跃然纸上。

厌浥行露①，岂不夙夜②，谓行多露③！

谁谓雀无角④，何以穿我屋⑤？

谁谓女无家⑥？何以速我狱⑦？

虽速我狱⑧，室家不足⑨！

谁谓鼠无牙，何以穿我墉⑩？

谁谓女无家，何以速我讼⑪？

虽速我讼，亦不女从⑫！

【注释】

①厌浥行露：道路上的露水很多。②夙夜：这里指早起赶路。③谓：无奈，也可以理解为畏惧。④角：指鸟嘴。⑤穿：穿破。⑥女：同"汝"。无家：没有娶妻。⑦速：招来。狱：打官司，也可以理解为关进监狱。⑧虽：即便。⑨室家不足：我不会嫁给你。⑩墉：墙壁。⑪讼：诉讼，打官司。⑫女从：即从汝，服从你。

雀，这里指麻雀，是全世界最常见的鸟类之一，除了南北极，世界各地都有分布，正因为其常见，因此在大量的文学作品中都能看到它的身影。

## 羔　羊

　　这首诗描写大夫在退朝后回家途中悠然自得的样子，并赞扬这位官员有良好的德行。不过也有人认为是描写官员尸位素餐、无所事事状态的讽刺诗。

羔羊之皮①，素丝五纰②。
退食自公③，委蛇委蛇④！

羔羊之革，素丝五緎⑤。
委蛇委蛇！自公退食。

羔羊之缝⑥，素丝五总⑦，
委蛇委蛇！退食自公。

【注释】

　　①羔羊之皮：羔羊皮制成的裘衣。②五：通"午"，这里是丝线交错的意思。纰：丝线数，五根丝线为一纰。③退食自公：在官署吃完饭回家。④委蛇：神情很悠闲、从容。⑤緎：四纰为一緎。⑥缝：缝纫。⑦总：四緎为一总。

羊

羊作为六畜之一，是人类较早驯养的牲畜，羊肉、羊皮、羊毛等都是
人们生活中离不开的东西。古代，"羊"字与"祥"字通假，因此也可以
看作是吉祥的动物。

## 殷其雷

这首诗是一首妻子感伤夫妻离别的抒情诗。外面倾盆大雨只在旦夕之间，丈夫却在此时必须出门办事，妻子感到焦急担忧，只期盼丈夫尽早回来。全诗都在渲染焦急、紧张的气氛，来刻画妻子焦急的心境。

殷其雷①，在南山之阳②。
何斯违斯③，莫敢或遑④huáng？
振振君子⑤，归哉归哉！

殷其雷，在南山之侧。
何斯违斯，莫敢遑息？
振振君子，归哉归哉！

殷其雷，在南山之下。
何斯违斯，莫敢遑处⑥？
振振君子，归哉归哉！

【注释】

①殷：通"磤"，雷声。②南山之阳：南山的南边。③违斯：离开这里。④或：有。遑：闲暇。⑤振振：忠厚。君子：指丈夫。⑥处：待在家里。

biào
# 摽有梅

这是一首在采摘梅子时唱的诗歌。在梅子即将成熟的时节，妇女们一边将梅子从树上打落，并且收集起来，一边热烈地唱着情歌。我国在周代就已经有了将梅子做成调味酱或是果脯的记载，采摘在原始社会后期是妇女最主要的劳动之一，为了调剂劳动过程中的乏味与劳累，妇女们总是会选择歌唱作为放松身心的方式。妇女们也将自己比作树上快要成熟的梅子，渴望着邂逅一段爱情，这也是全诗的一大亮点。不同于后世理学盛行、禁锢女性思想的时代，先秦时期女性大胆追求美好的爱情是理所当然的事情，我们从中可以看到那个时代的风俗。

摽有梅①，其实七兮②。
dài
求我庶士③，迨其吉兮④？

摽有梅，其实三兮。

求我庶士，迨其今兮⑤？

jì
摽有梅，顷筐塈之⑥。

求我庶士，迨其谓之⑦。

【注释】

①摽：打落，敲击使其落下。梅：梅树。古代通过敲击梅树以便获取梅子作为调味品。②七：七成，指树上的梅子还有七成。③庶士：指年轻的男子。④迨：趁着。吉：好日子。⑤今：现在。⑥顷筐：斜口的浅筐。塈：这里指拾取地上的梅子。⑦谓：告诉。也有人认为是通"会"，聚集的意思。

梅

　　先秦时期的梅子基本都是青梅，是一种比较酸的水果，虽然味道一般，但对古人来说却是非常重要的调味品，能够去掉其他食物的腥味，改善口感，也可以做汤或梅子酱，还可以酿酒。

# 小　星

　　这首诗是写一个为贵族家服务的小官为了生存不得不日夜奔忙，甚至在夜晚还要不断奔走时的内心感受。他自怨自艾，不知道造成自己悲惨命运的原因，只是不断慨叹自己没有好的命运。夜空中闪着微光的几颗星星，与此时孤寂的自己形成了鲜明的对照，让我们得以了解那个时代社会中下层人民的困苦生活。

huì
嘒彼小星<sup>①</sup>，三五在东<sup>②</sup>。
sù sù
肃肃宵征<sup>③</sup>，夙夜在公，
shí
寔命不同<sup>④</sup>。


嘒彼小星，维参与昴<sup>⑤</sup>。
　　　　　　 shēn mǎo
肃肃宵征，抱衾与裯<sup>⑥</sup>，
　　　　　　 qīn chóu
寔命不犹。

【注释】

①嘒：光芒暗淡的样子。②三五：表示夜空中星星的稀少。③肃肃：夜里寒冷的感觉。宵征：夜晚不断奔走。④寔：此。不同：指不同的命运。⑤参与昴：均为星宿名。⑥抱衾与裯：随身携带的被褥行李。

## 江有汜
sì

这是一首男子在失恋后表达自己哀伤心情的伤感之诗。曾经的恋人已经移情别恋，即将出嫁，而自己虽然万分不舍，却无力阻止，只能设想对方迟早会有后悔的一天来自我安慰，但他认为江水尚有支流，很多人是注定要分开的，也就只能想象着对方日后后悔的样子。

江有汜①，之子归②，不我以③；

不我以，其后也悔④。

江有渚⑤，之子归，不我与⑥；
zhǔ

不我与，其后也处⑦。

江有沱⑧，之子归，不我过⑨；
tuó

不我过，其啸也歌。⑩
xiào

【注释】

①汜：江河的支流分流出来，又重新汇聚到其他江河之中叫汜。②之子：这个人，指男子恋慕的对象。归：这里指出嫁。③不我以：不再与我保持亲近。④其后也悔：想必将来会感到后悔。⑤渚：河流中的小沙洲。⑥不我与：不同我交往。⑦处：居住。⑧沱：河流的支流。⑨不我过：不到我这里来。⑩其啸也歌：发出哭叫声。

## 野有死麕

这首诗描写了一对男女在野外发生的爱情故事。在原始社会末期，男人向女人求婚，往往会带着自己打猎时得到的大型猎物送给女人，女人如果接受了猎物，就代表接受了男人的求婚，这种风俗直到先秦时期仍然有残留。男子带着自己打猎得到的獐子当聘礼，来见心爱的姑娘，郎有情妾有意，情意绵绵，互诉衷肠，最终约定日后相会，让人宛如身临其境。

野有死麕<sup>①</sup>，白茅包之<sup>②</sup>。

有女怀春<sup>③</sup>，吉士诱之<sup>④</sup>。

林有朴樕<sup>⑤</sup>，野有死鹿。

白茅纯束<sup>⑥</sup>，有女如玉。

舒而脱脱兮<sup>⑦</sup>，无感我帨兮<sup>⑧</sup>，

无使尨也吠<sup>⑨</sup>。

【注释】

①麕：獐子，一种与鹿相似的大型动物，无角。②白茅：一种白而软的草，先秦时期常被用来包裹物品。③怀春：对异性怀有爱慕之情。④吉士：古代对男子的美称。诱：求爱。⑤朴樕：一种小型灌木。⑥纯束：捆好。⑦舒而：慢慢地。脱脱：轻柔缓慢的样子。⑧感：同"撼"，意思是拉动，解下。帨：女子系在腰带上的手巾。⑨尨：长毛狗，这里应该指猎犬。

　　麇，也就是獐，是一种小型鹿，无角，雄獐的上犬齿非常发达，突出到嘴部外面形成獠牙，这在食草动物里是很少见的。喜欢栖息于河岸、湖边或茅草丛生的环境，生性胆小，善于隐藏。

尨

　　尨，一种长毛狗，具体品种无法考证。狗是六畜之一，也是最早被驯化饲养的家畜之一，古代按其职能分为打猎的"田犬"、看家的"吠犬"和食用的"食犬"。

## 何彼襛矣
（襛 nóng）

春秋时期，齐国的贵族女子以美貌著称，所以我们在阅读春秋史料时，经常会看到很多被称为"齐姜"的女子（齐国国君是姜姓）。这首诗描写的就是齐侯嫁女的场景。全诗虽然没有正面写齐国的贵族女子的相貌，但却从车马的华贵等方面写出了女子出嫁时浩大的场面、华美的装饰等，从侧面显露出人们对公侯大家的崇拜与尊重。

何彼襛矣①？唐棣之华②。（棣 dì）

曷不肃雍③？王姬之车④。（雍 yōng）


何彼襛矣？华如桃李。

平王之孙，齐侯之子。


其钓维何⑤？维丝伊缗⑥。（缗 mín）

齐侯之子，平王之孙。

【注释】

①襛：茂盛而浓密的样子。②唐棣：一般认为是郁李树，开有白色与红色的花。华：花。③肃雍：严肃和睦的气象。④王姬之车：周天子的女儿的车。齐侯之女的母亲是周天子的女儿。按照周礼，周天子之女出嫁时，乘坐的马车会留在婆家，等将来其生下的女儿出嫁时，会乘坐同一辆车。王姬，周天子的女儿。⑤钓：这里指钓鱼的工具。周代婚礼，鱼是重要的祭品，因此《诗经》里很多与婚礼有关的诗都会提到鱼。⑥缗：多股线拧成的渔线。

唐棣

　　唐棣，也就是今天所说的"郁李"，有桃红色的花蕾、繁密如云的花朵，还有深红色的果实，是有名的观赏植物。郁李的果实味道甜美，种仁还可以入药。

# 驺虞

骓虞是先秦时期负责为周天子或诸侯掌管苑囿池沼的官员，这类官员要对地理环境，还有各类野兽、植物有很丰富的知识。周天子与诸侯都对围猎非常重视。围猎一方面是重要的娱乐活动，另一方面也是军事演习的一种，便于加强武备。而要确保围猎的有序进行，骓虞这类官员就非常重要了，官职不高但责任重大，既要保证野兽繁衍增多，又要确保野兽分布有序，能够保证围猎正常进行。这首诗就是在赞美骓虞的恪尽职守及能力突出。

彼茁者葭①，壹发五豝②。

于嗟乎驺虞③！

彼茁者蓬④，壹发五豵⑤。

于嗟乎驺虞！

【注释】

①茁：草木茂盛的样子。葭：刚长出来的芦苇。②发：发箭射中。豝：雌性野猪。③于嗟：感叹词，同"吁"。④蓬：蒿草。⑤豵：小野猪。

豝

　　豝，表示"依附于母猪的小猪"或"因过于肥胖而在地面匍匐爬行的
大猪或母猪"。猪作为六畜之一，是人们重要的肉食来源，在古代的文学
作品中留下了诸多痕迹。

蓬

　　蓬，就是飞蓬，有淡红紫色或白色的花，是一种分布广泛的野草，种子上有冠毛，可以随风飘舞，也正因为这种特性，在文学作品中常用它来形容人的漂泊无定。

# 国风·邶风

　　邶是周朝国名，周武王封商纣之子武庚于此。一说武王使其弟管叔、蔡叔、霍叔为三监，霍叔居邶。在今河南汤阴东南瓦岗乡邶城村。《邶风》共有十九篇。

## 柏 舟

这首诗抒发的是一个身处逆境、陷入困苦的人的悲愤之情，至于这个人究竟是什么样的身份，遭遇了什么样的困苦，不得而知。写诗的人由于忧愤而难以入睡，又由于忧愤谈到自己孤苦无依，倾诉自己耿直不屈，还有思念自己亡故的亲人，最终哀叹自己无力摆脱困境。诗人用一条随波逐流的小木舟在惊涛骇浪中屡遭险情，象征自己所处的恶劣环境，也抒发诗人的愤恨与不满。但即便如此，诗人依旧保持着高尚的情操，这也是本诗难能可贵之处。

泛彼柏舟<sup>①</sup>，亦泛其流<sup>②</sup>。

耿耿不寐<sup>③</sup>，如有隐忧<sup>④</sup>。

微我无酒<sup>⑤</sup>，以敖以游<sup>⑥</sup>。

我心匪鉴<sup>⑦</sup>，不可以茹<sup>⑧</sup>。

亦有兄弟，不可以据<sup>⑨</sup>。

薄言往愬<sup>⑩</sup>，逢彼之怒。

我心匪石，不可转也。

我心匪席，不可卷也。

威仪棣棣<sup>⑪</sup>，不可选也<sup>⑫</sup>。

忧心悄悄<sup>⑬</sup>，愠于群小<sup>⑭</sup>。

觏 闵既多<sup>⑮</sup>，受侮不少。

静言思之，寤辟有摽<sup>⑯</sup>。


日居月诸<sup>⑰</sup>。胡迭而微<sup>⑱</sup>？

心之忧矣，如匪浣衣<sup>⑲</sup>。

静言思之，不能奋飞<sup>⑳</sup>。

【注释】

①泛：船在水面上漂浮。柏舟：用柏木制作的小船。②亦泛其流：随波逐流。
③耿耿：心中焦虑不安的样子。④隐忧：忧愁与痛苦。⑤微：不是。⑥敖：同"遨"，
出游。⑦匪：并非。鉴：镜子。⑧茹：容纳。⑨据：倚靠。⑩薄言：勉强。愬：同"诉"，
倾诉。⑪威仪棣棣：仪表雍容的样子。⑫选：屈服。⑬悄悄：心里感到忧愁的样子。
⑭愠：怨恨。群小：诸多的小人。⑮觏：遭受。闵：忧患、隐忧。⑯寤：睡醒。辟、摽：
捶打、拍打胸口。⑰居、诸：语气助词。⑱胡：为什么。迭：变动。微：缺少光明。
⑲如匪浣衣：就像正在被搓洗的衣服，这里用来比喻心绪烦乱。⑳奋飞：指脱离困境。

国风·邶风　55

# 绿 衣

这是一首丈夫为了悼念亡妻所写的悼亡诗，感情极为真挚，充满了悲伤之情。在曾经的爱巢当中，到处都有亡妻留下的痕迹与回忆，怀念妻子的善解人意与对他的帮助，读来让人悲从中来，感人肺腑。通过对留下妻子回忆的绿衣的描写，作者将对亡妻的怀念升华到一个新的高度"我思古人，俾无讹兮"。这种真挚的情感不亚于后世苏轼的"十年生死两茫茫"与贺铸的"梧桐半死清霜后，头白鸳鸯失伴飞"。

绿兮衣兮①，绿衣黄里②。

心之忧矣，曷维其已！

绿兮衣兮，绿衣黄裳。

心之忧矣，曷维其亡③！

绿兮丝兮，女所治兮④。

我思古人⑤，俾无讹兮⑥！

绨兮绤兮，凄其以风⑦。

我思古人，实获我心！

【注释】

①衣：这里指上身穿的衣服。②里：指衣服的衬里。③亡：同"已"，停止。④女：同"汝"，你。治：纺织。⑤古人：故人，指代亡妻。⑥俾：使。讹：同"尤"，过错或是灾祸。⑦凄：凄凉。

## 燕 燕

本诗是一首典型的送别诗，送别的双方是谁，已经不可考证了，但从诗中提到的"先君"和"之子于归"来看，应该是一国之君送姐妹出嫁的场景。按说出嫁时应当是喜庆祥和的氛围，但全诗始终笼罩着一种忧愁的氛围，据此猜测应该是一桩纯粹的政治婚姻，而且新娘这一方处于弱势地位，有点"遣妾一身安社稷"的意味，自然也就透着一股悲凉之意。通过燕子这种不断迁徙的候鸟，还有它在空中上下翻飞的身姿，衬托了新娘无奈远嫁的悲伤，以物喻人，是一首富有代表性的诗。

燕燕于飞①，差池其羽②。

之子于归，远送于野③。

瞻望弗及④，泣涕如雨。

燕燕于飞，颉之颃之⑤。

之子于归，远于将之⑥。

瞻望弗及，伫立以泣⑦。

燕燕于飞，下上其音⑧。

之子于归，远送于南。

瞻望弗及，实劳我心⑨。

仲氏任只<sup>⑩</sup>，其心塞渊<sup>⑪</sup>。

终温且惠，淑慎其身<sup>⑫</sup>。

先君之思，以勖<sup>xù</sup>寡人<sup>⑬</sup>。

【注释】

①燕燕：燕子。②差池：参差，长短不一。③野：郊外。④瞻望：眺望。弗及：视野范围内已经看不见了。⑤颉：鸟向上方飞。颃：鸟向下方飞。⑥将：送别。⑦伫立：长时间站立。⑧下上其音：随着燕子上下飞翔，鸣叫声也随之忽高忽低。⑨劳我心：内心感到孤寂哀伤。⑩任：善良。只：语气助词。⑪塞渊：诚实而深沉。⑫淑：善良。慎：谨慎。⑬勖：爱护。

# 日 月

　　这是一位被抛弃的女子述说自己的忧愤之情的诗篇。心爱之人已经变心，自己束手无策，没法向人倾诉，只好对上天表达自己的忧愤之情，控诉曾经的爱人的失德。以永恒存在的日月与爱人离自己而去的无常形成鲜明对比，凸显作者的伤心、愤慨，还有对真情的渴望。全诗的感情表达由浅入深，不断递进，有强大的感染力。

　　日居月诸①，照临下土②。

　　乃如之人兮③，逝不古处④。

　　胡能有定⑤？宁不我顾⑥。


　　日居月诸，下土是冒⑦。

　　乃如之人兮，逝不相好⑧。

　　胡能有定？宁不我报⑨。


　　日居月诸，出自东方。

　　乃如之人兮，德音无良⑩。

　　　　　　bǐ
　　胡能有定？俾也可忘⑪。

日居月诸，东方自出。

父兮母兮<sup>⑫</sup>，畜我不卒<sup>⑬</sup>。

胡能有定？报我不述。

【注释】

　　①居、诸：语气助词。②照临：照耀。下土：在下面的地方，指受日月之光照
耀的大地。③乃如：发语词。之人：这样的人，指背弃自己的人。④逝：发语词。不：
不能。古处：通"故息"，像过去一样生活。⑤胡：怎么。定：安定。⑥宁：竟然。
顾：顾怜。⑦冒：覆盖。这里指阳光普照大地。⑧相好：和我相爱。⑨报：原始社
会后期到西周晚期，当时的社会习俗存在收继婚的现象，即叔父、兄长、父亲去世后，
其晚辈要娶死者妻子为妻，称之为"报"。这里也可以理解为"亲近"的意思。⑩德
音：声誉、名誉。无良：感情不佳。⑪俾：使。⑫父兮母兮：人到了非常痛苦的时候，
会呼喊父母与天地，这里用来表示女子很痛苦。⑬畜：同"慉"，意思是喜欢。卒：
最终。

## 终 风

这首诗表露的是一个痴情女子的内心独白。她的爱人是一个比较粗暴的人，他们相爱后的心态比较复杂，一方面期盼和爱人再次相约，另一方面也害怕对方比较粗暴，伤害自己。诗中巧妙地运用了环境描写，天上的乌云、轰隆作响的雷声、昏沉的雾霾，还有孤寂的黑夜，烘托了女子复杂的心境，最终在让人压抑的环境中，"寤言不寐，愿言则怀"，她吐露自己的心声。

终风且暴①，顾我则笑②。

谑浪笑敖，中心是悼③。

终风且霾④，惠然肯来。

莫往莫来⑤，悠悠我思⑥。

终风且曀⑦，不日有曀。

寤言不寐⑧，愿言则嚏⑨。

曀曀其阴，虺 虺其雷⑩。

寤言不寐，愿言则怀。

【注释】

①终风且暴：外面狂风非常大。②顾：回头笑。③中心：心中。悼：痛苦。④霾：风卷起了众多的尘土。⑤莫往莫来：不要来往。⑥悠悠：思念的样子。⑦曀：阴天。⑧寤言：睡不着的样子。⑨愿言：深切的思念。⑩虺虺：指雷声。

## 击 鼓

这首诗是刚刚打完了一仗的底层士兵的内心独白，刀光剑影中自己随时可能死去，前途未卜，离家已久，非常想念远方的妻子，想着自己当初与妻子立下的"与子偕老"的誓言，心中非常痛苦。本诗将现实的极度残酷与士兵内心的重重矛盾刻画得异常深刻，也是千古名句"执子之手，与子偕老"的出处，读来震撼人心。

击鼓其镗<sup>táng</sup>①，踊跃用兵②，
土国城漕<sup>cáo</sup>③，我独南行。

从孙子仲④，平陈与宋⑤，
不我以归，忧心有忡<sup>chōng</sup>。

爰<sup>yuán</sup>居爰处⑥，爰丧其马，
于以求之？于林之下。

死生契阔<sup>qì</sup>⑦，与子成说⑧，
执子之手，与子偕老。

于嗟阔兮[9]，不我活兮，

于嗟洵兮[10]，不我信兮[11]！

<sup>xún</sup>

【注释】

①镗：敲鼓的声音。②踊跃：士兵操练时的动作。兵：泛指武器。③土国：夯土来建造城墙。城漕：在漕这个地方建城，漕是卫国城市。④孙子仲：人名，应当是这支军队的统帅。⑤平：签订和约。⑥爰：语气助词，于是。⑦契阔：团聚与离散。⑧成说：事先的约定与誓言，这里指两个人的海誓山盟。⑨阔：分离。⑩洵：确实。⑪信：遵守誓言。

## 凯　风

这首诗描写了子女对无法让母亲在晚年过上幸福生活的愧疚之情。全诗采用前后对比的手法，将母爱的博大美好与为人子女者对母亲的愧疚进行对比，没有直接写母爱的伟大，而是将母爱比作和煦南风、清澈泉水，突出"孝顺"的主题。同时也对比写出作为子女因无力回报母爱而由衷感到愧疚。

凯风自南①，吹彼棘心②。
棘心夭夭③，母氏劬劳④。

凯风自南，吹彼棘薪。
母氏圣善，我无令人⑤。

爰有寒泉，在浚之下⑥。
有子七人，母氏劳苦。

睍睆黄鸟⑦，载好其音。
有子七人，莫慰母心。

【注释】

①凯风：南风。②棘心：小棘树。棘树矮小而多刺，难以作为木材使用，而且是丛生在一起，古代多用棘树借指兄弟众多而不成器。③夭夭：茁壮茂盛的样子。④劬劳：辛苦而过度劳累。⑤令：善，美好。⑥浚：卫国的城市。⑦睍睆：鸟儿鸣叫的声音。

# 雄雉（zhi）

这首诗描写的是一位妻子对征战在外的丈夫的深切思念。丈夫作为士兵出征在外，杳无音信，妻子对丈夫非常思念，也担心丈夫是否可以平安归来。同时，也为忠厚老实的丈夫是否会遭受不公平的对待而忧心。最后一节对好战的权贵表达了愤怒，指责其将百姓置于水深火热的境地。

雄雉于飞①，泄泄（yì yì）其羽②。

我之怀矣，自诒（yí）伊阻③。

雄雉于飞，下上其音④。

展矣君子⑤，实劳我心。

瞻彼日月，悠悠我思。

道之云远，曷云能来？

百尔君子⑥，不知德行。

不忮（zhì）不求⑦，何用不臧⑧！

【注释】

①雉：野鸡。②泄泄：扇动翅膀飞翔的样子。③诒：同"遗"，送给。伊：指示代词，其。阻：忧愁、苦恼。④下上其音：鸟鸣声随着飞翔位置的高低而不断变化。⑤展：诚实。⑥百：全部的。⑦忮：疾害。求：贪心。⑧何用：为何。臧：善，好。

雉

雉，俗称山鸡、野鸡，雄性的尾巴很长，羽毛美丽，以赤铜色或深绿色为准，有光泽，雌性尾巴稍短，羽毛为灰褐色，属于珍禽。古代常用雉的羽毛作为装饰品。

páo

# 匏有苦叶

本诗描写的是一位少女在深秋时节的河边焦急地等待爱人的情景。匏瓜的叶子已枯黄，河水正在上涨，人们都已过河。时间不早了，情郎还没来，自己非常焦急。

匏有苦叶①，济有深涉②。

深则厉③，浅则揭④。
qì

有瀰济盈⑤，有鷕雉鸣⑥。
mǐ　　　yǎo

济盈不濡轨⑦，雉鸣求其牡⑧。
rú　　　　　　mǔ

雝雝鸣雁⑨，旭日始旦。
yōng

士如归妻，迨冰未泮⑩。
dài　　pàn

招招舟子⑪，人涉卬否⑫。
áng

人涉卬否，卬须我友。

**【注释】**

①匏：多年生草本植物，俗称葫芦，在水不太深、水流不太急时，人们可以将其绑在身上借助其浮力渡河。②济：河流名。涉：在水浅的地方蹚水过河。③厉：有不同的解释，一般认为是踩着石头过河。④揭：将衣服的下摆塞进腰带里以免弄湿，然后步行过河。⑤瀰：河流漫溢的样子。盈：满。⑥鷕：野鸡的叫声。⑦濡：被水浸湿。轨：车轴突出于轮子外面的部分。⑧牡：雄性。⑨雝雝：大雁的叫声。⑩迨：及，趁。泮：融化。⑪招招：呼唤的样子。舟子：船夫。⑫卬：我。

匏

　　匏，是中国古代对葫芦的称呼。匏最广泛的用途就是从中间剖成两半
做水瓢，民间将匏俗称瓢葫芦。匏在古代的婚礼上也是重要的器物，是合
卺礼时的必要道具：合卺是将一只卺破为两半，各盛酒于其间，新娘新郎
各饮一卺。匏瓜剖分为二，象征夫妻原为二体，而又以线连并，则象征由
婚礼把两个人连成一体，故先分而为二，后合二为一。

# 谷 风

　　这是一位被丈夫抛弃的女子写的幽怨诗，以女子自述的口吻，讲述了自己是如何辛勤劳苦地支撑起这个家，尽心竭力却最终被丈夫抛弃的悲惨命运。尤其是女子不断提及的"宴尔新昏"，用一代新人换旧人来强烈对比自己现在的孤苦，让人不由得对她充满了同情。

习习谷风①，以阴以雨。
黾勉同心②，不宜有怒。
采葑采菲③，无以下体④。
德音莫违⑤，及尔同死。

行道迟迟⑥，中心有违⑦。
不远伊迩，薄送我畿⑧。
谁谓荼苦，其甘如荠。
宴尔新昏⑨，如兄如弟。

泾以渭浊⑩，湜湜其沚⑪。
宴尔新昏，不我屑以⑫。
毋逝我梁⑬！毋发我笱⑭！
我躬不阅，遑恤我后⑮！

就其深矣，方之舟之⑯。
就其浅矣，泳之游之。
何有何亡，黾勉求之。

凡民有丧，匍匐救之<sup>⑰</sup>。

不我能慉<sup>⑱</sup>(xù)，反以我为雠<sup>⑲</sup>(chóu)。

既阻我德，贾用不售<sup>⑳</sup>(gǔ)。

昔育恐育鞠<sup>㉑</sup>(kǒng jū)，及尔颠覆。

既生既育，比予于毒。


我有旨蓄<sup>㉒</sup>，亦以御冬。

宴尔新昏，以我御穷。

有洸(guāng)有溃<sup>㉓</sup>(yì)，既诒我肄。

不念昔者，伊余来塈(jì)<sup>㉔</sup>。


【注释】

①习习：风声。谷风：山谷中吹来的大风。②黾勉：努力做事情。③葑：芜菁，俗称大头菜。菲：芥菜。④无以：不需要。下体：植物根部块茎之类的部位。⑤德音：指夫妻之间的情感。⑥迟迟：迟缓的样子。⑦中心：心中。违：违背。⑧薄送我畿：丈夫把她赶出家门时甚至没有送她到大门外。畿，门槛。⑨宴尔：和睦欢乐的样子。⑩泾以渭浊：泾水与渭水都是关中地区的河流。泾水清澈，渭水浑浊。这里女子以泾水自比，说丈夫抛弃自己另有新欢是清浊不分、是非不明。⑪湜湜：河水清澈的样子。沚：河底。⑫不我屑以：不认为是我洁净的。⑬梁：河里为方便捕鱼垒成的石堰，也就是在河流狭窄处用石头垒一个简单的堤坝，只留一个缺口，在缺口处放置渔网捕鱼。⑭发：打开。笱：捕鱼用的竹笼。这里以用笱捕鱼指代新欢夺走了自己的丈夫。⑮遑：空闲。恤：忧，顾念。⑯方：木筏。舟：用船或木筏渡河。⑰匍匐：爬行。这里指尽力而为。⑱慉：好。⑲雠：同"仇"。⑳贾：卖。不售：卖不出去。指代丈夫拒绝了自己的情义。㉑育恐：生活在恐慌中。育鞠：生活在贫穷当中。㉒旨蓄：好吃的干菜。㉓洸：粗暴。溃：发怒。㉔塈：怒气。

荼

荼，这里指苦菜，其嫩叶是常见的蔬菜，凉拌、炖菜等都很适合。

　　荠，属于常见的草本植物，在山坡、田地边都很常见，也是常见的野菜，炒菜、做馅、煮菜等都是非常好的食材。

# 式 微

　　对这首诗的解读，古往今来有多种看法：有的人认为这是一首反映百姓困苦，对统治者的压榨表示极度不满的诗歌；也有人认为这是一首表达情侣约会时彼此调侃的诗歌。至于到底表达的是什么主题，见仁见智。

式微，式微①，胡不归？

微君之故，胡为乎中露②！

式微，式微，胡不归？

微君之躬③，胡为乎泥中！

【注释】

　　①式微：光线幽暗不明，已经到了薄暮时分。②胡为：为什么。中露：露中，露水之中。③躬：自身。

# 旄 丘

春秋时期，黎国受到了狄人入侵，黎国国君带着大臣逃到了卫国避难，黎国大臣眼见故国蒙难、山河破碎，于是写下了这首诗，这首诗的主旨，一般认为是责难卫国不肯发兵进攻狄人，也有人认为是在劝谏黎国国君返回故国。

旄丘之葛兮<sup>①</sup>（máo），何诞之节兮<sup>②</sup>！

叔兮伯兮<sup>③</sup>，何多日也？

何其处也？必有与也。

何其久也？必有以也<sup>④</sup>。

狐裘蒙戎<sup>⑤</sup>，匪车不东。

叔兮伯兮，靡所与同<sup>⑥</sup>。

琐兮尾兮<sup>⑦</sup>，流离之子<sup>⑧</sup>。

叔兮伯兮，褎（yòu）如充耳<sup>⑨</sup>。

**【注释】**

①旄丘：古代卫国的地名，在今天河南濮阳一带。②何诞之节兮：它的枝节为什么那样长？何，为什么。诞：长，这里也可以理解为葛藤爬得高。③叔伯：这里指女子对男性的亲昵称呼。④以：原因。⑤蒙戎：皮毛蓬松的样子。⑥靡：没有。同：与自己在一起。⑦琐：细小。尾：通"微"，卑贱。⑧流离：一种猫头鹰。⑨褎如充耳：男子穿着盛装，似乎被塞住了耳朵，听不见自己的呼唤。充耳，把耳朵塞住。

　　流离是什么生物，古今有很多说法：闻一多的《诗经通义》认为"流离"是一种鸟，幼时很美，但长大会变得很丑；也有人认为流离是黄莺；还有说法是猫头鹰的一种。这里的图片采信猫头鹰的说法。

# 简 兮

这首诗是在赞美一位才华横溢的舞蹈家。这位舞蹈家是表演舞蹈的伶官，其舞蹈雄壮有力、气势豪迈，是古代有名的万舞，富有阳刚之气。万舞原本是周代祭祀时的专门舞蹈，后来经演变已经成为纯粹的娱乐舞蹈了，但仍旧不失其雄壮本色，通过本诗可以想见当时祭祀及庆典的隆重。

简兮简兮①，方将万舞②。

日之方中③，在前上处④。


硕人俣俣⑤，公庭万舞⑥。

有力如虎，执辔如组⑦，


左手执籥⑧，右手秉翟⑨，

赫如渥赭⑩，公言锡爵。


山有榛⑪，隰有苓⑫。

云谁之思，西方美人⑬。

彼美人兮，西方之人兮。


**【注释】**

①简：鼓声。古代进行舞蹈表演之前先要击鼓，舞蹈过程中也要击鼓打节拍。②方将：正在。万舞：一种场面宏大的舞蹈。③方中：恰好在中午。④在前上处：在大厅的醒目位置。⑤硕人：身材高大而又魁梧的人。俣俣：高大魁梧的样子。⑥公庭：拥有公爵之位的人的厅堂。⑦组：用丝织成的织物。⑧籥：乐器名，形似笛子。⑨秉：持。翟：野鸡尾巴上很长的羽毛。⑩赫：赤红色。渥：湿润。赭：红褐色的土壤。⑪榛：榛树，一种落叶乔木。⑫隰：低湿的地方。苓：这里指莲花。也有人认为是甘草或地黄。⑬西方美人：指跳舞之人。

榛

榛树和它的果实榛子都是大家非常熟悉的植物，榛子是驰名中外的坚果，营养丰富、口感极佳。

## 泉　水

　　这是一位年龄并不大的女性所写的诗歌。她年纪尚小却已经被迫出嫁，来到异国他乡，备受思乡之苦的折磨，但礼法限制重重，她难以回返故乡，只能在心中不断想象着自己回家的情景，但终究只是幻想，徒增忧伤而已。本诗以泉水为引，带动思乡之情，表达了作者对泉水、对故土的极大依恋与无尽的热爱。

　　　　　　bì
　　毖彼泉水①，亦流于淇②。

　　有怀于卫，靡日不思③。
　　　luán
　　娈彼诸姬④，聊与之谋。

　　　　　jǐ　　　　　　nǐ
　　出宿于泲⑤，饮饯于祢⑥。

　　女子有行⑦，远父母兄弟。

　　问我诸姑，遂及伯姊。


　　出宿于干，饮饯于言⑧。
　　　xiá
　　载脂载辖⑨，还车言迈⑩。
　　chuán　　　　　xiá
　　遄臻于卫⑪，不瑕有害⑫。

我思肥泉，兹之永叹。

思须与漕<sup>⑬</sup>，我心悠悠。

驾言出游，以写我忧<sup>⑭</sup>。

**【注释】**

①瀺：泉水涌出的样子。②淇：河流名，在卫国境内。③靡：没有。④娈：美丽。诸姬：陪嫁的姬姓女子。古代贵族嫁女给诸侯，往往会将新娘的妹妹或侄女作为陪嫁之人一同嫁给对方，称为陪媵。这首诗的作者应该是卫国女子，卫国为姬姓，因此称为诸姬。⑤沫：地名。⑥饯：饯行。祢：地名。⑦有行：出嫁。⑧饮饯：送行时摆下的酒宴。⑨脂：涂在车轴上的油。辖：车轴上的零件。⑩还车：返回的车。迈：行。⑪遄：迅速。臻：至，到达。⑫不瑕：不无。⑬须、漕：都是卫国地名。⑭写：通"泄"，发泄。

# 北 门

　　这首诗是一个官职不高的臣子前往国外日夜奔波，回到家里又遭到责备，心中感到愤懑与悲哀，最终倾吐出来的话语。他在官场不得志，日夜奔忙，在家中也不能得到安慰，只能写诗来发泄满腹牢骚，这是每个时代都存在的普遍现象，但这首诗描写得尤为生动，将一位郁郁不得志的小官形象描绘得淋漓尽致。

　　出自北门，忧心殷殷<sup>①</sup>。
　　终窭且贫<sup>②</sup>，莫知我艰。
　　已焉哉！天实为之，谓之何哉！

　　王事适我<sup>③</sup>，政事一埤益我<sup>④</sup>。
　　我入自外，室人交遍谪我<sup>⑤</sup>。
　　已焉哉！天实为之，谓之何哉！

　　王事敦我，政事一埤遗我。
　　我入自外，室人交遍摧我<sup>⑥</sup>。
　　已焉哉！天实为之，谓之何哉！

【注释】

　　①殷殷：忧伤。②窭：房屋简陋。③王事：泛指外交一类的事务。适：掷。④一：全部。埤益：增加。⑤交遍：轮番，全部。谪：责备。⑥摧：嘲讽。

# 北 风

　　这是一首反映卫国国君暴虐不仁，国家内忧外患，祸乱将至，本诗作者与友人急于逃离这个险地时所写的诗。本诗以北风凛冽、大雪纷飞，喻指国内混乱与危机四伏的环境，还有大祸将至的未来，将人们那种迫不及待希望离开这里的想法完全表现出来了。

北风其凉①，雨雪其雱②。

惠而好我③，携手同行。

其虚其邪④？既亟只且⑤！

北风其喈⑥，雨雪其霏⑦。

惠而好我，携手同归。

其虚其邪？既亟只且！

莫赤匪狐，莫黑匪乌。

惠而好我，携手同车。

其虚其邪？既亟只且！

【注释】

　　①凉：冰冷。②雱：大雪纷飞的样子。③惠而：爱慕的样子。好：喜欢。④虚、邪：舒缓。⑤既亟：紧急。只且：语气词。⑥喈：迅速的样子。⑦霏：雪下得很大。

乌

　　乌鸦现在往往被看作不吉祥的象征，但在先秦时期，乌鸦还是有其积极意象的，如代表太阳的三足乌，《山海经》里将乌鸦看作是背着太阳的神鸟等。从唐代以后，方有乌鸦主凶兆的说法出现。

## 静 女

　　这首诗描写的是一对两情相悦的男女在城墙上面的角楼里约会的场景。本诗对于场景的描写十分传神，可以说是爱情诗中的名作，也是《诗经》当中描写爱情只有欢欣而无忧愁苦痛的极少数诗篇中的一首。这首诗以欢快的笔调描写了一对青年男女相爱相约、彼此赠送定情信物等一系列活动，展现了一对沉浸在爱情当中的男女最真挚的情感。

　　静女其姝<sup>①</sup>，俟我于城隅<sup>②</sup>。

　　爱而不见<sup>③</sup>，搔首踟蹰<sup>④</sup>。

　　静女其娈<sup>⑤</sup>，贻我彤管<sup>⑥</sup>。

　　彤管有炜<sup>⑦</sup>，说怿女美<sup>⑧</sup>。

　　自牧归荑<sup>⑨</sup>，洵美且异<sup>⑩</sup>。

　　匪女之为美，美人之贻。

**【注释】**

　　①静女：优雅娴静的女子。姝：美丽。②俟：等待，等候。城隅：城墙上的角楼。③爱：通"薆"，躲藏。④踟蹰：不断徘徊。⑤娈：美丽。⑥贻：赠送。彤管：所指何物历代有不同解释，有认为是红色笔管的笔，有的认为是茅草的嫩芽，或者是某种花。⑦炜：泛着红色的光彩。⑧说怿：喜悦。⑨牧：野外。归：赠送。荑：一种茅草。⑩洵：的确。异：奇特。

## 新　台

春秋时期，齐国是有很多美女的地方，而贵族女子在出嫁之前都要接受一些婚前教育，接受教育的地方就是本诗提到的"新台"。但是现实总是残酷的，这位女子没想到会嫁给一个意料之外的无耻之人。古代一般认为这首诗是讽刺卫宣公的荒淫无道。卫宣公是春秋时卫国国君，本来是从齐国迎娶女子给自己的儿子伋当妻子，没想到卫宣公看到未来的儿媳时竟然色心大起，将其霸占，沦为天下笑柄。本诗的感情色彩非常鲜明，一开始赞美新台的壮观，还有河水的浩瀚，与最后女子悲惨的遭遇形成鲜明对比。

新台有泚①，河水弥弥②。
燕婉之求③，蘧篨不鲜④。

新台有洒⑤，河水浼浼⑥。
燕婉之求，蘧篨不殄⑦。

鱼网之设⑧，鸿则离之⑨。
燕婉之求，得此戚施⑩。

【注释】

①泚：鲜明。②弥弥：水流充满了河道。③燕婉：柔和而又美好。④蘧篨：本义是竹制的矮小容器，这里指含胸驼背的丑陋之人。⑤洒：巍峨高大的样子。⑥浼浼：水势浩大。⑦殄：同"腆"，善。⑧鱼网之设：布置好渔网。⑨鸿：大雁。离：遭遇，这里指大雁落入网中。⑩戚施：本义是指蟾蜍，这里指代驼背的人，即年老的卫宣公。

## 二子乘舟

这是一首朋友之间送别时写下的诗篇,朋友之间洒泪道别,心怀怅惘,互道珍重。以环境描写带动情感表达,颇合后世"一切景语皆情语"的论断。

二子乘舟,泛泛其景①。

愿言思子②,中心养养③。

二子乘舟,泛泛其逝④。

愿言思子,不瑕有害⑤?

【注释】

①泛泛:舟船随波漂泊的样子。景:同"憬",远行的样子。②愿言:思念的样子。③养养:忧愁不定的样子。④逝:前去。⑤不瑕:不至于。

# 国风·鄘<sup>yōng</sup>风

  《左传·襄公二十九年》记载：（鲁国）为之（吴国公子季札）歌《邶》《鄘》《卫》，曰："美哉，渊乎！忧而不困者也。吾闻卫康叔、武公之德如是，是其《卫风》乎？"因此《邶》《鄘》《卫》都是卫国的诗。《鄘风》共有十篇。

# 柏　舟

这是一首描写一位敢爱敢恨的少女奋力抵制强迫婚姻、追求爱情自由的诗篇。女子已经有了意中人，但家里却突然要将她嫁给别人，她抵死不从，发出了奋战的呼喊。柏舟是河畔常见的事物，而春天，河畔是众多青年男女定情之所，因此《诗经》中的柏舟往往与爱情有关。

泛彼柏舟①，在彼中河。

髧<sup>dàn</sup>彼两髦②，实维我仪③。

之死矢靡它④。

母也天只，不谅人只⑤！


泛彼柏舟，在彼河侧。

髧彼两髦，实维我特⑥。

之死矢靡慝<sup>tè</sup>⑦。

母也天只，不谅人只！

【注释】

①柏舟：用柏木制作的船。②髧：头发下垂的样子。两髦：将齐眉的头发向两侧分开，这是古代少年的常见发型。③实：是。维：为。仪：配偶。④之死：直到死。矢：发誓。⑤谅：理解。⑥特：配偶。⑦靡慝：决不变心。

# 墙有茨
### cí

这首诗一般认为是对卫国宣姜、卫宣公荒淫无道行为的讽刺诗与批判诗。卫宣公与自己的庶母宣姜私通，在朝廷当中发生了很多丑闻，诗中没有直接对他们的丑行进行批判，而是采用侧面描写暗示他们的行为天下皆知，表达了人们的强烈厌恶之情。

墙有茨①，不可埽也②。
中冓之言③，不可道也。
所可道也，言之丑也。

墙有茨，不可襄也④。
中冓之言，不可详也⑤。
所可详也，言之长也。

墙有茨，不可束也⑥。
中冓之言，不可读也⑦。
所可读也，言之辱也。

【注释】

①茨：蒺藜，一种带刺的草本植物。②埽：同"扫"，去除。③中冓：夜半时分，暗指宫中夜里进行的淫邪之事。④襄：通"攘"，清除。⑤详：详细讲。⑥束：捆扎，这里也表示清除。⑦读：指丑闻到处传播。

## 君子偕老
(xié)

这首诗的主旨，一般有两种看法：一种认为与上一首《墙有茨》一样，是讽刺卫宣公与宣姜淫乱的；另一种看法则认为是同情齐姜的。齐姜原本是要嫁给卫宣公的儿子，却被卫宣公霸占，经历凄惨。本诗通过描写贵妇的美丽与其华贵的服饰，与她的遭遇形成鲜明对比。

君子偕老①，副笄六珈②。
(jī) (jiā)

委委佗佗③，如山如河，
(tuó tuó)

象服是宜④。

子之不淑，云如之何？

玼兮玼兮⑤，其之翟也⑥。
(cǐ) (dí)

鬒发如云⑦，不屑髢也⑧。
(zhěn) (tì)

玉之瑱也⑨，象之揥也⑩，
(tiàn) (tì)

扬且之晳也⑪。
(jū) (xī)

胡然而天也⑫！胡然而帝也！

$$\overset{cuō}{\text{瑳}}兮瑳兮^{⑬}，其之展也^{⑭}。$$

$$\text{蒙彼}\overset{zhòu}{\text{绉}}\overset{chī}{\text{绣}}^{⑮}，是\text{绁}\overset{xiè}{\text{袢}}\overset{pàn}{}也^{⑯}。$$

子之清扬^{⑰}，扬且之颜也。

展如之人兮，邦之媛也！

**【注释】**

①偕老：一起到老。②副：指首饰。笄：用来固定冠的簪子。六珈：笄上面的玉质饰品。③委委佗佗：举止优雅。④象服：带有纹饰的礼服。宜：得体。⑤玼：衣服鲜艳。⑥翟：绘有野鸡纹饰的衣服。⑦鬒：头发多而黑。⑧髢：假发。⑨瑱：耳边的装饰品。⑩象之揥：象牙材质的簪子。⑪扬：额头明亮。皙：皮肤白皙。⑫胡然而天也：赞叹这是上天才能让她如此美丽。⑬瑳：玉色鲜明而洁白。⑭展：礼服。⑮蒙：披着。绉绣：细麻布。⑯绁袢：罗衣半解的样子。⑰清扬：美目流转的样子。

　　大象是陆地上最大的动物，但由于象牙十分珍贵，也使其遭到了大量
捕杀，古代的达官显贵都喜欢用象牙材质的物品。

## 桑 中

这首诗是男女约会时演唱的情歌。全诗显露出的情绪欢快、生动而优美。男子在赶赴约会的途中高兴地歌唱，自问自答，欢欣鼓舞之情溢于言表，充分展现了二人间的浪漫关系，体现了爱情的美好。这首诗对后世的影响是很大的，后人常用"桑中"指代男女约会或私奔。

爰采唐矣<sup>yuán</sup>①？沬之乡矣<sup>mèi</sup>②。

云谁之思③？美孟姜矣。

期我乎桑中<sup>qī</sup>④，要我乎上宫⑤，

送我乎淇之上矣。


爰采麦矣？沬之北矣。

云谁之思？美孟弋矣。

期我乎桑中，要我乎上宫，

送我乎淇之上矣。


爰采葑矣<sup>fēng</sup>⑥？沬之东矣。

云谁之思？美孟庸矣。

期我乎桑中，要我乎上宫，

送我乎淇之上矣。


【注释】

①爰：在哪里。唐：菟丝，一种寄生植物，可以当野菜食用或是入药。古代常用它来代指女性。②沬：卫国的一座城市。③云谁之思：思念哪个人。④期：约定的时间。桑中：桑树林当中，是当时男女经常约会的地点。⑤要：同"邀"，邀请。⑥葑：蔓菁，可食用。

葑

　　葑即蔓菁，俗称大头菜，是我国常见的蔬菜品种，早在汉代就已经广泛种植，直到今天依旧在餐桌上经常见到它的身影。

<sup>chún</sup>
## 鹑之奔奔

　　这首诗是卫国的诸位公子讽刺卫惠公与卫宣公的诗。卫国公子朔与其母宣姜共同诽谤太子伋，卫宣公杀害太子伋，改立公子朔为太子。卫宣公去世后，太子朔继位，是为卫惠公。卫惠公通过卑鄙手段当上国君，国内人心不服，几位公子起兵一度驱逐了惠公，但惠公后来在齐国的帮助下回国。这首诗就是借鹌鹑与喜鹊等鸟类讽刺昏聩的宣公、卑鄙的惠公与宣姜。

　　鹑之奔奔<sup>bēn bēn</sup>①，鹊之彊彊②。

　　人之无良③，我以为兄④。

　　鹊之彊彊，鹑之奔奔。

　　人之无良，我以为君⑤。

【注释】

　　①鹑：鹌鹑。奔奔：通"斑斑"，鸟类毛色杂乱的样子。②鹊：喜鹊。彊彊：鸣叫声非常嘈杂。③人：指卫宣公、卫惠公、宣姜等人。良：品行。④兄：兄长，这里指宗族里的长者。⑤君：国君。

鹑

　　鹌鹑，常见的鸟类，成对活动，主要吃杂草种子、谷物、嫩芽等，夏天吃昆虫，分布于欧洲、非洲、亚洲和大洋洲等地。鹌鹑的肉、蛋都是餐桌上的常见食物。

## 定之方中

　　这首诗是赞颂卫文公在齐国的帮助下迁徙到楚丘时不辞劳苦、勤政不休的事迹的诗。公元前660年，狄人攻卫，杀死卫懿公，卫国人逃亡到漕邑，先后拥立戴公、文公为国君，励精图治，后来在齐桓公的帮助下，筑城于楚丘。这里就是歌颂卫文公经营卫国、恢复国力的事迹。

　　定之方中①，作于楚宫②。

　　揆之以日③，作于楚室。
　　(kuí)

　　树之榛栗④，椅桐梓漆⑤，

　　爰伐琴瑟⑥。


　　升彼虚矣⑦，以望楚矣。

　　望楚与堂⑧，景山与京⑨。

　　降观于桑⑩，卜云其吉⑪，

　　终焉允臧。
　　(yǔn zāng)

灵雨既零<sup>⑫</sup>，命彼倌人。

星言夙驾<sup>⑬</sup>，说于桑田。

匪直也人，秉心塞渊<sup>⑭</sup>，

<sub>lái pìn</sub>
骒牝三千<sup>⑮</sup>。

**【注释】**

　　①定：星宿名，是二十八星宿之一。方中：天空的正中。②作于楚宫：在楚丘开始营建宫殿与宗庙。楚：楚丘，地名。宫：宫殿与宗庙。③揆之以日：测量太阳的影子来确定建筑的朝向。④树：种树。榛栗：榛树和栗树。⑤椅桐梓漆：四种树木的名称。⑥伐琴瑟：砍伐它以制作琴瑟。⑦升：登上。虚：通"墟"，旧城遗址。⑧堂：地名。⑨景山：远方的山。京：高峻的山。⑩降：从山上下来。观：考察在桑林设立祭坛的事。⑪卜：占卜得到的结论。⑫灵雨：好雨。零：飘落。⑬星：天气放晴。⑭秉心：秉性。塞：充实。渊：宽仁。⑮骒牝：均指马。

　　漆树，是我国最早广泛人工种植的经济植物之一，在其树干韧皮部可以割取生漆。漆是一种优良的防腐、防锈的涂料，可以涂在建筑、家具、器物等表面。中国古代著名的漆器的制作就是依靠这种植物。

栗

　　栗子，是著名的食用坚果，种类很多，通常指板栗。我国是栗子的原
产地。

dì   dōng
# 蝃 蝀

本诗是谴责不遵守婚约的私奔行为的议论性诗篇，以彩虹作为借物喻人的对象，借天边出现彩虹来指出阴晴雨雪都是有定规的，男女之间的婚姻也必须遵循社会的规则，不可以背弃婚约而私奔。《诗经》里不乏赞赏为爱奋不顾身的行为的诗篇，这首诗可以算是另类，也可以看出当时的社会价值观念有着多元化的取向。

蝃蝀在东①，莫之敢指②。

女子有行③，远父母兄弟。

jǐ
朝隮于西④，崇朝其雨⑤。

女子有行，远兄弟父母。

乃如之人也，怀昏姻也⑥。

大无信也⑦，不知命也⑧。

【注释】

①蝃蝀：彩虹。古代有婚姻关系错乱则彩虹多见的观点。②莫：无人。指：用手指彩虹，古代认为用手指向彩虹会有灾祸。③有行：这里指有违妇道。④隮：虹。⑤崇朝：整个早上。崇是终的假借字。⑥怀：通"坏"，败坏、破坏。昏：同"婚"。⑦无信：不讲信用。⑧知命：遵从父母的命令。

# 相 鼠

这首诗是对高高在上、贪婪无度的统治者的讽刺与控诉，表达了百姓对无耻权贵的痛恨。本诗以老鼠喻人，将人的贪心与老鼠的贪心类比，形象而深刻。将一群当权者无信无义、奢侈浪费、不知礼仪的丑行暴露无遗。

相鼠有皮①，人而无仪②。

人而无仪，不死何为？

相鼠有齿，人而无止③。
人而无止，不死何俟④（sì）？

相鼠有体⑤，人而无礼。
人而无礼，胡不遄（chuán）死⑥？

【注释】
①相：看。②仪：仪容。③止：同"耻"。④俟：等待。⑤体：古音与"礼"相同，这里是暗指礼仪。⑥遄：迅速。

鼠

　　老鼠是日常生活中最常见的动物，也是哺乳动物中繁殖最快、生存能力很强的动物，因其毁坏粮食、传播疾病，给人类造成了巨大的损失，因此人们常用老鼠来比喻那些贪得无厌或者为祸百姓的人。

# 干　旄
máo

这首诗描述的是贵族求婚举行纳彩仪式时的场景，可以想见当时贵族结婚时的盛况。纳彩是古代婚礼中的一个重要步骤，也就是下聘礼，诗中的"素丝""良马"等都是聘礼。从诗中，我们能看到浩浩荡荡的婚礼队伍，还有多种多样的礼物，让人目不暇接。

孑孑干旄<sup>①</sup>，在浚之郊<sup>②</sup>。
素丝纰之<sup>③</sup>，良马四之。
彼姝者子<sup>④</sup>，何以畀之<sup>⑤</sup>？

孑孑干旟<sup>⑥</sup>，在浚之都<sup>⑦</sup>。
素丝组之<sup>⑧</sup>，良马五之。
彼姝者子，何以予之？

孑孑干旌<sup>⑨</sup>，在浚之城。
素丝祝之<sup>⑩</sup>，良马六之。
彼姝者子，何以告之<sup>⑪</sup>？

【注释】

①孑孑：高耸的样子。干旄：杆头装饰有牛尾的旗子。②浚：浚城，卫国城邑。③纰：布匹上的镶边。④姝：美丽的。⑤畀之：赐给。⑥旟：绘有鹰图案的旗子。⑦都：指城邑。⑧组：这里形容车上装满了布。⑨旌：用五色羽毛装饰的旗子。⑩祝：属的假借字，编连。⑪告：赠予。

## 载 驰

本诗是许穆夫人所写的一首哀悼祖国被夷狄所侵略，抒发国破家亡，极度痛苦之情的诗。许穆夫人是宣姜与卫宣公庶子公子顽的女儿，是卫文公的妹妹，远嫁到许国。公元前 660 年，卫懿公被狄人杀死，卫国有亡国之危，许穆夫人希望回国，但没能得到许国的允许。她心中焦虑，因此写下了这一诗篇。

载驰载驱①，归唁卫侯②。
驱马悠悠，言至于漕③。
大夫跋涉，我心则忧。

既不我嘉④，不能旋反⑤。
视尔不臧⑥，我思不远。
既不我嘉，不能旋济⑦。
视尔不臧，我思不閟⑧。

陟彼阿丘⑨，言采其虻⑩。
女子善怀⑪，亦各有行⑫。
许人尤之⑬，众稚且狂。

我行其野， 芃芃其麦<sup>⑭</sup>。

控于大邦，谁因谁极。

大夫君子，无我有尤！

百尔所思，不如我所之<sup>⑮</sup>。

【注释】

①驰、驱：策马奔跑。②唁：吊唁，前往哀悼。③漕：卫国的地名。④嘉：嘉许。一说通"驾"。⑤旋反：这里指返回卫国。⑥臧：善。⑦济：渡河。⑧閟：同"毖"，谨慎。⑨阿丘：这里应该是地名。⑩虻：植物名，即贝母，可入药。⑪善怀：多愁善感。⑫行：这里指妇道。⑬尤：罪过。⑭芃芃：草木茂盛的样子。⑮百尔所思，不如我所之：就算你们有再多的计谋，也比不上我回卫国和他们一起谋划。

蝱即贝母，多年生草本植物，其鳞茎可以入药，贝母因其形状得名，《本草经集注》记载"形似聚贝子"，故名贝母。有川贝、浙贝等多个品种。

# 国风·卫风

卫国是周朝姬姓诸侯国，周武王之弟康叔的后裔。先后建都于朝歌、楚丘、帝丘等地，在今河南北部。《卫风》有诗歌十篇。

## 淇 奥

这首诗写的是一位女子对自己钟情的男子的赞美，表达了自己的倾慕之情。淇奥是卫国男女春季聚会的场所，很多男女的爱情故事就是在这里展开的。而且在这首诗中，我们看到了女子对于爱人品行的关注与赞赏，而绝不仅仅是对他的容貌或财势感兴趣，这也是难能可贵的。

瞻彼淇奥①，绿竹猗猗②。

有匪君子③，如切如磋④，

如琢如磨⑤。

瑟兮僴兮⑥，赫兮咺兮⑦。

有匪君子，终不可谖兮⑧！


瞻彼淇奥，绿竹青青。

有匪君子，充耳琇莹⑨，

会弁如星⑩。

瑟兮僴兮，赫兮咺兮。

有匪君子，终不可谖兮！

瞻彼淇奥，绿竹如箦<sup>⑪</sup>。

有匪君子，如金如锡，

如圭如璧。

宽兮绰兮<sup>⑫</sup>，猗重较兮<sup>⑬</sup>。

善戏谑兮<sup>⑭</sup>，不为虐兮！

【注释】
　　①奥：通"澳"，河岸弯曲的地方。②绿：这里指菉草，古代称为王刍，可以提取染料，叶子可以入药。竹：这里指萹竹。猗猗：美丽而茂盛的样子。③匪：通"斐"，富有文采的样子。④切：加工骨制品。磋：加工象牙材质的物品。⑤琢：加工玉器。磨：加工石器。⑥瑟：洁净而鲜明。⑦赫：光明的样子。咺：心胸开阔的样子。⑧谖：遗忘。⑨充耳：玉质的耳坠。琇莹：耳坠晶莹的样子。⑩会弁：帽子接缝处装饰有玉石。⑪箦：茂盛的样子。⑫绰：雍容大方的样子。⑬猗：通"倚"，依靠。重较：车两边的厢板。⑭戏谑：谈吐风趣。

篇蓄，也叫扁竹，道路两边的常见植物，叶子可以入药，嫩叶也可以当野菜。

王刍，也叫荩草、菉竹，可以入药，也是古代制取黄色与绿色染料的常用植物。

# 考槃 <sup>pán</sup>

这是一首抒写归隐田园的隐士生活的诗，表达了自己隐居生活的快乐。诗人安贫乐道，充分享受着隐居生活带来的各种安逸。虽然隐士的姓名与事迹已经湮没无闻，但他的这种精神却长久地影响了后世。

考槃在涧①，硕人之宽②。

独寐寤言③，永矢弗谖④。

考槃在阿⑤<sup>ē</sup>，硕人之薖⑥<sup>kē</sup>。

独寐寤歌，永矢弗过⑦。

考槃在陆⑧，硕人之轴。

独寐寤宿，永矢弗告。

【注释】

①考槃：敲击器皿。这里指隐士敲击器皿打节拍放歌的样子。②硕人：原义是身材高大的人，这里指品德高尚的人。宽：悠闲的样子。③寐：睡着。寤：醒来。④矢：誓言。谖：遗忘。⑤阿：山坳。⑥薖：和乐。⑦过：过从、交往。⑧陆：高而平坦的地方。

# 硕　人

这首诗是古代著名的吟咏美女的诗，赞美的对象是卫庄公的妻子庄姜。本诗通过对庄姜的身份还有容貌及仪态的描写，对她出嫁时盛大场景的铺陈，让一个令人为之赞叹的美人形象跃然纸上。

硕人其颀<sup>①</sup>，衣锦褧衣<sup>②</sup>。

齐侯之子，卫侯之妻，

东宫之妹<sup>③</sup>，邢侯之姨<sup>④</sup>，

谭公维私<sup>⑤</sup>。


手如柔荑<sup>⑥</sup>，肤如凝脂。

领如蝤蛴<sup>⑦</sup>，齿如瓠犀<sup>⑧</sup>，

螓首蛾眉<sup>⑨</sup>。

巧笑倩兮<sup>⑩</sup>，美目盼兮<sup>⑪</sup>。


硕人敖敖<sup>⑫</sup>，说于农郊<sup>⑬</sup>。

四牡有骄，朱幩镳镳<sup>⑭</sup>，

翟茀以朝<sup>⑮</sup>。

大夫夙退，无使君劳。

河水洋洋⑯，北流活<sup>guō guō</sup>活⑰。

施罛濊濊<sup>gū huòhuò</sup>⑱，鳣鲔发发<sup>zhān wěi bō bō</sup>⑲，

葭菼揭揭<sup>tǎn</sup>⑳。

庶姜孽孽㉑，庶士有朅<sup>qiè</sup>㉒。

**【注释】**

①硕人：本义是身材高大的人，这里指美丽的人。颀：身材苗条。②裟：锦缎制成的罩衣。③东宫：太子居住的地方，这里指代太子。④姨：妻子的妹妹。⑤私：姐妹的丈夫。⑥荑：白茅刚长出的嫩芽。⑦领：脖子。蝤蛴：天牛幼虫，身体很洁白，这里是形容女子肌肤洁白的样子。⑧瓠犀：葫芦籽，这里指牙齿洁白而又整齐。⑨螓：类似蝉的小虫，头顶方正。形容美女的额头方正而宽。蛾眉：眉细长而黑。⑩倩：微笑的样子。⑪盼：眼睛黑白分明。⑫敖敖：身材苗条的样子。⑬说：同"税"，停息。农郊：近郊。⑭朱帻：马口衔铁外挂的绸子。镳镳：美丽盛大的样子。⑮翟茀：车厢伞盖上的野鸡毛，用作装饰。⑯洋洋：水势浩大的样子。⑰活活：水奔流的样子。⑱施罛：撒渔网。濊濊：撒网的声音。⑲发发：鱼在网中跳动的样子。⑳葭菼：初生的芦苇。揭揭：高大的样子。㉑庶姜：作为陪嫁的姜姓女子。孽孽：形容装饰华丽。㉒庶士：指陪嫁的各位媵臣。朅：威武雄壮的样子。

蝤蛴

　　蝤蛴，是天牛的幼虫，身体为白色，身长足短，呈圆筒形。蛀食树木枝干，是常见的害虫。古代时常借以比喻妇女脖颈之美，如蝤蛴领用来比喻女子洁白丰润的颈项。

　　蝬，一种形体短小而身体为绿色的蝉，古人常用其来形容美人，就是取意蝬的头部前后深厚且额头方正，如蝬首形容女子的额头方广如蝬，蝬首蛾眉形容女子美貌，额广而眉弯。

蛾

　　蛾是常见的昆虫，与蝴蝶相似，体肥大，因为蚕蛾触须细长而弯曲，因以比喻女子美丽的眉毛，也可以借指女子容貌的美丽，如《楚辞·离骚》："众女嫉余之蛾眉兮，谣诼谓余以善淫。"

méng
# 氓

这首诗是一位女性被丈夫抛弃后血泪交织的控诉，向人哭诉其一生的不幸遭遇，向世人讲述了一个家庭悲剧。诗从男子向女子求婚开始讲述，一直说到女子惨遭遗弃，让后人对女子产生了极深的同情，同时也对古代的夫权婚姻与家庭关系表达不满。

氓之蚩蚩<sup>①</sup>，抱布贸丝<sup>②</sup>。

匪来贸丝，来即我谋<sup>③</sup>。

送子涉淇，至于顿丘。

匪我愆期<sup>④</sup>，子无良媒。
（qiān）

将子无怒<sup>⑤</sup>，秋以为期。
（qiāng）

乘彼垝垣，以望复关<sup>⑥</sup>。
（guǐ yuán）

不见复关，泣涕涟涟。

既见复关，载笑载言。

尔卜尔筮，体无咎言。
（shì）（jiù）

以尔车来，以我贿迁。
（huì）

桑之未落，其叶沃若<sup>⑦</sup>。

于嗟鸠兮！无食桑葚。
（shèn）

于嗟女兮！无与士耽<sup>⑧</sup>。
（dān）

士之耽兮，犹可说也。
（tuō）

女之耽兮，不可说也。

桑之落矣，其黄而陨。

自我徂尔<sup>⑨</sup>，三岁食贫。

淇水汤汤，渐车帷裳<sup>⑩</sup>。

女也不爽<sup>⑪</sup>，士贰其行。

士也罔极<sup>⑫</sup>，二三其德。


三岁为妇，靡室劳矣。

夙兴夜寐，靡有朝矣。

言既遂矣，至于暴矣。

兄弟不知，咥其笑矣。

静言思之，躬自悼矣。


及尔偕老，老使我怨。

淇则有岸，隰则有泮<sup>⑬</sup>。

总角之宴<sup>⑭</sup>，言笑晏晏<sup>⑮</sup>。

信誓旦旦，不思其反。

反是不思<sup>⑯</sup>，亦已焉哉！


【注释】

①氓：流亡的人。②布：葛布或是麻布。贸：交易。③即我：到我这儿来。谋：指商议婚事。④愆期：拖延时间。⑤将：请。⑥乘彼垝垣，以望复关：女子登上城墙来遥望男子进城。⑦沃若：桑叶鲜嫩滋润的样子。⑧耽：欢乐。⑨徂：这里指出嫁。⑩渐：浸湿。帷裳：车上的帷幔。⑪爽：差错。⑫罔极：反复无常。⑬隰：湿地。泮：河岸。⑭总角：古代儿童的发型，借指童年。宴：欢乐。⑮晏晏：温柔的样子。⑯反是不思：不加思考就违背了誓言。

鸣鸠

斑鸠，栖息在山地、山麓或平原的林区，飞行像鸽子，时常滑翔。也是古诗词里常见的鸟类。

# 竹 竿

这首诗讲述的是一个男子望着河水发呆，思念着自己心爱的女子，但女子已经快要出嫁，自己再也难以见到她，感到满腹伤感。也有人认为这首诗是女子在出嫁前对即将远离娘家与父母兄弟感到伤感。

籊籊竹竿①，以钓于淇，

岂不尔思②？远莫致之③。


泉源在左，淇水在右。

女子有行，远兄弟父母。


淇水在右，泉源在左。

巧笑之瑳④，佩玉之傩⑤。


淇水滺滺⑥，桧楫松舟⑦。

驾言出游⑧，以写我忧⑨。

【注释】

①籊籊：细长而抖动的样子。②岂：难道。尔思：思念你。③致：到达。④瑳：笑而露齿。⑤傩：走动时玉碰撞发出的声音。⑥滺滺：水流动的样子。⑦桧楫：桧木做的船桨。⑧驾：这里指划船。⑨写：消除。

檜

　　桧树又叫圆柏，是常绿乔木，这种木材耐腐蚀、有芳香、材质细腻，可制作工艺品。圆柏树冠整齐呈圆锥形，树形优美，大树干枝扭曲，姿态奇古，可以独树成景，是我国著名的传统园林树木。

# 芄 兰
<sup>wán</sup>

这是一首颇有些趣味的诗，是一个女子作弄了一个刚成年的男子，颇有一点青春期男女之间暧昧与心灵的悸动，很有生活的趣味。还有一种说法是描写一个孩子尽管穿着成人的服饰，却难掩幼稚的言行，是在暗讽卫惠公骄横无礼。

芄兰之支①，童子佩觽②。

虽则佩觽，能不我知。

容兮遂兮③，垂带悸兮④。


芄兰之叶，童子佩韘⑤。

虽则佩韘，能不我甲⑥。

容兮遂兮，垂带悸兮。


【注释】

①芄兰：一种藤蔓类的草本植物。支：同"枝"。②觽：成年男子佩戴的一种装饰品。③容、遂：气定神闲的样子，这里指男子故作老成的样子。④悸：衣带下垂摇摆的样子。⑤韘：扳指。⑥甲：通"狎"，嬉戏。

　　芄兰，一种兰草，也叫萝藦、女青，切断其藤有白汁出现，嫩芽可以食用，荚实倒垂如锥形。

# 河 广

这首诗的主题思想有争议。有人认为是表达漂泊在外的游子无法返回故乡的惆怅之情；也有人认为是表达爱人远在异乡，不得相见的苦闷情绪。

谁谓河广？一苇杭之<sup>①</sup>。

谁谓宋远？跂予望之<sup>②</sup>。


谁谓河广？曾不容刀<sup>③</sup>。

谁谓宋远？曾不崇朝<sup>④</sup>。

**【注释】**

①苇：用芦苇捆扎做成的小筏子，这里指这条河很容易渡过。杭：通"航"。②跂：踮起脚。③刀：通"舠"，小船。④崇朝：终朝，一个早上。

# 伯 兮

这是写一位妇女思念远方丈夫的诗篇。丈夫出征，妻子为丈夫感到骄傲，又期盼他能早日归来，夫妻团聚。

伯兮朅兮<sup>①</sup>，邦之桀兮<sup>②</sup>。
伯也执殳<sup>③</sup>，为王前驱<sup>④</sup>。

自伯之东，首如飞蓬<sup>⑤</sup>。
岂无膏沐<sup>⑥</sup>？谁适为容<sup>⑦</sup>？

其雨其雨<sup>⑧</sup>，杲杲出日<sup>⑨</sup>。
愿言思伯<sup>⑩</sup>，甘心首疾。

焉得谖草<sup>⑪</sup>，言树之背。
愿言思伯，使我心痗<sup>⑫</sup>。

【注释】

①伯：女子对丈夫的爱称。朅：勇武的样子。②桀：通"杰"，杰出的人才。③殳：古代的一种兵器。④前驱：先锋。⑤飞蓬：一种会随风到处飘散的草，这里用来形容头发很凌乱。⑥膏沐：用来清洗头发的头油与米汁。⑦适：取悦。容：装扮。⑧其雨：将要下雨。⑨杲杲：阳光普照的样子。⑩愿言：思念的样子。⑪谖草：萱草。⑫心痗：内心痛苦。

　　谖草即萱草，也叫忘忧草、宜男草等，如今是著名观赏植物，传统文化里经常与母亲联系在一起。萱草在开花期会长出细长绿色的开花枝，花色橙黄，花柄很长，呈百合花一样的简状，是不错的观赏植物。有人提出萱草就是黄花菜，其实是错误的，萱草和黄花菜近似，但不是一种植物。

# 有　狐

虽然很多人都觉得婚姻应该门当户对，但从古至今都有贫富差距较大的男女相爱的例子。诗中描述一位女子爱上了寒门男子，尽管男子很穷，但女子没有嫌弃他，希望喜结连理并让他过上像样的生活。这首诗以狐狸象征男子，狐狸四处徘徊象征他贫穷无依，女子希望自己能够帮助他脱离困境。

有狐绥绥<sup>①</sup>，在彼淇梁<sup>②</sup>。

心之忧矣，之子无裳。

有狐绥绥，在彼淇厉<sup>③</sup>。

心之忧矣，之子无带。

有狐绥绥，在彼淇侧。

心之忧矣，之子无服。

【注释】

①狐：在这里借指男子。绥绥：慢吞吞地走。②梁：河上的石梁。③厉：通"濑"，即水边的浅滩。

狐

　　狐狸是较为常见的动物，在中国的文化中，狐狸一直占有很重要的地位，在上古神话中已经有它的身影，也是大量民间故事里的主角。

# 木 瓜

这是一首反映男女之间两情相悦而彼此写诗赠答情境的诗。古代，瓜果成熟的时候，男女聚会，女子会把采集到的水果扔给自己看中的男子，男子则要将自己随身携带的玉佩赠送给女子，作为定情之物。本诗可以说是古代浪漫习俗在文学作品中的一个反映。

投我以木瓜①，报之以琼琚②，

匪报也③，永以为好也④。

投我以木桃，报之以琼瑶⑤，

匪报也，永以为好也。

投我以木李，报之以琼玖⑥，

匪报也，永以为好也。

【注释】

①投：投向，赠送。②琼：美玉。琚：佩玉。③匪：非。④永以为好也：希望能永久相爱下去。⑤瑶：佩玉。⑥玖：较为贵重的黑色玉石。

木瓜

　　《诗经》里提到的木瓜与我们现在说的木瓜是两种不同的植物，现在的木瓜是番木瓜，属于外来物种，《诗经》里的木瓜指楔楂，也叫楔梓，原产地就是我国，是一种质地很坚硬，需要水煮后才能食用的坚果，以气味芬芳闻名。

# 国风·王风

　　《王风》是东周洛邑地区之诗。周平王东迁后，王室衰微，礼崩乐坏，其诗已经不足以归入《雅》，因此归入《国风》之中。其音"哀以思"。《王风》共有十篇。

<sup>shǔ</sup>
# 黍 离

这首诗以黍稷成熟引领全诗，诗中是以浪迹天涯之人的视角展开叙述，多年来颠沛流离，最终回归故土，却见到故土一片衰败景象，昔日的繁荣已成过眼云烟，昔日的城郭只剩下断壁残垣。所以有人认为这是东周官员重游西周故地时触景生情而写的诗。

彼黍<sup>shǔ</sup>离离①，彼稷<sup>jì</sup>之苗②。

行迈靡靡③，中心摇摇④。

知我者⑤，谓我心忧。

不知我者，谓我何求。

悠悠苍天，此何人哉？


彼黍离离，彼稷之穗。

行迈靡靡，中心如醉。

知我者，谓我心忧。

不知我者，谓我何求。

悠悠苍天，此何人哉？

彼黍离离，彼稷之实。

行迈靡靡，中心如噎<sup>⑥</sup>。

知我者，谓我心忧。

不知我者，谓我何求。

悠悠苍天，此何人哉？

【注释】

①黍：大黄米。离离：茂盛的样子。②稷：一种谷物。③行迈：远行。靡靡：走路缓慢的样子。④摇摇：心中忧伤无处言说的样子。⑤知我者：理解我的人。⑥噎：因为忧伤而哽咽。

## 君子于役

这首诗描写的是丈夫出征在外或是去外地服劳役时，妻子在家中思念他的情景。丈夫在外久久不归，让妻子非常担心，时间已经到了黄昏时分，牛羊已经回圈，鸡也已经进窝，但丈夫还没有归来，家中空旷，更是让人忧伤。

君子于役①，不知其期②。

曷至哉③？鸡栖于埘④（shí），

日之夕矣，羊牛下来。

君子于役，如之何勿思！

君子于役，不日不月⑤。

曷其有佸⑥（huó）？鸡栖于桀⑦（jié），

日之夕矣，羊牛下括⑧。

君子于役，苟无饥渴⑨？

【注释】

①君子：妻子对丈夫的尊称。役：服役，劳役。②期：期限。③曷至：何时回家。④埘：凿墙做成的鸡窝。⑤不日不月：不能以日月计算，说明时间很久。⑥佸：相聚。⑦桀：鸡栖息的树桩。⑧括：至。⑨苟：语气词，代表期望。

中国养鸡的历史已经超过八千年，甲骨文中已经有了"鸡"字，是世界上最早养鸡的国家之一。在中国的传统文化中，鸡与神鸟凤凰的形象有明显的联系，鸡在人们心目中是光明的使者，是吉祥的象征。

## 君子阳阳

这是一首描写舞师和乐工相约共舞场景的诗，内容简洁明快，读来让人感觉很放松，也是内容普遍忧伤压抑的《王风》中为数不多的欢乐诗。

君子阳阳<sup>①</sup>，左执簧<sup>②</sup>，

右招我由房<sup>③</sup>。其乐只且！

君子陶陶<sup>④</sup>，左执翿<sup>⑤</sup>，

右招我由敖<sup>⑥</sup>。其乐只且。

【注释】

①阳阳：非常欢乐的样子。②簧：即大笙，古时的吹奏乐器。③由房：伴随着房中的乐曲节奏跳舞。④陶陶：快乐的样子。⑤翿：羽毛做成的跳舞时拿着的道具。⑥敖：舞曲名，即骜夏。

## 扬之水

这首诗是以一个戍守远方的士卒的视角,讲述自己在外戍守多年,不知道何时才能与妻子团聚的苦闷,字里行间充满了悲愤与哀愁之情。作者借助对河水的描写,表达了自己内心的种种情感。

扬之水①,不流束薪②。

彼其之子,不与我戍申③。

怀哉怀哉,曷月予还归哉?

扬之水,不流束楚④。

彼其之子,不与我戍甫。

怀哉怀哉,曷月予还归哉?

扬之水,不流束蒲⑤。

彼其之子,不与我戍许。

怀哉怀哉,曷月予还归哉?

【注释】

①扬:悠扬,水流缓而无力的样子。②不流束薪:河里的水很少,无法让柴草漂浮起来。③戍申:驻守在申国。④楚:荆棘条。⑤蒲:蒲柳。

蒲

蒲，《扬之水》里指蒲柳，学名红皮柳，又名蒲杨、水杨。因为这种
树在秋天时树叶很早就会凋零，所以古人将其看作病弱的树木，因此有时
会自比蒲柳来谦称自己体质虚弱或地位低。

# 中谷有蓷<sup>tuī</sup>

这首诗描写在灾荒之年，诗人见到了一位流离失所、无人可以依靠的女子，很同情她但又无力帮助她，感到非常难过。反映了当时社会的无情，还有作者的仁德之心。

中谷有蓷<sup>hàn</sup><sup>①</sup>，暵其干矣<sup>②</sup>。
有女仳<sup>pǐ</sup>离<sup>③</sup>，慨<sup>kǎi</sup>其叹矣<sup>④</sup>。

慨其叹矣，遇人之艰难矣<sup>⑤</sup>。

中谷有蓷，暵其脩矣<sup>⑥</sup>。

有女仳离，条其啸矣<sup>⑦</sup>。

条其啸矣，遇人之不淑矣。

中谷有蓷，暵其湿矣。

有女仳离，啜其泣矣<sup>⑧</sup>。

啜其泣矣，何嗟及矣<sup>⑨</sup>。

## 【注释】

①蓷：又名益母草、夏枯草，可以入药。②暵：干燥的样子。③仳离：流离失所。④慨其叹：慨叹。⑤遇人：遇到的人，这里指诗人遇到的颠沛流离的女子。艰难：窘迫、困窘。⑥脩：本义是干肉，这里指干枯、枯萎。⑦条其：即条然，形容生长的过程。⑧啜：哭泣的样子。⑨何嗟及矣：应写作"嗟何及矣"，哀叹不能为她做些什么。

　　蓷，益母草，是常见的中药材，在《神农本草经》中被列入上品药材，是妇科常用药，故名，但并不适合孕妇服用。

# 兔 爰

这首诗讲述的是一个没落贵族身处乱世，事事不如意，慨叹自己时运不济，希望自己一睡不醒以免面对这滔滔浊世。本诗把活得很逍遥的兔子与在罗网中忍受折磨的山鸡对比，指出自己犹如山鸡一样，事事都不顺利。可以说是古往今来所有不如意之人的共同心声吧！

有兔爰爰①，雉离于罗②。

我生之初，尚无为③。
我生之后，逢此百罹④，
尚寐无吪⑤！

有兔爰爰，雉离于罦⑥。

我生之初，尚无造⑦。

我生之后，逢此百忧。

尚寐无觉！

有兔爰爰，雉离于罿⑧。

我生之初，尚无庸。

我生之后，逢此百凶。

尚寐无聪⑨！

## 【注释】

①爰爰：舒缓放松的样子。②雉：野鸡。离于罗：被罗网困住。③无为：指还没有遇到难事，指生活得比较惬意。④百罹：各种忧患。⑤尚寐无吪：想要一睡不复醒。⑥罦：捕鸟的装有罗网的车。⑦尚无造：与"尚无为"同义。⑧罿：一种网。⑨无聪：听不见。

　　古代士人之间互相拜访，所用的礼物经常是雉鸡。这是因为雉鸡是一种难以人工饲养的动物。《白虎通义》记载："士以雉为挚者，取其不可诱之以食，慑之以威，必死不可生畜，士行威介，守节死义，不当转移也。"古人认为，雉鸡的这种特性好比高洁之士的品性，故而被赋予了士精神的象征。

# 葛 藟 <sup>lěi</sup>

这首诗描写的是一个无家可归之人在颠沛流离的情况下，遭遇极大的困难，无计可施，无人帮助，表达了强烈的悲凉情感。作者以绵绵葛藤不理会世间疾苦，犹自蓬勃生长起兴，采用对比手法衬托作者哀凉的心境。

绵绵葛藟①，在河之浒②。

终远兄弟③，谓他人父。

谓他人父，亦莫我顾④。


绵绵葛藟，在河之涘⑤。

终远兄弟，谓他人母。

谓他人母，亦莫我有⑥。


绵绵葛藟，在河之漘⑦。

终远兄弟，谓他人昆⑧。

谓他人昆，亦莫我闻⑨。


【注释】

①绵绵：绵延不绝的样子。葛藟：一种藤蔓，又名千岁藤。②浒：岸边。③终：既然。远：远离。④顾：照顾，关爱。⑤涘：水边。⑥有：同"友"，这里指相亲相爱。⑦漘：同"涘"，河岸边。⑧昆：兄长。⑨闻：通"问"，抚恤问候。

# 采 葛

这首诗反映的是一对热恋之中的情侣暂时分别，男子表达对女子的刻骨的相思之意。诗里反复吟唱二人一天不见，就犹如相隔"三月""三秋""三岁"那样长的时间。可见该男子相思之情有多浓烈。从此"一日不见，如隔三秋"成为知名典故，流传至今。

彼采葛兮①，一日不见，

如三月兮！


彼采萧兮②，一日不见，

如三秋兮③！


彼采艾兮④，一日不见，

如三岁兮！


【注释】

①葛：一种蔓草，可以用来织布。②萧：艾蒿，燃烧时有香气。③三秋：一个秋季有三个月，三秋就是九个月。也有人认为秋表示春秋，即一年，三秋就是三年。④艾：艾蒿。

艾

　　艾草有浓郁的香气，也是常用的药材，有驱毒辟邪的作用，艾草干燥
后制成的艾条是艾灸时必用的药物，古代常用它来占卜。在端午节，家家
户户都会在门口悬挂或插上用红纸扎好的艾草，以祈求家人吉祥平安。

# 大 车

这首诗表达的是一位女子热烈地爱上了一位男子，为了成就自己的爱情不惜一切，哪怕是生不能为夫妻，死后也要安葬在一起。生死与共，不离不弃的爱情故事自古就流传不衰，从"榖则异室，死则同穴"，到《孔雀东南飞》，再到梁祝化蝶的故事，尽管内容各异，但为了爱情奋不顾身的精神却彼此互通。

大车槛槛<sup>①</sup>，毳衣如菼<sup>②</sup>。

岂不尔思？畏子不敢。

大车啍啍<sup>③</sup>，毳衣如璊<sup>④</sup>。

岂不尔思？畏子不奔<sup>⑤</sup>。

榖则异室<sup>⑥</sup>，死则同穴<sup>⑦</sup>。
谓予不信，有如皦日<sup>⑧</sup>。

【注释】

①槛槛：车辆行驶发出的声音。②毳衣：车上遮蔽风雨的帷帐。菼：初生的芦苇。③啍啍：车辆行驶发出的声音。④璊：红色的玉。⑤奔：私奔。⑥榖：指吃饭，代指生前。异室：无法在一起生活。⑦同穴：安葬在一起。⑧皦：同"皎"，光明。

## 丘中有麻

这首诗描写的是女子正躲在山丘比较隐蔽的角落焦急等待爱人，并热切地希望爱人早点前来。其与前面的《桑中》《静女》等诗题材近似，"丘中有麻"这类地方都是当时常见的幽会地点。

丘中有麻，彼留子嗟①。

彼留子嗟，将其来施②。

丘中有麦，彼留子国③。

彼留子国，将其来食。

丘中有李，彼留之子④。

彼留之子，贻我佩玖⑤。

【注释】

①子嗟：人名。②将：希望。施：赐予恩惠。③子国：人名。④之子：这个人。⑤佩玖：黑色的有类似玉石光泽的石头。

麻

　　麻，这里的麻指其纤维可以纺织衣服的麻类植物，如苎麻、黄麻、青麻、大麻、亚麻等，拥有天然纤维中最高的强度，是理想的纺织原材料。

李

李属植物种类繁多，且性状优良，是中国重要的观花、观叶、观果植物，可应用于园林植物造景、盆栽观赏或作为果树栽植等。

# 国风·郑风

周宣王封其弟友于郑，位于今河南郑州一带。周平王东迁后，郑国迁都于新郑，郑国与东周王畿邻近，地处中原，文化较发达，《郑风》的格调激越活泼、抒情细腻，在《国风》中独树一帜。《郑风》共有诗二十一篇。

# 缁　衣

这是一首反映男女在热恋之中时，女子为男子缝制缁衣并深情叮咛的诗。

缁衣之宜兮<sup>①</sup>，敝<sup>②</sup>，予又改为兮<sup>③</sup>。
适子之馆兮<sup>④</sup>，还<sup>⑤</sup>，予授子之粲兮<sup>⑥</sup>！

缁衣之好兮，敝，予又改造兮。

适子之馆兮，还，予授子之粲兮！

缁衣之席兮<sup>⑦</sup>，敝，予又改作兮。

适子之馆兮，还，予授子之粲兮！

【注释】

①缁衣：黑色的衣服。②敝：指衣服残破。③改为：重新做新衣服。④馆：住所。⑤还：回来。⑥粲：餐。⑦席：宽大。

# 将仲子

<sup>qiāng</sup>

这首诗是表现女子处在巨大家庭压力的环境下，一方面渴望爱情，能与自己心爱的人长相厮守，但另一方面畏惧家庭压力不敢大胆追求自己的幸福。这种痛苦与苦恼，在当时社会当中非常普遍，也极为残酷。

将仲子兮①，无踰我里②，

无折我树杞③。岂敢爱之④?

畏我父母⑤。仲可怀也⑥，

父母之言，亦可畏也。


将仲子兮，无踰我墙，

无折我树桑。岂敢爱之?

畏我诸兄。仲可怀也，

诸兄之言，亦可畏也。


将仲子兮，无踰我园，

无折我树檀⑦。岂敢爱之?

畏人之多言。仲可怀也，

人之多言，亦可畏也。


**【注释】**

①将：请。仲子：应当为人名，或是在家中排行第二，是女子爱恋的对象。②踰：越过。里：这里指里墙。周朝以五户为一里，里外建有墙壁。③无折我树杞：不要通过爬杞树来翻墙进来。杞：树名，当时里墙内外都要种树。④爱：吝惜。⑤畏：害怕。⑥可怀：值得怀念。⑦檀：檀树。

## 叔于田

这首诗描述的是一位女子对自己喜欢的高超猎人的表白和赞美。女子从狩猎的技巧与能力，还有二人分开后，少女感到的空虚与对他的思念表现自己的爱意。这位男子的豪迈性格、高超的狩猎技能、驯服烈马的能力，都让这位少女为之痴迷。

叔于田①，巷无居人②。

岂无居人？

不如叔也，洵美且仁③。

叔于狩④，巷无饮酒⑤。

岂无饮酒？

不如叔也，洵美且好。

叔适野，巷无服马⑥。

岂无服马？

不如叔也，洵美且武⑦。

【注释】

①叔：女子对心爱的人的称呼。田：田猎，狩猎形式的一种。②巷：里坊当中的小路。③洵：确实。仁：仁厚。④狩：指冬天狩猎。⑤饮酒：能喝酒的人。⑥服马：骑着马。⑦武：英武。

## 大叔于田

这首诗是描写郑庄公的弟弟共叔段打猎场景的。在这首诗中，共叔段迥异于《左传》当中那个"多行不义必自毙"的负面形象，而是一个英姿勃发、英勇无敌的正面形象，展现了其高超的武艺与英武的豪气。

叔于田，乘乘马①。

执辔如组②，两骖如舞③。

叔在薮④，火烈具举⑤。

襢裼暴虎⑥，献于公所⑦。

将叔无狃⑧，戒其伤女⑨。


叔于田，乘乘黄。

两服上襄⑩，两骖雁行。

叔在薮，火烈具扬。

叔善射忌⑪，又良御忌。

抑磬控忌⑫，抑纵送忌⑬。

叔于田，乘乘鸨<sup>bǎo</sup>⑭。

两服齐首⑮，两骖如手<sup>cān</sup>⑯。

叔在薮<sup>sǒu</sup>，火烈具阜⑰。

叔马慢忌，叔发罕忌。

抑释掤忌<sup>bīng</sup>⑱，抑鬯<sup>chàng</sup>弓忌⑲。

———

【注释】

①乘马：驷马，这里指乘坐由四匹马拉的车。②执辔：挥动马缰绳。组：丝线。③骖：拉车的四匹马中靠外侧的两匹。如舞：犹如跳舞，借指马匹奔跑很有节奏。④薮：野兽借以藏身的草泽。⑤火烈：火光，这里指猎人在野兽逃跑的路上放火使其无路可逃。具举：同时举起。⑥襢裼：脱下上衣，赤膊上阵。暴：与猛兽搏击。⑦公所：国君居住的地方。⑧狃：重复做某事。⑨戒：警戒。⑩两服：四马中位于中间的两匹马。上襄：在前拉车。⑪忌：语气词。⑫抑：语气助词。磬控：弯腰勒马。⑬纵送：放纵马自由奔驰。⑭鸨：皮毛有多种颜色的马。⑮齐首：齐头并进。⑯如手：如使臂指。⑰阜：火势旺盛。⑱释掤：将箭壶打开把箭收拾好。掤：箭壶的盖子。⑲鬯：装弓的袋子。

# 清　人

这是一首讽刺诗，讽刺的对象是郑国将军高克。《左传·闵公二年》记载，郑国人讨厌将军高克，因为当时狄人侵略卫国，郑国与卫国一河之隔，郑国担心狄人越河来攻，于是派高克屯兵河边防备狄人。结果狄人打过来时，高克大败，逃到了陈国。郑国人于是写了这首诗来讽刺他。这首诗没有写军队战败的场景，而是写军队驻扎时威风凛凛的感觉，这样与后来的溃败对比，有着鲜明的讽刺意味。

清人在彭①，驷介旁旁②。

二矛重英③，河上乎翱翔。

清人在消，驷介麃麃④。
<small>biāo biāo</small>

二矛重乔⑤，河上乎逍遥。

清人在轴，驷介陶陶⑥。

左旋右抽⑦。中军作好⑧。

【注释】

①清人：清邑的人，这里指高克率领的军队。在：驻扎。彭：地名。②驷介：披上铠甲的四匹拉车的马。介：铠甲。旁旁：强壮的样子。③矛：插在战车两侧的长矛。英：通"缨"，长矛上的装饰物。④麃麃：威武雄壮的样子。⑤乔：矛上作为挂饰的羽毛。⑥陶陶：马奔驰的样子。⑦左旋右抽：形容军队自由散漫的样子。⑧作好：装模作样。

# 羔 裘
### qiú

这首诗以羔裘起兴，通过描写羔裘的好看与合身，达到女子赞美自己的爱人的目的。好的羔裘只有与之匹配的人才能穿戴，而她的爱人忠诚、勇武、贤能，正是恰当的人选。

羔裘如濡<sup>①</sup>，洵直且侯<sup>②</sup>。
### rú

彼其之子，舍命不渝<sup>③</sup>。


羔裘豹饰，孔武有力<sup>④</sup>。

彼其之子，邦之司直<sup>⑤</sup>。


羔裘晏兮<sup>⑥</sup>，三英粲兮<sup>⑦</sup>。

彼其之子，邦之彦兮<sup>⑧</sup>。

【注释】

①羔裘：用羊羔皮制作的裘衣。如濡：湿润，形容羔裘柔软而有光泽。②洵：的确。③渝：变。④孔：非常。⑤司直：正直，主持正义之人。⑥晏：柔和的样子。⑦英：装饰品。粲：鲜明亮丽的样子。⑧彦：贤能之人。

## 遵大路

这首诗描述的是一对正在热恋的男女因为某些原因不得不分别，双方感到伤感而又担忧对方会变心，表现了依依惜别、难舍难离的复杂心情。

遵大路兮<sup>①</sup>，掺执子之祛兮<sup>②</sup>。
无我恶兮，不寁故也<sup>③</sup>。

遵大路兮，掺执子之手兮。
无我魗兮<sup>④</sup>，不寁好也。

【注释】

①遵：沿着。②掺执：牵着。祛：袖子。③寁：迅速。故：故交。④魗：同"丑"，认为丑。

## 女曰鸡鸣

这首诗描写的一对热恋中的男女幽会，情到深处，女子开始幻想日后两人结婚时的盛况与婚后的甜蜜生活，让人感到非常温馨甜蜜、浮想联翩。

女曰："鸡鸣！"士曰："昧旦<sup>①</sup>。"

"子兴视夜<sup>②</sup>，明星有烂<sup>③</sup>。"

"将翱将翔，弋凫与雁<sup>④</sup>。"


"弋言加之<sup>⑤</sup>，与子宜之<sup>⑥</sup>。

宜言饮酒，与子偕老。

琴瑟在御<sup>⑦</sup>，莫不静好。"


"知子之来之<sup>⑧</sup>，杂佩以赠之<sup>⑨</sup>。

知子之顺之<sup>⑩</sup>，杂佩以问之<sup>⑪</sup>。

知子之好之，杂佩以报之。"

【注释】

①昧旦：清晨太阳还没升起之时。②兴：起床。视夜：观察天色。③明星：这里指启明星，即金星，会在天快亮时出现。烂：星光灿烂。④弋：用绑着细绳的箭射鸟。凫：野鸭或大雁。⑤加：通"嘉"，嘉礼，即聘礼。⑥宜：匹配。⑦御：用，这里指弹奏乐器。⑧来：勤勉。⑨杂佩：一种女子的装饰品。⑩顺：和顺。⑪问：送给。

鴈

　　大雁在传统文化里被认为是禽中之冠，是仁、义、礼、智、信俱存的
一种动物。大雁被认为终生只有一个伴侣，是忠贞之鸟，所以古代会用大
雁作为聘礼，寓意夫妻白头偕老。

## 有女同车

这首诗描述的是在婚礼上，新郎与新娘同车的时候，新娘的美丽与风韵，还有极好的门第、优雅的举止，让新郎心动不已，他内心充满了欢欣，并决定绝对不辜负自己的爱人。

有女同车①，颜如舜华②。

将翱将翔，佩玉琼琚。

彼美孟姜，洵美且都③。


有女同行（háng），颜如舜英④。

将翱将翔，佩玉将将（qiāng qiāng）⑤。

彼美孟姜，德音不忘⑥。


【注释】

①同车：依据周礼，举行婚礼，迎亲时，夫妻俩各乘一辆车，只有新娘登车时，新郎与其同车驾车前行一段，之后由车夫代替。②舜华：木槿花。③都：娴雅。④舜英：牵牛花。⑤将将：走路时佩玉碰撞发出的声音。⑥德音：美誉。

　　舜，在今天被称为木槿，是著名的观赏植物，因此《诗经》里将其代指美好的容颜。同时，木槿花在开花的时候，枝条上会生出许多花苞，一朵花凋落后，其他花苞会连续绽放，因此也被称为无穷花，是美好与幸运的象征。

## 山有扶苏

这是一首描绘很温馨、很美好的故事的诗篇。一对情侣正在约会，女子故意作弄自己的爱人，促狭地打趣他，看他窘迫的样子，打情骂俏，热情洋溢，让人如身临其境，别有一番滋味在心头。

山有扶苏①，隰有荷华②。

不见子都③，乃见狂且④。


山有乔松，隰有游龙⑤。

不见子充⑥，乃见狡童⑦。

【注释】

①扶苏：枝叶繁茂的树木。②隰：低洼的沼泽。荷华：荷花。③子都：本来是古代美男子的名字，后来泛指美男子。④狂且：狂妄愚钝的人。⑤游龙：一种草本植物，即红蓼。⑥子充：指美男子。⑦狡童：狡猾的少年。

荷華

　　荷花种类很多，早在周朝中国就有栽培荷花的记载。荷花的藕和莲子能食用，莲子、根茎、藕节、荷叶、花及种子的胚芽等都可以入药与食用，可谓一身是宝。其美丽的外表和出淤泥而不染的特性，使其备受文人雅士的喜爱。

## 箨 兮
<sub>tuò</sub>

本诗短小精悍但意味深长，是一首反映寻觅爱人的诗。在聚会上，男女间彼此吸引、彼此邀请、共同歌唱，颇有一些像刘三姐那样的情歌对唱，最终喜结连理的爱情故事。

箨兮箨兮①，风其吹女②。

叔兮伯兮，倡予和女③。


箨兮箨兮，风其漂女④。

叔兮伯兮，倡予要女⑤。

【注释】

①箨：落下的树叶。②女：同"汝"。③倡：同"唱"。和：对唱。④漂：飘。⑤要：相会。

## 狡　童

　　一起过日子，难免有些磕磕碰碰。这首诗讲述的就是一对小夫妻之间拌嘴吵架的故事，男人赌气不理睬妻子，妻子则有些不安，为此深感苦恼，陷入一种纠结担忧的心境当中。这种很有生活的烟火气的诗篇，也是非常有艺术特色的。

　　彼狡童兮①，不与我言兮。

　　维子之故②，使我不能餐兮。


　　彼狡童兮，不与我食兮。

　　维子之故，使我不能息兮③。


【注释】

　　①狡童：狡黠的孩子，这里是对丈夫或情人的爱称。②维子：为兹，为此。③息：入睡。

## 褰裳

这是一首非常明显的情诗，而且是女孩子向男孩子大胆挑逗的诗歌。先秦时期，没有后世各种礼教的束缚，表达爱意是非常直接而大胆的，男女都是如此。这首诗中，姑娘的表达更加直接大胆，让有些羞涩的男子明白自己的心意，读来别有一番兴味。

子惠思我，褰裳涉溱<sup>①</sup>。

子不我思，岂无他人？

狂童之狂也且<sup>②</sup>！

子惠思我，褰裳涉洧<sup>③</sup>。

子不我思，岂无他士<sup>④</sup>？

狂童之狂也且！

【注释】

①褰裳：撩起衣裳。涉：渡过。溱：河流名。②狂童之狂：傻乎乎的样子。也且：语气助词。③洧：河名。④他士：指其他喜欢自己的男人。

# 丰

这首诗讲述的是一位即将出嫁女子却遭遇婚变（一般认为是女方父母反对而退婚），她思念自己的未婚夫，追忆他的风姿与昔日的情感，希望他能来娶自己，情真意切，读来让人唏嘘。

子之丰兮①，俟我乎巷兮②，

悔予不送兮③。


子之昌兮④，俟我乎堂兮，

悔予不将兮⑤。


衣锦褧衣⑥，裳锦褧裳⑦。
叔兮伯兮，驾予与行⑧。


裳锦褧裳，衣锦褧衣。

叔兮伯兮，驾予与归⑨。


**【注释】**

①丰：丰满、美丽的样子，也可以将丰理解为通"姇"，容貌美丽的样子。②俟：等待。③送：送女儿出嫁。④昌：健壮的样子。⑤将：出嫁。⑥衣锦：穿着锦绣上衣。褧衣：锦缎的罩衣，指嫁衣。⑦裳锦：穿着锦绣的下裳。褧裳：锦缎的罩裙。⑧驾：驾车。古代娶亲，男方前来迎亲时，要乘坐女方准备的车马。⑨归：嫁到男方家里。

## 东门之墠

这首诗写的是一对恋人依靠情歌对唱来交流感情的场景。先秦时期礼法没有那么严格，不像后世必须遵从父母之命、媒妁之言，男女双方自由结合是可以的。男子以茹藘起兴，表达自己对女子的思慕之情，女子则回应思家室，说明自己对男方有感情，并比较直接地表达了自己的爱情。

东门之墠①，茹藘在阪②。

其室则迩③，其人甚远。

东门之栗，有践家室④。

岂不尔思？子不我即。

【注释】

①墠：城郊的平坦土地。②茹藘：即茜草，根可以提炼染料。阪：山坡。③迩：近。④践：排列整齐。

茹藘，即茜草，在商周时期，古人就掌握了从茜草的根茎中提取红色染料的方法，由于制取困难，这种染料十分珍贵，只有贵族阶层用来染制贵重的丝绸衣物，这种高贵的颜色又被称为绛色。

## 风　雨

　　本诗描写的是一对夫妻久别后重逢的欣喜，在这样一个风雨交加的黎明时分有了如此意外的惊喜，让人格外开心。这首诗将气氛渲染与心境描写巧妙地融为一体，让人产生强烈的共鸣。

　　风雨凄凄①，鸡鸣喈喈②。

　　既见君子，云胡不夷③？

　　风雨潇潇，鸡鸣胶胶④。

　　既见君子，云胡不瘳⑤（chōu）？

　　风雨如晦⑥，鸡鸣不已。

　　既见君子，云胡不喜？

【注释】

　　①凄凄：风雨凄冷的样子。②喈喈：很多鸡啼叫的声音。③云胡：如何。夷：心安。④胶胶：一群鸡啼叫的声音。⑤瘳：疾病痊愈。⑥晦：昏暗。

# 子　衿<sup>jīn</sup>

这是一首讲述一位女子望着自己的定情信物上面的"佩衿",想念着自己的爱人,她幽怨地想着恋人走了一段时间也不赶紧回来,杳无音信,她有些不安,希望恋人早日回来与自己团聚。阅读本诗,女子深厚的爱恋之情跃然而出,让人心动。

青青子衿<sup>①</sup>,悠悠我心<sup>②</sup>。

纵我不往<sup>③</sup>,子宁不嗣<sup>sì</sup>音<sup>④</sup>?

青青子佩,悠悠我思。

纵我不往,子宁不来?

挑兮达兮<sup>⑤</sup>,在城阙<sup>què</sup>兮<sup>⑥</sup>。

一日不见,如三月兮!

【注释】

①衿:佩衿,系在玉佩等物下面的飘带。②悠悠:思念的样子。③纵:即使。④宁不:为什么不。嗣音:寄信。⑤挑兮达兮:不断走动。⑥城阙:城楼。

## 扬之水

本诗与《王风·扬之水》同名，一般理解为劝谏诗。主旨在于规劝身边的人不要听信流言蜚语、挑拨离间，应当相信自己。诗中反复提及"终鲜兄弟"，说明对话的两个人有着非常亲密的关系，非常珍惜彼此的关系，因此不惜苦口婆心地劝谏，起到了很好的作用。

扬之水，不流束楚①。

终鲜兄弟②，维予与女③。

无信人之言，人实迋女④。

扬之水，不流束薪⑤。

终鲜兄弟，维予二人。

无信人之言，人实不信。

【注释】

①束：捆绑好的。楚：荆条。②鲜：稀少。③女：同"汝"，你。④迋：同"诳"，欺骗。⑤薪：柴火。

## 出其东门

这首诗是男子对于心上人的由衷恋慕与不为他人所动的坚贞，他走出国都的东门，周围的女子多得犹如天上之云，但没人可以让他心动，他只对那个"缟衣綦巾"的爱人一往情深，唯有她才是他的知音。这首诗当中没有描绘男子心仪的女子的具体形象，但通过对女子衣裙的清晰记忆与描写，可以想见女子相貌的美好与男子对她的深深眷恋。

出其东门，有女如云①。

虽则如云，匪我思存②。

缟衣綦巾③，聊乐我员④。


出其闉阇⑤，有女如荼⑥。

虽则如荼，匪我思且⑦。

缟衣茹藘⑧，聊可与娱。


【注释】

①如云：形容周围的女子非常多。②思存：心中想念的人。③缟衣：白色的纱衣。綦巾：青绿色的佩巾。④聊：暂且。员：同"云"，语气助词。⑤闉阇：城外曲折的城门。⑥如荼：形容数量很多。⑦思且：心中思念的对象。⑧茹藘：茜草，可以提取红色的染料。这里借指用茜草的色素染红的佩巾。

## 野有蔓草

这首诗讲述的是一对相恋的情侣在幽会时男子所演唱的情歌，诗中描绘了野外非常美丽的景色，碧绿的青草上还挂有露珠。这时女孩走来，她的眼睛非常明亮，面容非常美丽，身姿让人心动，男子反复吟咏女子的美貌与一双灵动的眼睛，使人感到欣喜之情难以抑制。

野有蔓草①，零露漙兮②。

有美一人，清扬婉兮③。

邂逅相遇④，适我愿兮。

野有蔓草，零露瀼瀼⑤。

有美一人，婉如清扬。

邂逅相遇，与子偕臧⑥。

【注释】

①蔓：在地面蔓延生长的草。②零：滴落。漙：露水非常多的样子。③清扬：目光明亮的样子。婉：美好。④邂逅：不期而遇。⑤瀼瀼：露水很多的样子。⑥臧：美好。

zhēn wěi
# 溱 洧

这首诗讲述的故事发生在三月的上巳节。上巳节是我国古代非常重要的一个节日,是举行"祓除畔浴"活动的时刻,人们结伴去水边沐浴,称为"祓禊"。此后又增加了祭祀宴饮、曲水流觞、郊外游春等内容,从先秦到唐代,上巳节一直是一年中最重要的节日之一,也是当时人们借以寻找伴侣的重要日子。本诗描写的就是在上巳节这天,大批青年男女都在河边聚会郊游的盛况。

溱与洧,方涣涣兮<sup>①</sup>。
huàn huàn

士与女<sup>②</sup>,方秉蕳兮<sup>③</sup>。
jiān

女曰观乎<sup>④</sup>?士曰既且<sup>⑤</sup>。

且往观乎?洧之外,洵訏且乐<sup>⑥</sup>。
xū

维士与女,伊其相谑,赠之以勺药。
xuè

溱与洧,浏其清矣<sup>⑦</sup>。

士与女,殷其盈矣<sup>⑧</sup>。

女曰观乎?士曰既且。

且往观乎?洧之外,洵訏且乐。

维士与女,伊其将谑,赠之以勺药<sup>⑨</sup>。

【注释】

①溱、洧:都是郑国境内的河流。涣涣:水流弥漫的样子。②士:古代用来代称男子。③方:正。秉:执。蕳:一种有芳香气味的草。④观乎:去看吗?⑤既:已经。且:通"徂",去、往。⑥訏:大。⑦浏:水清澈的样子。⑧殷:众多。⑨勺药:即芍药。

　　芍药被人们誉为"花仙"和"花相",是著名的观赏植物,根部可以药用,称为"白芍",种子可以制造肥皂和涂料。

# 国风·齐风

　　武王灭商后，分封功臣吕尚于齐国，主要在今山东地区。《齐风》共有十一篇，多数是关于婚嫁与爱情的诗，还有反映百姓对徭役的不满及揭露齐襄公与其妹文姜通奸丑行的诗。

## 鸡 鸣

这是一首描述夫妻二人在床上的一番对话的诗。妻子催促丈夫天快亮了，应该早起上朝了，但丈夫赖床始终不愿意起来，借口说天还没亮，想要多睡一会儿，妻子不断变换着让他早起的理由。这首诗读起来很有趣味，非常有生活气息。

鸡既鸣矣，朝既盈矣①。

匪鸡则鸣，苍蝇之声。

东方明矣，朝既昌矣②。

匪东方则明，月出之光。

虫飞薨薨③，甘与子同梦④。

会且归矣，无庶予子憎⑤。

【注释】

①朝：早晨，也有人理解为朝堂，认为这是妻子在催丈夫早起上朝。盈：满，太阳已经完整地出现在地平线上了。②昌：阳光。③薨薨：虫子飞鸣的声音。④同梦：一起入睡。⑤无庶予子憎：不要让别人憎恶你。

苍
蝇

　　苍蝇是最常见的昆虫，寿命虽然只有一个月左右，但其繁殖力很强、危害很大。不过在这首诗里，丈夫赖床却说鸡叫是苍蝇声，很有趣味性。

# 还

这首诗是一群猎人在打猎过程中互相赞美对方狩猎技术的诗篇。几位猎人都技术出众，均拥有强健的体魄与矫健的身手，豪情壮志溢于言表。他们彼此欣赏，谈笑风生，非常有画面感。

子之还兮<sup>①</sup>，遭我乎峱之间兮<sup>②</sup>。
并驱从两肩兮<sup>③</sup>，揖我谓我儇兮<sup>④</sup>。

子之茂兮<sup>⑤</sup>，遭我乎峱之道兮。
并驱从两牡兮<sup>⑥</sup>，揖我谓我好兮。

子之昌兮<sup>⑦</sup>，遭我乎峱之阳兮<sup>⑧</sup>。
并驱从两狼兮，揖我谓我臧兮<sup>⑨</sup>。

【注释】

①还：通"旋"，身手敏捷。②遭：相遇。峱：古山名，在今山东临淄市东。③并驱从：骑着马并驾齐驱彼此追赶。肩：通"豜"，三岁的野兽，泛指较大的野兽。④揖：行拱手礼。儇：敏捷。⑤茂：德才出众。⑥牡：雄性的野兽。⑦昌：英俊。⑧阳：山的南面。⑨臧：强壮。

## 著

这首诗描写的是在婚礼现场，新郎来到新娘家接亲时，进入大门，见到各位宾朋前来迎接，新娘躲在屋里窥视新郎，心中充满了喜悦和期待等心理活动。这是一首反映一对新人怀着憧憬期待未来生活的诗篇。

俟我于著乎而①，充耳以素乎而②，

尚之以琼华乎而③。


俟我于庭乎而④，充耳以青乎而，

尚之以琼莹乎而。


俟我于堂乎而，充耳以黄乎而，

尚之以琼英乎而。

【注释】

①著：这里指新娘家的大门前。乎而：语气连词，无实际含义。②充耳：耳边的装饰物。素：白色丝线，是充耳的一部分。③琼华：美玉。④庭：庭院。

## 东方之日

这首诗与上一篇《著》的内容非常接近，不知是否描写的是同一桩婚事。该诗以新郎的视角来描绘自己的爱人，将她比作太阳与月亮，使得这首诗充满了喜悦之情，重点讲述的是婚礼结束在洞房时新郎的心理活动。

东方之日兮，彼姝者子，

在我室兮。

在我室兮，履我即兮<sup>①</sup>。

东方之月兮，彼姝者子，

在我闼兮<sup>②</sup>。

在我闼兮，履我发兮<sup>③</sup>。

**【注释】**

①履我即兮：你踩到了我。这里应该是小夫妻之间的打情骂俏。②闼：门里。③发：脚。

## 东方未明

这首诗历代有多种不同的解读：传统观点认为这首诗讽刺的是无道的国君办事没有章法，没有准时的号令使得臣子疲于奔命；也有观点认为诗中男女通奸，主旨在讽刺其丑行。

东方未明，颠倒衣裳①。

颠之倒之，自公召之②。

东方未晞③，颠倒裳衣。

倒之颠之，自公令之。

折柳樊圃④，狂夫瞿瞿⑤。

不能辰夜⑥，不夙则莫⑦。

【注释】

①衣：先秦时期，人们将上身穿的称为衣，将下身穿的称为裳。②公：指王公贵族。③晞：天亮了。④樊：篱笆。圃：苑囿。⑤瞿瞿：怒目而视的样子。⑥辰夜：等候夜里的时间，这里指国内混乱，负责报时的人不能恪尽职守。⑦夙：早。莫：同"暮"，晚。

　　传统文化中，柳树是清明节祭祖与踏青两大礼俗中最为鲜活的载体，清明有折柳、插门、插坟的习俗，人们喜戴柳帽、穿柳鞋、头簪柳叶。"柳"与"留"谐音，因此古人送别时往往折柳相送。

# 南　山

　　这首诗是讽刺齐襄公与自己同父异母的妹妹文姜私通，而此后文姜嫁给鲁桓公，鲁桓公没能制止文姜与齐襄公的继续私通，反而姑息纵容，最终惹来杀身之祸，被齐襄公杀掉。

南山崔崔<sup>①</sup>，雄狐绥绥<sup>②</sup>。

鲁道有荡<sup>③</sup>，齐子由归<sup>④</sup>。

既曰归止<sup>⑤</sup>，曷又怀止<sup>⑥</sup>？

葛屦五两<sup>⑦</sup>，冠缕双止<sup>⑧</sup>。

鲁道有荡，齐子庸止<sup>⑨</sup>。

既曰庸止，曷又从止？

艺麻如之何？衡从其亩。

取妻如之何？必告父母。

既曰告止，曷又鞠止？

析薪如之何？匪斧不克。

取妻如之何？匪媒不得。

既曰得止，曷又极止？

【注释】

①南山：齐国境内的一座山。崔崔：山势高大的样子。②绥绥：往复徘徊的样子。③荡：平坦。④齐子：齐女，指齐襄公的妹妹文姜。归：出嫁。⑤既：既然。止：语气助词。⑥曷：为何。怀：想念。齐襄公与文姜私通的事被鲁桓公发现，齐襄公派人暗杀鲁桓公，此后文姜多次回齐国与齐襄公通奸。⑦葛屦：葛麻编制的鞋。⑧冠绥：帽带。⑨庸：从。这里指文姜从这里出嫁到鲁国。

fǔ
# 甫 田

这是一首女性思念远方的男性亲人的诗，但女性和亲人的关系历代解读有争议：有人认为是母亲思念孩子，有人认为是妻子思念丈夫。本诗以田地荒芜、杂草丛生却无人耕种打理比兴，表达了对亲人的思念，还有自己的伤感之情，不知何时才能与亲人相见。

无田甫田①，维莠骄骄②。

dāo dāo
无思远人，劳心忉 忉③。


无田甫田，维莠桀桀④。

dá dá
无思远人，劳心怛怛⑤。


婉兮娈兮⑥，总角丱兮⑦。

biàn
未几见兮，突而弁兮⑧！

【注释】

①无田：无力耕种土地。甫田：面积很大的田地。②莠：田里的杂草。骄骄：形容茂盛而杂乱的样子。③忉忉：因为忧愁而焦虑的样子。④桀桀：形容长得很高。⑤怛怛：悲伤痛苦的样子。⑥婉：温柔。娈：美丽。⑦总角：小孩在头的两侧编的小辫。丱：象形字，表示两个小辫子的样子。⑧弁：冠。古代男子二十岁成人才可以戴冠。

莠

莠，又叫狗尾草，因该植物的穗形像狗尾巴，故名。我国各地均有分布，是常见杂草，生命力很顽强。

## 卢　令

这是一首对所看到的本领高强的猎人表示赞叹与钦佩的诗，诗的作者或许是一位路人或是一位爱慕猎人的姑娘。猎人英俊、勇敢、和善，本领极高，让人赞叹与佩服。本诗没有直接描写猎人的行动，而是通过描写猎犬戴的项圈、锁链等来讲述猎人的能力，也是一大艺术特点。

卢令令①，其人美且仁。

卢重环②，其人美且鬈<sup>quán</sup>③。

卢重鋂④，其人美且偲<sup>cāi</sup>⑤。

【注释】

①卢：猎犬。令令：猎犬脖子上挂的金属环或铃铛发出的声音。②重环：环环相扣。③鬈：头发柔顺而卷曲。④重鋂：大环上有两个小环。⑤偲：多才。

# 敝 笱
<sup>gǒu</sup>

这是一首讽刺鲁桓公的妻子文姜与其兄齐襄公私通的诗。诗中表面上讲述鲁桓公与文姜的随员如云、雨、水一样众多，夫妻来到齐国后，文姜与其兄过从甚密，其实是暗讽文姜荒淫无耻的秽行。鲁桓公后来发现了文姜与齐襄公的奸情，在即将归国时被齐人谋害。

敝笱在梁[①]，其鱼鲂鳏[②]。
fáng guān

齐子归止，其从如云[③]。

敝笱在梁，其鱼鲂鲂[④]。

齐子归止，其从如雨。

敝笱在梁，其鱼唯唯[⑤]。

齐子归止，其从如水。

【注释】

①敝笱：破旧的捕鱼笼。梁：放置鱼笼的石堰。②鲂鳏：鲂鱼与鳏鱼，都是比较美丽的鱼。③从：随从。④鲂：鲢鱼。⑤唯唯：鱼儿自由自在游动的样子。

鲋即鲢鱼，是我国著名的食用淡水鱼，是四大家鱼之一。

## 载　驱

这首诗继续讽刺齐襄公与文姜私通的淫荡行为与无耻行径，表达了齐国百姓对他们的愤慨。诗中描写文姜浩浩荡荡出行的场景，还有周围的环境，加上对文姜得意心理的描述，再结合她与哥哥通奸、害死丈夫的行为，讽刺意味跃然纸上。

载驱薄薄<sup>①</sup>，簟茀朱鞹<sup>②</sup>。

鲁道有荡<sup>③</sup>，齐子发夕<sup>④</sup>。


四骊济济<sup>⑤</sup>，垂辔沵沵<sup>⑥</sup>。

鲁道有荡，齐子岂弟<sup>⑦</sup>。


汶水汤汤<sup>⑧</sup>，行人彭彭<sup>⑨</sup>。

鲁道有荡，齐子翱翔。


汶水滔滔<sup>⑩</sup>，行人儦儦<sup>⑪</sup>。

鲁道有荡，齐子游敖<sup>⑫</sup>。


**【注释】**

①驱：驾车疾行。薄薄：车轮转动的声音。②簟茀：马车上的席棚与竹帘。朱鞹：红色的皮革，覆盖在车子的席棚上。③鲁道有荡：前往鲁国的宽阔大道。④发夕：朝见暮见，即久处之意。⑤济济：驾车的马行动整齐。⑥垂辔：缰绳垂下来，表明没有急着赶车，很悠闲的感觉。沵沵：柔软的样子。⑦岂弟：欢乐悠闲的样子。这里与文姜的丈夫刚去世的现实形成鲜明对比。⑧汤汤：水流激荡的样子。⑨行人彭彭：随从非常多的样子。⑩滔滔：水流浩荡。⑪儦儦：众多的样子。⑫游敖：游乐。

## 猗 嗟
（yī）

一般认为这首诗是赞美鲁庄公仪表堂堂与出众的射术，展现了一个卓尔不群的贵族形象。鲁庄公是鲁桓公与文姜的儿子，不同于桓公的昏聩，庄公是一位比较有作为的君主，曾击败齐桓公。庄公擅长射箭，曾在战场上一箭射伤宋国名将南宫长万，并将其俘虏。这首诗就是讲述练习射箭时英姿勃发的鲁庄公的。

猗嗟昌兮①，颀而长兮②。

抑若扬兮③，美目扬兮④。

巧趋跄兮⑤，射则臧兮⑥。
（qiàng）

猗嗟名兮，美目清兮。

仪既成兮⑦，终日射侯⑧。

不出正兮⑨，展我甥兮⑩。

猗嗟娈兮，清扬婉兮。
（luán）

舞则选兮⑪，射则贯兮⑫。

四矢反兮⑬，以御乱兮。

**【注释】**

①猗嗟：感叹词。昌：强壮的样子。②颀而：身材很高。③抑若：美丽的样子。扬：额头很宽。④扬：目光有神，神采飞扬。⑤巧：灵巧。趋：走得很快而且沉稳有力。⑥射：射箭。臧：这里指射箭很准受到众人的称赞。⑦仪：威仪。成：完成。⑧侯：靶子。⑨出：偏离。正：靶心。⑩展：真的。⑪舞：跳舞。古代进行射箭比赛时要跳舞。选：通"旋"，舞步盘旋。⑫贯：箭射穿了箭靶上蒙的野兽皮。⑬四矢反兮：四支箭呈正方形插在箭靶上。这是古代比赛射箭时的一个项目。

# 国风·魏风

　　这里说的魏，不是战国七雄之一的魏国，而是西周初年分封的姬姓国，在今山西芮城东北，春秋时被晋国吞并。《魏风》共有诗歌七篇。

# 葛屦（jù）

　　这首诗的主人公是一个身份低微的奴婢，她正在为自己的主人缝制新衣服与新鞋，她食不果腹、挨饿受冻，而主人却生活得特别好，对她颐指气使，认为她干活是理所当然的。本诗采用对比手法，将女仆的辛苦与贵妇的傲慢形成对比，让后世的人们看清了那个时代的冷漠与绝情。

　　纠纠葛屦①，可以履霜②。

　　掺掺女手③，可以缝裳。

　　要之襋之④（jí），好人服之⑤。

　　好人提提⑥，宛然左辟⑦，

　　佩其象揥⑧（tì）。

　　维是褊心⑨，是以为刺⑩。

【注释】

　　①纠纠：绳索缠绕纠葛的样子。葛屦：葛麻编织成的鞋。②履霜：踩踏霜地。③掺掺：同"纤纤"，柔弱纤细。④要、襋：衣服的腰带与衣领，这里作动词，缝制腰带与衣领。⑤好人：奴婢对主人的尊称。⑥提提：同"媞媞"，优雅美丽的样子。⑦宛然：转身的样子。辟：通"避"，闪开。⑧象揥：象牙簪。⑨褊心：心胸狭窄。⑩刺：讽刺。

fén jù rù
# 汾沮洳

这是一首女子赞美自己邂逅的男子的诗。一位姑娘正在河边挖野菜，偶遇了一位帅哥。这位帅哥仪表不凡，真的是一表人才，让女子大为心动。尽管这个帅小伙看来不是什么权贵，但在姑娘眼里，他是世界上最好的男人，这位"美无度、美如英、美如玉"的男子比那些贵族强多了。同时也讽刺了尸位素餐、无一是处的官员。

彼汾沮洳①，言采其莫②。

彼其之子，美无度③。

美无度，殊异乎公路④。


彼汾一方⑤，言采其桑。

彼其之子，美如英⑥。

美如英，殊异乎公行⑦。


彼汾一曲⑧，言采其藚⑨。
　　　　　　　　xù

彼其之子，美如玉。

美如玉，殊异乎公族⑩。


**【注释】**

①汾：河流名。沮洳：低湿的地方。②莫：酸模，一种野菜。③美无度：他的美是无法衡量的。④殊异：特别出众。公路：掌管国君的车马的官员，按惯例由贵族子弟担任。⑤一方：一边。⑥英：花朵，或者理解为通"瑛"，有光泽的玉。⑦公行：掌管国君兵车的官员，一般由贵族子弟担任。⑧曲：汾水的拐弯处。⑨藚：泽泻，一种草本植物，可入药。⑩公族：掌管国君宗族事务的官员，由贵族子弟担任。

　　藚即泽泻，多年生水生或沼生草本植物，是东北等地的常见植物。花
比较漂亮，可以作为观赏植物，也可以入药。

## 园有桃

这首诗是一位贤能之士表现其忧国忧民情怀的诗篇。他对现实感到苦闷与无奈，他的思虑无人理解，又不愿改变自己的看法去逢迎别人，心中充满愤懑。本诗的感情非常充沛，诗人应该也是贵族，但郁郁不得志，无法实现自己生命的价值，"其谁知之，盖亦勿思"！

园有桃，其实之殽$^{yáo}$①。

心之忧矣，我歌且谣②。

不知我者，谓我士也骄。

彼人是哉？子曰何其③？

心之忧矣，其谁知之④！

其谁知之，盖亦勿思⑤！


园有棘⑥，其实之食。

心之忧矣，聊以行国⑦。

不知我者，谓我士也罔极⑧。

彼人是哉？子曰何其？

心之忧矣，其谁知之！

其谁知之，盖亦勿思！


【注释】

①殽：食。②歌：有音乐伴奏时唱歌。谣：无音乐伴奏时唱歌。③子曰何：你认为怎样。④其：语气词。谁知之：谁能理解我？⑤盖：为什么不。勿思：忘记。⑥棘：酸枣树，这里指红枣。⑦行国：在国内四处走动。⑧罔极：无常，这里指违反常道。

棘

　　棘即酸枣，是枣的变种，又名野枣、山枣等。酸枣要比一般的枣小，
一般是圆或椭圆形，果皮厚、光滑，肉薄，味酸，酸枣仁可以入药，花蜜
可以作为蜜蜂酿蜜的原料。

zhi　hù
# 陟 岵

这首诗是一位长年在外征战难得回家的人遥想家人对自己的思念，不由得充满感触，展现了非常细腻的情感。这首诗没有像常规的写法那样，说自己如何痛苦、如何想家，而是想象着家中的亲人如何想念自己，这样就把个人的痛苦上升到家庭层面，是非常有特色的艺术表达方式。

陟彼岵兮①，瞻望父兮。

父曰："嗟予子②！

行役夙夜无已。上慎 旃 哉③！

犹来无止④！"

陟彼屺兮，瞻望母兮。

母曰："嗟予季！

行役夙夜无寐。

上慎旃哉！犹来无弃⑤！"

陟彼冈兮，瞻望兄兮。

兄曰："嗟予弟！

行役夙夜必偕⑥。

上慎旃哉！犹来无死⑦！"

**【注释】**

①岵：草木茂盛的山。②嗟：感叹。③上：通"尚"，祈祷。慎：小心而又谨慎。旃：语气助词。④犹：可。止：停留不回。⑤弃：弃家不归。⑥偕：结伴而行。⑦死：客死他乡不能回家。

## 十亩之间

这是一首反映先秦时期男女在桑林当中相会场景的诗，先秦时期通常种植大量桑树以便养蚕，桑林也成为青年男女约会的常见地点。这首诗的主人公就是一名采桑女，与自己的爱人相约桑林见面，表达了喜悦欢快的情绪。

十亩之间兮①，桑者闲闲兮②，

行与子还兮③。

十亩之外兮，桑者泄泄兮④，

行与子逝兮⑤。

【注释】

①十亩之间：指农田之间种植桑树的区域。十亩为概数。②闲闲：闲适的样子。③行：行走。还：盘桓。④泄泄：人多的样子。⑤逝：前往。

# 伐 檀 <sup>tán</sup>

这首诗描写了一群伐木工在劳动过程中放声歌唱，表达自己的情绪，显得热烈而气冲霄汉。同时也对不劳而获的贵族表达了自己的讽刺之情，展现了自己的抗争精神。

坎坎伐檀兮①，

置之河之干兮②，

河水清且涟猗③。

不稼不穑④，胡取禾三百廛兮⑤？

不狩不猎，胡瞻尔庭有县貆兮⑥？

彼君子兮，不素餐兮⑦！


坎坎伐辐兮⑧，置之河之侧兮，

河水清且直猗⑨。

不稼不穑，胡取禾三百亿兮⑩？

不狩不猎，胡瞻尔庭有县特兮⑪？

彼君子兮，不素食兮！

坎坎伐轮兮，置之河之漘兮<sup>⑫</sup>，

河水清且沦猗<sup>⑬</sup>。

不稼不穑，胡取禾三百囷兮<sup>⑭</sup>？

不狩不猎，胡瞻尔庭有县鹑兮？

彼君子兮，不素飧兮！

【注释】

①坎坎：伐木发出的声音。檀：檀木，树名。②置之河之干：把伐好的树木放在河岸边。置，放置。干，河岸。③涟：水面的涟漪。④稼：种植。穑：收割。⑤禾：这里是谷物的统称。廛：一家所耕种的土地称为一廛。⑥县：同"悬"，挂。貆：貉，一种小型哺乳动物。⑦素餐：不劳而获吃白食。⑧辐：车轮上的辐条。⑨直：河水中条状的波纹。⑩亿：一捆。⑪特：泛指成年野兽。⑫漘：水边。⑬沦：河流当中的小漩涡。⑭囷：圆形的谷仓。

　　檀木主要生长在热带地区，其木质坚硬，香气芬芳，色彩绚丽多变，很难朽烂，加上生长缓慢，成材不易，因此是非常高档的木材，多用它作为车舆、乐器、高级家具及其他精巧器物的材料。

## 硕 鼠

本诗采用了借物喻人的笔法，用偷吃粮食、为害一方的硕鼠指代那些不劳而获、尸位素餐、脑满肠肥的统治者。在本诗当中，硕鼠是非常猥琐的，它肆意挥霍，残害生灵。本诗表达了广大百姓不堪重负，激烈控诉统治者的剥削行为，希望自己摆脱剥削，过上美好的日子的情感。这首诗也是《诗经》当中著名的篇章。

硕鼠硕鼠①，无食我黍！

三岁贯女②，莫我肯顾③。

逝将去女④，适彼乐土。

乐土乐土，爰得我所。


硕鼠硕鼠，无食我麦！

三岁贯女，莫我肯德⑤。

逝将去女，适彼乐国。

乐国乐国，爰得我直⑥。


硕鼠硕鼠，无食我苗！

三岁贯女，莫我肯劳⑦。

逝将去女，适彼乐郊。

乐郊乐郊，谁之永号？


【注释】

①硕鼠：大型的田鼠。②三岁：多年。贯：侍奉。女：同"汝"。③莫我肯顾：不肯照顾我。④逝：通"誓"。⑤德：指感激。⑥爰：乃。直：同"值"，代价。⑦劳：慰劳。

# 国风·唐风

　　唐指的是晋国，晋国始祖为周成王之弟叔虞，封地位于"唐尧故地"，因此封国称为"唐国"，其南有晋水，叔虞之子燮父因改为晋侯。《唐风》共有诗歌十二篇。

## 蟋 蟀

本诗是关于朋友之间劝谏不要过度享乐，应当有所节制的故事。看到秋天已到，蟋蟀的生命已经快到了尽头，因此不由得有及时行乐的感慨，但同时要有所节制，在行乐时不可以耽误正事，要注意劳逸结合，体现了国人的中庸思想。

蟋蟀在堂①，岁聿其莫②。

今我不乐，日月其除③。

无已大康④，职思其居⑤。

好乐无荒⑥，良士瞿瞿⑦。

蟋蟀在堂，岁聿其逝。

今我不乐，日月其迈⑧。

无已大康，职思其外⑨。

好乐无荒，良士蹶蹶⑩。

蟋蟀在堂，役车其休⑪。

今我不乐，日月其慆⑫。

无以大康，职思其忧。

好乐无荒，良士休休⑬。

**【注释】**

①堂：堂屋。秋天到来，蟋蟀开始从野外进到温暖的堂屋里。②莫：同"暮"。③日月：指时光。除：消逝。④已：过度。大康：安乐。⑤职：职责。居：身处的地位。⑥荒：荒淫。⑦瞿瞿：心中警惕。⑧迈：消逝。⑨外：指意料之外的事，这里指没能预料到的风险。⑩蹶蹶：动作敏捷的样子。⑪役车：办公事时乘坐的车。休：休息。⑫慆：逝去。⑬休休：悠闲的样子。

　　蟋蟀，也叫促织，俗名蛐蛐、夜鸣虫等。蟋蟀是一种非常古老的昆虫，至少已有一亿四千万年的历史，也是古代玩斗的对象，形成了独特的蟋蟀文化。但蟋蟀给人们带来乐趣的同时，也引发了很多人玩物丧志的问题，如南宋权臣贾似道酷爱斗蛐蛐。

# 山有枢

本诗反映的是一个家道中落的贵族正在感慨人生苦短,应当及时行乐。也有学者认为这首诗其实是在暗讽那些犹如寄生虫般的贵族过于贪婪的丑恶嘴脸。

山有枢①,隰有榆②。

子有衣裳,弗曳弗娄③。

子有车马,弗驰弗驱。

宛其死矣④,他人是愉。

山有栲⑤,隰有杻⑥。

子有廷内⑦,弗洒弗埽⑧。

子有钟鼓,弗鼓弗考⑨。

宛其死矣,他人是保。

山有漆⑩,隰有栗⑪。

子有酒食,何不日鼓瑟?

且以喜乐,且以永日。

宛其死矣,他人入室。


【注释】

①枢:刺榆树。②隰:潮湿的洼地。榆:树名。③曳:拖,这里是穿着好衣服外出炫耀的意思。④宛:委顿地倒下。⑤栲:山樗,一种乔木。⑥杻:树名。⑦廷内:庭院与厅堂。⑧埽:同"扫(掃)",打扫。⑨鼓、考:敲击。⑩漆:漆树。⑪栗:栗子树。

枢

枢即刺榆，高可达十米，树皮深灰色或褐灰色，耐干旱，易生长，木材坚硬，可做农具，树皮纤维可以制作绳索、麻袋；嫩叶可作饮料；种子可榨油。

榆

　　榆即榆树，民间对榆树的木材称为"榆木疙瘩"，也用来借指别人头脑不开窍，但也正说明了榆木的坚固耐用，是日常生活中最常见的木材之一，做家具、工艺品都是上好的材料。榆树的翅果（即榆钱），富含营养，在荒年，还可以作为救急的粮食。

## 扬之水

公元前 745 年，晋昭侯封其叔成师（桓叔）于曲沃，建立"沃国"，后来桓叔的孙子姬称杀死晋哀侯，吞并晋国，并贿赂周釐王，将其封为晋国国君，这就是晋武公。这首诗是一位前去投靠晋武公的人写的诗，表达了他对于即将面见武公的喜悦之情，同时也表达了自己的忠心。

扬之水，白石凿凿①。

素衣朱襮<sup>bó</sup>②，从子于沃③。

既见君子，云何不乐？


扬之水，白石皓皓④。

素衣朱绣，从子于鹄。

既见君子，云何其忧？


扬之水，白石粼粼⑤。

我闻有命⑥，不敢以告人。

【注释】

①扬：地名，在晋国境内。凿凿：鲜明的样子。②襮：衣领。③从：跟随。到。沃：曲沃。④皓皓：洁白的样子。⑤粼粼：清澈的样子。⑥命：国君的命令。

# 椒　聊
jiāo　liáo

　　这是一首赞美采集花椒的女子的诗。花椒作为中国本土的调味料，有悠久的食用历史，而采集花椒也是一个重要的任务，劳动的女子也就显得更加吸引人，诗人见到这样一位不辞辛劳采集花椒的美女，心中充满了爱慕与赞美，因而写了这首诗。也有说法认为花椒在传统文化里有多子的内涵，这首诗是在祈祷婚后多子多福。

椒聊之实<sup>①</sup>，蕃衍盈升<sup>②</sup>。
fān

彼其之子，硕大无朋<sup>③</sup>。

椒聊且，远条且<sup>④</sup>。


椒聊之实，蕃衍盈匊<sup>⑤</sup>。

彼其之子，硕大且笃<sup>⑥</sup>。

椒聊且，远条且。

【注释】

　　①椒聊：椒树。实：花椒。②蕃衍：繁多。盈：满。升：古代的容器。③无朋：无比。④远条：花椒的香气在很远的地方就能闻到。⑤匊：通"掬"，两手合捧为一掬。⑥笃：厚实，这里形容妇人肌体丰满。

chóu móu
# 绸 缪

这首诗描写的是在新婚之夜，一群亲朋好友来给新人闹洞房的热闹场景。人们欢唱着，向这对新人献上祝福，也在打趣他们，但最终还是希望他们幸福美满、百年好合。

绸缪束薪①，三星在天②。

今夕何夕③？见此良人。

子兮子兮④，如此良人何⑤！


绸缪束刍⑥，三星在隅⑦。

xiè hòu
今夕何夕？见此邂逅⑧。

子兮子兮，如此邂逅何！


绸缪束楚，三星在户。

càn
今夕何夕？见此粲者⑨。

子兮子兮，如此粲者何！

【注释】

①绸缪：仔细地捆绑缠绕。束薪：捆好的柴火。先秦时期，婚礼当中要准备的东西里有捆好的柴火。②三星：天上的二十八星宿里的参宿，参宿的显著特征就是三颗并排等距的星星。③今夕何夕：今晚会是怎样的夜晚？④子兮：你呀。⑤如……何：把……怎么样。良人：好人，是古代妻子对丈夫的称呼。⑥刍：用来喂马匹的草料。⑦三星在隅：参宿在天边的角落里，这首诗里多次提到参宿的位置，其实是用参宿在夜空里位置的变化表示时间的流逝。⑧邂逅：不期而遇。⑨粲：鲜明的样子。

## 杕　杜
<sup>dì</sup>

这首诗讲述的是一个孤苦伶仃在他乡漂泊的人，没有依靠，渴望获得他人同情与救助，但无人伸手相助，他只能无力地呼唤。表明了孤苦之人的可怜与现实社会的残酷。

有杕之杜<sup>①</sup>，其叶湑湑<sup>②</sup>。

独行踽踽<sup>③</sup>，岂无他人？

不如我同父<sup>④</sup>。

嗟行之人，胡不比焉<sup>⑤</sup>？

人无兄弟，胡不佽焉<sup>⑥</sup>？

有杕之杜，其叶菁菁<sup>⑦</sup>。

独行睘睘<sup>⑧</sup>，岂无他人？

不如我同姓<sup>⑨</sup>。

嗟行之人，胡不比焉？

人无兄弟，胡不佽焉？

【注释】

①杕：树木孤零零生长的样子。杜：棠梨树。②湑湑：繁茂与滋润的样子。③踽踽：孤独而凄凉的样子。④同父：兄弟。⑤比：亲近，帮助。⑥佽：帮忙，帮扶。⑦菁菁：繁茂的样子。⑧睘睘：孤独行走的样子。⑨同姓：兄弟。

# 羔 裘 <sup>qiú</sup>

这首诗描写了一对夫妻吵架后怄气的场景，表达了妻子对丈夫的讽刺之意，表明了自己决不退让的态度。关系再好的夫妻都会有红脸的时候，吵架怄气也是常有的事，但能够借助《诗经》这部经典而流传后世，这一架也吵得值了。

羔裘豹祛<sup>qū</sup>①，自我人居居②。

岂无他人？维子之故③。

羔裘豹褎<sup>xiù</sup>④，自我人究究⑤。

岂无他人？维子之好⑥。

**【注释】**

①羔裘：羊皮袄。祛：袖口。②自：对待。居居：同"倨倨"，傲慢的样子。③维：因为。故：故友，也可以理解为旧情人。④褎：同"袖"。⑤究究：傲慢的样子。⑥好：这里指夫妻关系。

bǎo
# 鸨 羽

这首诗描写的是社会底层百姓被迫长期服徭役的困苦生活。底层百姓被压迫，苦不堪言。这首诗以大雁栖息在树上起兴，以此象征自己背井离乡，无法回家，还对家乡老迈的父母万分担忧，想回去照料却无法返回，显露出强烈的哀伤与愤懑之情。

肃肃鸨羽<sup>①</sup>，集于苞栩<sup>②</sup>。
xǔ
王事靡盬<sup>③</sup>，不能艺稷黍<sup>④</sup>。
mí gǔ      yì
父母何怙<sup>⑤</sup>？
hù

悠悠苍天，曷其有所<sup>⑥</sup>？

肃肃鸨翼，集于苞棘。

王事靡盬，不能蓺黍稷。

父母何食？

悠悠苍天，曷其有极<sup>⑦</sup>？

肃肃鸨行，集于苞桑。

王事靡盬，不能艺稻粱。

父母何尝？

悠悠苍天，曷其有常<sup>⑧</sup>？

## 【注释】

①肃肃：大雁振翅的声音。鸨：一种鸟，又名野雁。羽：羽毛。②苞：丛生。栩：栎树。③靡盬：没有停止的时候。④艺：种植。⑤怙：依靠。⑥曷：什么时候。有所：得其所，指回归故乡。⑦有极：终止。⑧常：正常。

鸨，是鸟类的一属，比雁略大，背上有黄褐色与黑色的斑纹，不擅长
飞翔，但善于走，能涉水。鸨是一种比较胆小的鸟类，以植物和小昆虫为食。

栩

　　栩在古代可以指麻栎、柞木等，这里指麻栎，一种大型乔木，种子（即橡实）含淀粉和脂肪油，可酿酒和做饲料；油可以制肥皂；木材坚硬、耐磨，可用来制作多种器具。

## 无 衣

本诗采用了欲扬先抑的手法，先说自己并不缺衣服，但和别人送给自己的衣服相比，就要差得远了。本诗以独特的方式向送衣服给自己的人表达谢意，虽然非常简短，但意味深长。

岂曰无衣？七兮①。

不如子之衣，安且吉兮②！


岂曰无衣？六兮。

不如子之衣，安且燠兮③！

【注释】

①七：虚数，指衣服很多。②安：舒适。吉：漂亮。③燠：暖和。

## 有杕之杜
<sup>dì</sup>

本诗是一首爱情诗，一位女子与男子相约见面。"有杕之杜"，杜在古代对应牝，即雌性，也可以暗指女子自己。本诗借物喻人，表达了女子对男子深切的爱。

有杕之杜<sup>①</sup>，生于道左。

彼君子兮，噬肯适我<sup>②</sup>？
<sup>shì</sup>

中心好之<sup>③</sup>，曷饮食之？

有杕之杜，生于道周<sup>④</sup>。

彼君子兮，噬肯来游？

中心好之，曷饮食之？

【注释】

①有杕之杜：孤单生长的杜树。②噬：通"逝"，句首助词。③中心：心中。好之：喜欢你。④道周：道路的拐弯处。

# 葛　生

本诗一般认为是妻子在丈夫去世之后，将他安葬好，从墓地返家过程中的心理活动。丈夫去世，自己孤独地活在人世间，无时无刻不想念丈夫，只盼着自己百年之后可以与丈夫合葬，在地下重逢。这首诗缠绵悱恻，充满悲情，是千古名作。

葛生蒙楚①，蔹<sup>liǎn</sup>蔓于野②。

予美亡此③，谁与独处④。

葛生蒙棘，蔹蔓于域⑤。

予美亡此，谁与独息。

角枕粲兮⑥，锦衾烂兮⑦。

予美亡此，谁与独旦。

夏之日，冬之夜。

百岁之后，归于其居⑧。

冬之夜，夏之日⑨。

百岁之后，归于其室⑩。

【注释】

①蒙：缠绕。楚：荆条。②蔹：草名。③予美：指自己所爱的人。④谁与：与谁，能与谁在一起？⑤域：坟地。⑥角枕：棱角分明的枕头，是下葬时用的器物。粲：色彩鲜明。⑦锦衾：锦缎褥子。烂：色彩鲜明。⑧居：指坟墓。⑨冬之夜，夏之日：形容自己度日如年。⑩室：指墓穴。

蔹

　　蔹即白蔹，是木质藤本植物，在园林中常见，全株可入药，清热解毒，块根富含淀粉，可供酿酒。果实类似山葡萄，但不适宜食用。

# 采 苓 <sup>ling</sup>

本诗是一首劝谏世人不要听信外面流传的谣言，以免受到损害的诗。当时社会风气很混乱，谣言四起，写诗的人痛恨此类行为，因此写下这首诗来劝谏世人。诗人建议大家不要听信谣言，不要赞同谣言，不要跟随谣言去做事。

采苓采苓<sup>①</sup>，首阳之巅<sup>②</sup>。

人之为言<sup>③</sup>，苟亦无信<sup>④</sup>。

舍旃舍旃<sup>⑤</sup> <sup>zhān</sup>，苟亦无然<sup>⑥</sup>。

人之为言，胡得焉<sup>⑦</sup>？

采苦采苦，首阳之下。

人之为言，苟亦无与<sup>⑧</sup>。

舍旃舍旃，苟亦无然。

人之为言，胡得焉？

采葑采葑 <sup>fēng</sup>，首阳之东。

人之为言，苟亦无从<sup>⑨</sup>。

舍旃舍旃，苟亦无然。

人之为言，胡得焉？

【注释】

①苓：甘草。②首阳之巅：首阳山，在今山西永济以南。③为言：伪言，虚假的言语。④苟：诚实。无信：不可以听信。⑤舍旃：舍弃它。⑥无然：不要相信。⑦胡得焉：能得到什么？⑧无与：不要赞成。⑨从：服从。

苓

　　这首诗里提到的苓到底是什么植物，历来有争议，这幅图里采纳的是
"甘草"的说法。甘草是常见的植物与药材，别名国老、甜草等，是常见
的补药，在中药方剂中十有八九都能见到它的身影，可以调和药性，因此
有"药中帝师"的美誉。

# 国风·秦风

　　相对其他西周初年就已经被分封为诸侯国的国家相比,秦国原是周朝的附庸,周宣王时,大夫秦仲奉命诛西戎,兵败被杀。后平王东迁,秦仲之孙秦襄公派兵护送有功,平王封秦襄公为诸侯,秦国才真正以诸侯国的身份走上历史舞台。《秦风》共有十篇。

# 车　邻

这是一首反映与好久不见的友人再次会面情形的诗，一路上急于与朋友相见，也表达了光阴如箭，应及时行乐的思想，也可以将作者看作是故作达观的空虚之人。

有车邻邻①，有马白颠②。

未见君子，寺人之令③。

阪有漆，隰有栗。

既见君子，并坐鼓瑟。

今者不乐，逝者其耋④！

阪有桑，隰有杨。

既见君子，并坐鼓簧⑤。

今者不乐，逝者其亡⑥！

【注释】

①邻邻：马车前进的声音。②白颠：马的额头上有白毛。③寺人：仆人。④逝者：与前面的"今者"对应，表示今后，将来。其：语气词，表推测。耋：八十岁，指老人。⑤簧：乐器，大笙。⑥亡：死去。

## 驷 驖 <sup>tiě</sup>

这首诗一般认为是描述秦国国君（秦襄公）打猎的场面，体现了秦人尚武的精神与高超的武艺。诗人骑着高头大马紧随襄公，在苑囿中打猎，最后满载而归，由此我们可以管窥秦国人的战斗力与技高而不骄傲的精神。

驷驖孔阜<sup>fù</sup>①，六辔<sup>pèi</sup>在手②。

公之媚子③，从公于狩。

奉时辰牡④，辰牡孔硕⑤。

公曰左之⑥，舍拔则获⑦。

游于北园，四马既闲。

辀车鸾镳<sup>yóu</sup><sup>biāo</sup>⑧，载猃歇骄<sup>xiǎn</sup>⑨。

【注释】

①驷驖：四匹毛黑如铁的马。②六辔：四匹马拉的车要有六根缰绳，中间的两匹马各有一根缰绳，外侧的两匹马各有两根缰绳。③媚子：受宠爱的儿子。④奉：供奉，这里指将野兽赶出来方便国君射猎。时：是。辰牡：大型的雄性猎物。⑤硕：肥大。⑥左之：向左驱赶。⑦舍拔：放箭。⑧辀：轻便的车。⑨载：装载。猃：嘴较长的猎狗。歇骄：让狗得以休息。

## 小 戎

　　秦国远处西北边陲，四周有众多民风剽悍的少数民族，秦人要想拓展生存空间，就要不断与西戎发生战争。公元前766年，秦襄公率军讨伐西戎，这首诗就是一位秦人的妻子思念从军出征的丈夫所作。这位妻子想象着军队军容整齐、气势如虹的样子，从中可以看出她对军队与兵器非常了解，可见当时秦国的尚武风俗。

　　小戎俴收<sup>①</sup>，五楘梁辀<sup>②</sup>。

　　游环胁驱<sup>③</sup>，阴靷鋈续<sup>④</sup>。

　　文茵畅毂<sup>⑤</sup>，驾我骐馵<sup>⑥</sup>。

　　言念君子，温其如玉。

　　在其板屋，乱我心曲。


　　四牡孔阜，六辔在手。

　　骐骝是中<sup>⑦</sup>，騧骊是骖<sup>⑧</sup>。

　　龙盾之合，鋈以觼軜<sup>⑨</sup>。

　　言念君子，温其在邑。

　　方何为期？胡然我念之？

　　　　　　qiú　　　　duì
俴驷孔群<sup>⑩</sup>，厹矛鋈镦<sup>⑪</sup>。

　　　　　　chàng lòu yīng
蒙伐有苑<sup>⑫</sup>，虎韔镂膺<sup>⑬</sup>。

　　　　　　gǔnténg
交韔二弓，竹闭绲縢<sup>⑭</sup>。

言念君子，载寝载兴。

厌厌良人，秩秩德音<sup>⑮</sup>。

【注释】

　　①小戎：小型的战车。俴：浅。收：车后横木，即轸。②楘：即缠绕，这里指车横梁上缠绕的绳索。梁辀：车辕。③游环：连接马缰绳的铜环。胁驱：将中间的两匹马与外侧的两匹马分隔开来的绳索。④阴靷：引导车辆前行的皮带。鋈续：系着绳索的白铜环。⑤文茵：车上有花纹的坐垫。畅毂：战车。⑥骐：青色的马。骝：小腿为白色的马。⑦骝：赤身黑鬃的马。⑧骊：身体是黄色，嘴部是黑色的马。骊：黑马。骖：拉车的四匹马里中间的两匹。⑨鋈輈：车上拴缰绳的横木。⑩俴驷：不装备铠甲的四匹马。孔群：奔跑时很协调。⑪厹矛：三棱形锋刃的矛。鋈镦：白铜做的矛柄尾端的金属套。⑫蒙伐：盾。有苑：带有花纹。⑬虎韔：虎皮做的弓袋。镂膺：带有金属装饰物的弓袋。⑭竹闭绲縢：用竹子制成的闭捆在弓身内侧。闭，是保护弓的道具，以竹子制成，在弓闲置不用时，把闭捆在弓身上以免弓变形。⑮秩秩：有秩序的样子。

# 蒹 葭

这首诗是《诗经》里的名篇，表达的是一位男子对自己的梦中情人的思慕以及追求意中人失败的感慨。这首诗的内容现实与幻想结合，是艺术手法很独特的作品，也是备受后世推崇的一篇力作。蒹葭、白露、心中的伊人，共同组成了一幅让人唏嘘不已的图画。

蒹葭苍苍①，白露为霜。

所谓伊人②，在水一方。

溯洄从之，道阻且长。

溯游从之，宛在水中央。


蒹葭萋萋，白露未晞③。

所谓伊人，在水之湄④。

溯洄从之，道阻且跻⑤。

溯游从之，宛在水中坻⑥。


蒹葭采采，白露未已。

所谓伊人，在水之涘⑦。

溯洄从之，道阻且右⑧。

溯游从之，宛在水中沚⑨。


**【注释】**

①蒹：没长穗的芦荻。葭：初生的芦苇。苍苍：茂盛的样子。②伊人：那个人。③晞：晒干。④湄：河岸。⑤跻：道路变得陡峭上行。⑥宛：鲜明的样子。坻：水中小沙洲。⑦涘：水边。⑧右：绕远。⑨沚：水中的小块陆地。

葭

葭即芦苇，多生长在水边，在开花的时候很漂亮，可作为观赏植物。芦苇在净化污水方面可以起到非常关键的作用。此外，芦苇纤维含量非常高，是造纸工业中重要的原材料。芦苇荡隐蔽性很好，因此也是古代男女幽会的好地方，在与感情相关的诗中也常出现。

## 终 南

这是一首是关于群臣拜见秦襄公场景的诗，襄公身穿华服，贵气逼人，这首诗表达了对襄公的赞美，还有希望他长寿的祝愿。秦襄公是秦国一代明君，对后世发展有深刻影响，而这首诗则表达了百官对他的爱戴。也有说法认为这首诗与秦襄公无关，只是一些贵族之间饮酒应酬时写的诗。

终南何有①？有条有梅②。

君子至止，锦衣狐裘。

颜如渥丹<sup>wò</sup>③，其君也哉？


终南何有？有纪有堂④。

君子至止，黻<sup>fú</sup>衣绣裳⑤。

佩玉将将<sup>qiāng</sup>⑥，寿考不忘⑦。

【注释】

①终南：山名，在今陕西西安附近，是秦岭的主要山峰之一。②条：山楸。梅：梅树。③颜：容颜。渥丹：这里指脸色红润。④纪：杞树。堂：甘棠树。⑤黻、绣：礼服上刺绣的花纹。⑥将将：佩玉碰撞发出的声音。⑦寿考：寿命。

梅

　　梅花是中国最负盛名的花之一，与兰花、竹子、菊花一起被称为"四君子"，与松、竹并称为"岁寒三友"。在中国传统文化中，梅被认为有高洁、坚强、谦虚的品格。

# 黄 鸟

这首诗的主旨非常明确，《左传·文公六年》记载："秦伯任好（即秦穆公）卒，以子舆氏三子奄息、仲行、鍼虎为殉，皆秦之良也。国人哀之，为之赋《黄鸟》。"这三个人都是秦国优秀的人才，他们死于殉葬让百姓非常痛心。秦人在痛惜之余写下了这首诗。诗以黄鸟哀鸣来烘托哀伤的气氛，委婉地表达了自己的哀伤与同情，还有对殉葬这一野蛮制度的谴责与不满。

交交黄鸟①，止于棘。

谁从穆公②？子车奄息③。

维此奄息，百夫之特④。

临其穴，惴惴其栗⑤。

彼苍者天，歼我良人⑥！

如可赎兮，人百其身⑦！


交交黄鸟，止于桑。

谁从穆公？子车仲行。

维此仲行，百夫之防⑧。

临其穴，惴惴其栗。

彼苍者天，歼我良人！

如可赎兮，人百其身！

交交黄鸟，止于楚。

谁从穆公？子车 鍼 虎。

维此鍼虎，百夫之御⑨。

临其穴，惴惴其栗。

彼苍者天，歼我良人！

如可赎兮，人百其身！

【注释】

①交交黄鸟：不断鸣叫的黄雀。②从：殉葬。③子车：氏名。先秦时期姓与氏
是分开的。奄息：名字。后面的仲行、鍼虎都是名字。④百夫之特：一百个人也比
不上他。特：匹敌。⑤栗：发抖的样子。⑥歼：杀死。⑦人百其身：用一百人的性
命换取他活下来。⑧防：匹敌。⑨御：抵得上。

## 晨 风

　　一位多情的女子在树林当中焦急地等待着情人的到来，但是已经到了约定的时间，情人却迟迟没有出现，她心里非常焦虑，全诗都显现出肃杀、凄凉的氛围。

鴥<sup>yù</sup>彼晨风<sup>①</sup>，郁彼北林<sup>②</sup>。

未见君子，忧心钦钦<sup>③</sup>。

如何如何？忘我实多<sup>④</sup>。

山有苞栎<sup>li</sup><sup>⑤</sup>，隰<sup>xí</sup>有六驳<sup>⑥</sup>。

未见君子，忧心靡乐<sup>⑦</sup>。

如何如何？忘我实多。

山有苞棣<sup>dì</sup><sup>⑧</sup>，隰有树檖<sup>suì</sup><sup>⑨</sup>。

未见君子，忧心如醉。

如何如何？忘我实多。

【注释】

　　①鴥：迅速的样子。晨风：鸟名。②郁：茂盛。③钦钦：忧虑的样子。④忘我实多：很有可能已经将我遗忘。⑤苞栎：丛生的栎树。⑥六驳：一种树木。⑦靡乐：不快乐。⑧棣：郁李树。⑨树：挺立。檖：山梨树。

農風

晨风即燕隼，是一种小型猛禽，在我国几乎各地都有分布，捕食鸟类、昆虫，是国家二级重点保护野生动物。

　　驳是樟树的一种，因为树皮青白两色夹杂，如毛色斑驳的马，故名驳。樟树有樟脑香气，因此也叫香樟树，木材坚硬美观，适合制作家具，尤其是箱子。

梨

　　樆即山梨，别名秋子梨、花盖梨，山梨富含糖类和果酸，此外还含有多种氨基酸及矿物质。还可加工成果脯、蜜饯、果酒或冰糖煎膏，东北地区将其做成"冻梨"，是当地特色食品。

# 无 衣

这是一首战歌，周幽王被犬戎所杀后，周平王东迁，为了奖励秦国在这一过程中的功劳，平王命秦国向西扩张，打下的土地都归属秦国。秦人从此开始了几百年的扩张历程，最终建立了秦朝。而伴随着无数次战斗的战歌，就是这首千古传诵的《无衣》。在战争中，士兵们彼此鼓励，同甘苦，共患难，彼此帮扶的感人情景跃然纸上。

岂曰无衣？与子同袍①。

王于兴师②，修我戈矛，

与子同仇③！

岂曰无衣？与子同泽④。

王于兴师，修我矛戟，

与子偕作⑤！

岂曰无衣？与子同裳。

王于兴师，修我甲兵，

与子偕行⑥！

【注释】

①袍：衣服外面的罩衣。②王于兴师：秦王如果起兵征伐。③同仇：共同与敌人战斗。④泽：内衣。⑤偕作：一起行动。⑥偕行：一起前往。

# 渭　阳

这首诗是当时还是太子的秦康公送自己的舅舅公子重耳（后来的晋文公）返回晋国时所写的诗。晋国内乱，公子重耳为此流亡列国十九年，最后在秦穆公的帮助下回国成为国君。重耳在回国之前，秦康公在渭水之北送别他，吟唱了这首诗，此时秦康公的母亲已经去世，因此他在送别时也有怀念母亲的哀伤之情。

我送舅氏①，曰至渭阳②。

何以赠之？路车乘黄③。


我送舅氏，悠悠我思④。

何以赠之？琼瑰玉佩⑤。

【注释】
　　①舅氏：我的舅舅。②渭：渭水。阳：渭水之北。③路车：诸侯乘坐的马车。乘黄：四匹黄马拉的车。④思：思念。⑤琼瑰：珠宝、宝石。

# 权　舆

这首诗描写的是一位落魄的贵族在不断怀念自己往昔的富贵生活，哀叹如今的生活充满了不如意。

於，我乎！夏屋渠渠①，

今也每食无余。

于嗟乎②！不承权舆③！

於，我乎！每食四簋④，

今也每食不饱。

于嗟乎！不承权舆！

【注释】

①於：感叹词。夏屋：大宫殿。渠渠：宽敞的样子。②于：通"吁"。③权舆：当年。
④簋：古时盛食物的圆形有耳的器皿。

# 国风·陈风

　　《陈风》是陈国的诗歌，陈国是西周至春秋时期的诸侯国，国君为妫姓，是虞舜后裔，位于今河南东部周口一带。《陈风》共有诗歌十篇。

# 宛 丘

这首诗的主旨历来有不同的说法。有些看法认为这是讽刺陈幽公的淫荡昏乱、游荡无度；有的认为是讽刺陈国的大夫的；还有人认为是讽刺陈厉公的。宛丘是陈国游玩的胜地，诗的大意是：跳舞的男子望着游玩的女子心中爱意油然而生，但舞者一年忙碌不休，没有恋爱的时间。

子之汤兮①，宛丘之上兮②。

洵有情兮③，而无望兮④。


坎其击鼓⑤，宛丘之下。

无冬无夏，值其鹭羽⑥。


坎其击缶⑦，宛丘之道。
fǒu

无冬无夏，值其鹭翿⑧。
dào

【注释】

①汤：放荡。②宛丘：中心凹陷的山丘，是游玩之地。③洵：确信。有情：闲情。④望：德望。⑤坎其：击鼓声。⑥值：同"执"，拿着。鹭羽：用白鹭羽毛制作的旗帜。⑦缶：瓦盆。⑧鹭翿：以白鹭羽毛装饰的旗帜，是跳舞的道具。

## 东门之枌 <sup>fén</sup>

先秦时期，秋天时要举行秋日祭社活动，青年男女要在此时一起唱歌跳舞、聚会娱乐。秋日祭社是庆祝丰收、占卜明年收成的活动。

东门之枌①，宛丘之栩<sup>xǔ</sup>②。

子仲之子，婆娑<sup>pó suō</sup>其下③。


穀旦于差④，南方之原⑤。

不绩其麻⑥，市也婆娑⑦。


穀旦于逝，越以鬷<sup>zōng</sup>迈⑧。

视尔如荍<sup>qiáo</sup>⑨，贻我握椒<sup>jiāo</sup>⑩。

【注释】

①东门：陈国国都的东门。枌：白榆树。②栩：栎树，古代经常在社神庙边种植这种树。③婆娑：徘徊。④穀旦：黄道吉日。差：前去。⑤南方之原：南方的原野。⑥绩：纺织。⑦市：人群聚集的地方。⑧鬷：屡次。迈：往、去。⑨荍：锦葵。⑩握椒：一把花椒。

荍

荍即锦葵，是有名的观赏植物，还有药用价值，可以用来制作香茶，很神奇的是在蓝色的锦葵茶里滴入柠檬汁可变为粉红色，因此很受欢迎。

## 衡　门

　　这是一首描写一个男人没有爱人，心中的痛苦难以抒发的诗。在男女青年聚会的场合，他尝试求偶，却毫无收获，他看着出双入对的男女不由得心中泛起一阵难以言喻的悲情。

　　衡门之下①，可以栖迟②。
　　泌之洋洋③，可以乐饥④。

　　岂其食鱼，必河之鲂⑤？
　　岂其取妻⑥，必齐之姜⑦？

　　岂其食鱼，必河之鲤？
　　岂其娶妻，必宋之子⑧？

【注释】

　　①衡门：横木结构的门，这里可能指城门。②栖迟：休憩。③泌：河流名。洋洋：水势浩大的样子。④乐：治疗。⑤鲂：一种美丽的鱼，这里指代女子。⑥取：同"娶"。⑦齐之姜：齐国姓姜的女子，是出美女的氏族。⑧宋之子：宋国姓子的女子，子姓与齐国的姜姓都是出名媛的氏族。

## 东门之池

这是一首描写男人向女子求爱的诗。男子大方地示爱，与心爱的姑娘畅谈、对唱，方式直白而大胆，可以说是一首很不错的情诗。

东门之池①，可以沤麻②。

彼美淑姬③，可与晤歌④。

东门之池，可以沤纻⑤。

彼美淑姬，可与晤语⑥。

东门之池，可以沤菅⑦。

彼美淑姬，可与晤言。

【注释】

①池：水池，或理解为护城河。②沤麻：把新割取的麻用水浸泡，是纺麻布的必要步骤之一。③美淑：善良而美丽。④晤歌：对歌。⑤纻：麻的一种。⑥晤语：对话。⑦菅：菅草。

绉即苎麻，是中国古代重要的纤维作物之一。出土年代最早的苎麻布与细麻绳距今已有四千七百余年。苎麻叶可以当饲料，根可以入药。此外，苎麻在造纸和化工业也有自己的独特作用。

## 东门之杨

这首诗讲述的是一对男女在黄昏时相约会面,但直到满天星光时,等待的对象也没赶到,颇有些"月上柳梢头,人约黄昏后"的感触。

东门之杨,其叶牂牂<sup>zāng zāng</sup>①。
昏以为期②,明星煌煌<sup>huáng huáng</sup>③。

东门之杨,其叶肺肺<sup>pèi</sup>④。
昏以为期,明星晢晢<sup>zhé zhé</sup>⑤。

**【注释】**

①牂牂:风吹动树叶的样子。②昏以为期:相约在黄昏时见面。③明星:启明星,即金星。煌煌:明亮的样子。④肺肺:同"茇茇",茂盛的样子。⑤晢晢:明亮的样子。

楊

杨树是最常见的树木，因其生长迅速，可以快速成材，因此种植广泛，
而且杨木的用途很广，是造纸、火柴制造、卫生筷生产和包装业的重要原料。

## 墓 门

本诗讲述的是妻子对不知悔改的丈夫感到非常痛心，心中极度不安，表达了其对丈夫的嘲讽与幽怨之情。

墓门有棘①，斧以斯之②。

夫也不良③，国人知之。

知而不已④，谁昔然矣⑤。


墓门有梅，有鸮<sup>xiāo</sup>萃止⑥。

夫也不良，歌以讯止⑦。

讯予不顾，颠倒思予⑧。

【注释】

①墓门：墓道上的门。棘：枣树。②斯：劈开。③不良：德行败坏，是与"良人"这一对丈夫的称呼相对的。④已：停止。⑤谁昔：过去。⑥鸮：猫头鹰。萃：汇聚。⑦讯：劝谏、告诫。⑧颠倒：指国家纷乱。

## 防有鹊巢

　　这首诗写的是一位青年原本与自己的恋人相处不错，却因为有人从中作梗而劳燕分飞。诗中反映了他经历的种种痛苦，他对这份情感的重视，以及失去这份感情时的不舍。

　　防有鹊巢<sup>①</sup>，邛有旨苕<sup>②</sup>。
　　谁侜予美<sup>③</sup>，心焉忉忉<sup>④</sup>。


　　中唐有甓<sup>⑤</sup>，邛有旨鹝<sup>⑥</sup>。
　　谁侜予美，心焉惕惕<sup>⑦</sup>。

【注释】

　　①防：堤坝。一说为"枋"（檀木）的误写。②邛：土丘。苕：苕草，一种野菜。③侜：欺骗。予美：爱人。④忉忉：忧愁不安。⑤中唐：庭院当中的路。甓：砖。⑥鹝：绶草，一种犹如彩色绶带的草。⑦惕惕：心中恐惧不安的样子。

鹝

　　鹝即绶草，绶草是世界上最小的兰花，分布范围小，绶草的花序如同绶带一般，故名，被誉为"通往天国的阶梯"，其花序如龙般盘绕在花茎上，肉质根与人参相似，所以绶草也被称为"盘龙参"。

# 月 出

本诗描写了诗人对自己恋人的赞美和思念。诗共分三节，结构清晰：每节的第一句写皎洁的月亮，赞美月亮之美；第二、三句写恋人的美丽，婀娜多姿，风情万种；第四句写出自己的深深思念。三节的结构相同而文字相异。本诗的感情流露很自然，孤寂的黑夜，皎洁的月光，诗人月下对空吟咏诗歌，思念恋人，情真意切，感人至深。

月出皎兮<sup>①</sup>，佼人僚兮<sup>②</sup>。
舒窈纠兮<sup>③</sup>，劳心悄兮<sup>④</sup>！

月出皓兮<sup>⑤</sup>，佼人懰兮<sup>⑥</sup>。
舒忧受兮<sup>⑦</sup>，劳心慅兮<sup>⑧</sup>！

月出照兮，佼人燎兮<sup>⑨</sup>。
舒夭绍兮<sup>⑩</sup>，劳心惨兮<sup>⑪</sup>！

【注释】

①皎：明亮。②佼人：美人。僚：通"嫽"，美好的样子。③窈纠：女子舒缓的姿态。④劳：忧。悄：忧愁的样子。⑤皓：洁白。⑥懰：艳丽的样子。⑦忧受：舒缓的样子。⑧慅：忧愁不安的样子。⑨燎：美好。⑩夭绍：女子体态柔美的样子。⑪惨：忧愁烦躁的样子。

# 株 林

这首诗写的是陈灵公与夏姬私通，淫乱朝廷，陈国人民痛恨之，作诗讽刺。郑穆公的女儿夏姬是陈国的大夫夏御叔的妻子，但陈灵公与孔宁、仪行父等人却毫不避讳，公然与夏姬私通，淫乱朝廷，而且弄得满城风雨。后来，陈灵公被夏姬的儿子夏徵舒杀掉。诗中的"夏南"即是夏姬。

胡为乎株林①？从夏南②。

匪适株林，从夏南。

驾我乘马③，说<sup>shuì</sup>于株野④。

乘我 乘<sup>shèng</sup>驹，朝食于株⑤。

【注释】

①胡为：为什么。株林：地名，是夏徵舒的食邑。②从：跟随，伴随。③我：指陈灵公。④说：停车休息。⑤朝食：暗指通奸。

## 泽 陂 <sup></sup>

（bēi）

这是一首描写一位单相思的女子内心情感的诗。一个女孩子喜欢上了在泽宫里学习射箭的男孩子，但也许是因为身份相差悬殊，可望而不可即，只能整日苦恼，陷入单相思而无法自拔。

彼泽之陂①，有蒲与荷。

有美一人，伤如之何②！

寤寐无为③，涕泗滂沱④。
（wù mèi）（pāng tuó）

彼泽之陂，有蒲与蕑⑤。
（jiān）

有美一人，硕大且卷⑥。

寤寐无为，中心悁悁⑦。
（yuān yuān）

彼泽之陂，有蒲菡萏⑧。
（hàn dàn）

有美一人，硕大且俨⑨。

寤寐无为，辗转伏枕。

【注释】

①泽之陂：湖边的堤坝。②伤：因思念而哀伤。③寤寐：醒着和睡着。④涕：眼泪。泗：鼻涕。滂沱：这里指鼻涕与眼泪如大雨般流下。⑤蕑：这里指莲子。⑥硕大：高大。卷：美好的样子。⑦中心：心中。悁悁：心中忧愁的样子。⑧菡萏：未绽放的荷花。⑨俨：端庄的样子。

　　蒲在这里指蒲草，也叫水烛，常见的野菜蒲菜就是蒲草的一部分，味道清爽可口。蒲草雄花的花粉俗称"蒲黄"，是一种中药。蒲草可以造纸，还可以用来编织蒲席、坐垫等生活用品。

# 国风·桧风

《桧风》就是桧国的诗歌，桧国在今河南新密东南，后来被郑国灭掉。《桧风》共有诗歌四篇。

## 羔 裘

　　这首诗描写的是一位女子爱上了一位男子，该男子是朝廷官员。男子上朝后，女子的心却难以平静，思绪万千。一方面，她是爱那男子的，自己的心已全都给了他；但另一方面，他的感觉好像并不明显。本诗就是写女子的这种心理状态，既想念，又担心，对这份感情充满了怀疑和担忧。诗中男子的自在逍遥与女子无可言说的悲苦形成很好的对照，深刻揭示了女子为这份感情所受的煎熬。

　　　　羔裘逍遥①，狐裘以朝②。
　　　　岂不尔思？劳心忉忉。

　　　　羔裘翱翔，狐裘在堂。
　　　　岂不尔思？我心忧伤。

　　　　羔裘如膏③，日出有曜④。
　　　　岂不尔思？中心是悼⑤。

**【注释】**

　　①逍遥：与翱翔同，游逛。②朝：上朝。③膏：油膏，油脂。④曜：照耀。⑤悼：难过，悲伤。

# 素 冠

本诗描写的是家里的长辈去世，夫妻二人为之服丧送终。看到丈夫消瘦和悲伤，妻子心里难过不已，她担心丈夫，为了安慰丈夫、帮助丈夫从悲痛中振作起来，表达了愿与丈夫同生共死的心意。这种同赴生死的情感表白，通常情况下夫妻之间如非遇到非常紧急和焦虑的难关，是不可能轻易说出来的。妻子在这里跟自己的丈夫立下这样的誓言，可以想见逝去的长辈对这位男子的重要以及他内心伤痛的深切。诗的感情表达充分、强烈，让人读来深受感染、感动不已。

庶见素冠兮①，棘人栾栾兮②，
劳心慱慱兮③。

庶见素衣兮，我心伤悲兮，
聊与子同归兮。

庶见素韠兮④，我心蕴结兮⑤，
聊与子如一兮。

【注释】

①庶：有幸。②棘：瘦。栾栾：瘦弱的样子。③慱慱：忧愁劳苦的样子。④韠：朝服的蔽膝。⑤蕴结：心里郁结放不开。

<sup>xí chánɡ</sup>

## 隰有苌楚

　　本诗是一位生活不如意之人的自嗟自叹。诗人生逢乱世，事业、生活都很不顺心，因此，他把自己和生长在洼地中的苌楚相比较，慨叹自己还不如那苌楚，能够过着无牵无挂、没有忧愁、不知烦恼的生活。诗中并没有描写主人公的境遇，而是通过主人公的眼睛以极富感情和羡慕的语气描绘了苌楚的姣好、婀娜，使得苌楚披上了人文色彩，由此形成两种不同生命形式的对比，进而抒发感情、得到认同。

　　隰有苌楚①，猗傩其枝②。
　　　　　　ē nuó

　　夭之沃沃③，乐子之无知④。


　　隰有苌楚，猗傩其华。

　　夭之沃沃，乐子之无家。


　　隰有苌楚，猗傩其实。

　　夭之沃沃，乐子之无室⑤。

【注释】

　　①苌楚：植物名，即猕猴桃。②猗傩：枝条柔美的样子。③夭：肥嫩的样子。沃沃：有光泽的样子。④乐：羡慕。子：指代猕猴桃树。无知：没有知觉。⑤室：妻室。

## 匪 风

这首诗是一个流落他乡之人思念家乡的慨叹。大风刮得尘土飞扬，车马疾驰飞奔，面对着通向家乡的大道，他却不能回家。这种感受困苦而又无奈，最后就连寄予谁能代自己给家里报个平安的希望，感觉都很渺茫。全诗读来有独立苍茫之感，寥落之情、破败之境呼之欲出。那个大道上无言张望的人，他的心里还有什么？他和所有事情无关，所有事情也和他无关。

匪风发兮①，匪车偈兮②。
顾瞻周道③，中心怛兮④！

匪风飘兮⑤，匪车嘌兮⑥。
顾瞻周道，中心吊兮⑦！

谁能亨鱼⑧，溉之釜鬵⑨。
谁将西归，怀之好音。

【注释】

①匪：彼。发：风声。②偈：疾驰的样子。③周道：大路。④怛：悲伤。⑤飘：旋风。⑥嘌：飞奔，疾驰。⑦吊：悲伤。⑧亨：烹。⑨溉：洗。釜鬵：锅。

鲤

　　鲤鱼是常见食用鱼，是淡水中下层鱼类，杂食，对生存环境适应性很强，栖息于水体底层，性情温和，生命力旺盛。

# 国风·曹风

　　《曹风》即曹国的诗歌。西周初年，周武王封其弟曹叔振铎于曹国，都城在陶丘（今山东菏泽市定陶区西北）。《曹风》共有诗歌四篇，时间大抵在平王东迁之后。

fú yóu
# 蜉 蝣

　　这是一首感叹人生苦短的诗。蜉蝣在变为成虫后只能活几个小时，所以古人称其为"朝生暮死"。人们在感叹蜉蝣生命短暂的同时，也在感叹人生的须臾即逝。正所谓"人生不满百，常怀千岁忧"，这到底是否合理呢？

　　蜉蝣之羽①，衣裳楚楚②。

　　心之忧矣，于我归处③。


　　蜉蝣之翼，采采衣服④。

　　心之忧矣，于我归息。


　　蜉蝣掘阅⑤，麻衣如雪⑥。

　　心之忧矣，于我归说⑦。


【注释】

　　①蜉蝣：昆虫名，成虫生命短暂。②楚楚：鲜明整洁的样子。③于：哪里。④采采：色彩鲜明的样子。⑤掘阅：挖洞。⑥麻衣：指蜉蝣白色的有网状纹理的翅膀。⑦说：停止。

蜉蝣

　　蜉蝣是一类原始的昆虫，起源于石炭纪，距今至少已有二亿年的历史，是最原始的有翅昆虫。蜉蝣的成虫不饮不食，寿命极短，少则只能存活数小时，多则几天，因此自古就有"朝生暮死"的说法。

# 候　人

这是一首求爱诗。一位女子喜欢上一位候人，但候人缺乏爱她的勇气，这位女子就唱歌来勉励他，希望他大声说出自己的爱。

彼候人兮①，何戈与祋②。

彼其之子，三百赤芾③。

维鹈在梁④，不濡其翼。

彼其之子，不称其服⑤。

维鹈在梁，不濡其咮⑥。

彼其之子，不遂其媾⑦。

荟兮蔚兮⑧，南山朝隮⑨。

婉兮娈兮，季女斯饥⑩。

【注释】

①候人：负责治安与边境稽查的官员。②何：同"荷"，拿着兵器。祋：古时的兵器。③赤芾：指大夫以上的官员穿的礼服，是国君赏赐给臣子的衣服。④鹈：鹈鹕，一种善于捕鱼的水鸟。⑤不称其服：不配穿这身官服。暗指他不敢求爱是没有勇气的。⑥咮：鸟嘴。⑦不遂其媾：不主动求爱就想得到妻子。⑧荟、蔚：云雾弥漫的样子。⑨朝隮：早上的虹。⑩季女：少女。饥：这里指有爱意。

鹈即鹈鹕，是一种大型水鸟，全身长有密而短的羽毛，嘴长三十多厘米，具有下颌与皮肤相连接形成的大皮囊；皮囊可以自由伸缩。尾羽根部有黄色的油脂腺，能分泌大量油脂，使得羽毛保持光滑柔软，便于避水，主要以鱼类为食，觅食时从高空直扎入水中用嘴捉住鱼。

shī  jiū
# 鸤 鸠

这是一首赞美国君与妻子感情很好，教育子女有方，家庭和睦的诗篇。本诗以布谷鸟哺育自己的孩子象征君子爱民如子，善待子女，认为君子就应当和善爱民，作为天下人的表率。

鸤鸠在桑①，其子七兮②。

淑人君子，其仪一兮③。

其仪一兮，心如结兮。


鸤鸠在桑，其子在梅。

淑人君子，其带伊丝。

其带伊丝，其弁伊骐④。

biàn


鸤鸠在桑，其子在棘。

淑人君子，其仪不忒⑤。

tè

其仪不忒，正是四国⑥。


鸤鸠在桑，其子在榛。

淑人君子，正是国人。

正是国人，胡不万年。


【注释】

①鸠：布谷鸟，学名杜鹃。②其子七：传说布谷鸟有七个儿子。③其仪一兮：它的风度始终如一。④弁：一种帽子。伊：助词。骐：这里指青黑色。⑤忒：差错。⑥正：这里指榜样。四国：泛指四方的各个国家。

# 下　泉

本诗是东周的大夫怀念西周时期国家的强盛，表达了作者怀念故旧的时代，还有对当下国家状况的不满与担忧。

冽彼下泉<sup>①</sup>，浸彼苞稂。
（lliè　　láng）
忾我寤叹<sup>②</sup>，念彼周京<sup>③</sup>。
（kài）

冽彼下泉，浸彼苞萧。

忾我寤叹，念彼京周。

冽彼下泉，浸彼苞蓍。
（shī）

忾我寤叹，念彼京师。

芃芃黍苗<sup>④</sup>，阴雨膏之<sup>⑤</sup>。
（péng péng）
四国有王，郇伯劳之<sup>⑥</sup>。
（xún）

**【注释】**

①冽：寒冷。下泉：向低处流淌的泉水。②忾：叹息。寤：醒来。③念：怀念。周京：周的京城，即镐京。④芃芃：茂盛的样子。⑤膏：润泽。⑥劳：为了国家的事操劳。"四国有王，郇伯劳之"这句与前面的话不衔接，有学者认为是流传过程中出现的讹误。

　　蓍即蓍草，可以入药，具有解毒消肿、止血、止痛的功能。蓍草是布置花坛的优良品种，也适合在绿化带栽种。

# 国风·豳风

Bīn

《豳风》是豳地的民歌。豳同邠，是古
都邑名，地理位置在今陕西旬邑、彬州一
带，是周朝先祖的发祥地。《豳风》共有诗
歌七篇。

# 七　月

农业生产是古人生活的重要组成部分，那么一年当中如何组织农业生产，就是一件很重要的事情。这首《七月》就能帮助我们很好地了解当时的农业生产情况，这首诗的目的应该是帮助人们掌握节令，让农民更好地耕作。当然我们也能从诗里感受到当时掌权者对民众的盘剥。

七月流火①，九月授衣②。

一之日觱发③，二之日栗烈④。

无衣无褐⑤，何以卒岁⑥？

三之日于耜⑦，四之日举趾⑧。

同我妇子，馌彼南亩⑨，

田畯至喜⑩。


七月流火，九月授衣。

春日载阳，有鸣仓庚⑪。

女执懿筐，遵彼微行⑫，

爰求柔桑⑬。

春日迟迟，采蘩祁祁⑭。

女心伤悲，殆及公子同归⑮。

七月流火，八月萑苇⑯。
huán wěi

蚕月条桑⑰，取彼斧斨⑱，
qiāng

以伐远扬⑲，猗彼女桑⑳。
jǐ

七月鸣鵙㉑，八月载绩㉒。
jú

载玄载黄㉓，我朱孔阳㉔，

为公子裳。


四月秀葽㉕，五月鸣蜩㉖。
yāo          tiáo

八月其获，十月陨萚㉗。
yǔn tuò

一之日于貉，取彼狐狸，
hé

为公子裘。

二之日其同，载缵武功。
zuǎn

言私其豵㉘，献豣于公㉙。
zōng          jiān


五月斯螽动股㉚，六月莎鸡振羽㉛。
zhōng          suō

七月在野，八月在宇㉜。

九月在户，十月蟋蟀入我床下。

穹窒熏鼠㉝，塞向墐户。
jìn

嗟我妇子，曰为改岁，

入此室处。

六月食郁及薁<sup>㉞</sup>，七月亨葵及菽。

八月剥枣，十月获稻；

为此春酒，以介眉寿。

七月食瓜，八月断壶<sup>㉟</sup>，

九月叔苴<sup>㊱</sup>。

采荼薪樗<sup>㊲</sup>，食我农夫。


九月筑场圃，十月纳禾稼，

黍稷重穋，禾麻菽麦。

嗟我农夫！我稼既同，

上入执宫功；

昼尔于茅，宵尔索绹<sup>㊳</sup>，

亟其乘屋，其始播百谷。

二之日凿冰冲冲<sup>㊴</sup>，三之日纳于凌阴<sup>㊵</sup>。

四之日其蚤<sup>zǎo</sup>，献羔祭韭。

九月肃霜<sup>㊶</sup>，十月涤场<sup>㊷</sup>。

朋酒斯飨<sup>xiǎng㊸</sup>，曰杀羔羊，

跻彼公堂<sup>jī㊹</sup>，称彼兕觥<sup>sì gōng㊺</sup>，

万寿无疆！

【注释】

①流：落下。火：星宿名，又称大火星，即今天蝎座 α 星，并非指火星。先秦时期，六月大火星出现在南方，七月开始向西落下，此时天气也随之转凉。②授衣：要求妇女缝制冬天的衣服。③一之日：周历一月对应夏历十一月，后面的二之日、三之日对应的月份依次延后。觱发：吹起了寒风。④栗烈：凛冽。⑤褐：粗布的衣服。⑥卒岁：年底。⑦于耜：到田地中耕作。⑧举趾：一说指除草。⑨馌：祭祀农业之神。南亩：向阳的田地，一般认为指为政府耕作的公田。⑩田畯：掌管农事的官员。⑪仓庚：黄莺。⑫遵彼微行：沿着小路走。⑬柔桑：娇嫩的桑叶。⑭蘩：白蒿。祁祁：人流汹涌。⑮归：出嫁。⑯萑苇：成熟的芦苇。⑰蚕月：三月，因适合养蚕故名。条：桑叶繁茂的样子。⑱斧斨：不同类型的斧子。⑲远扬：向上生长的枝条。⑳猗：攀折。女桑：小桑树。㉑鵙：伯劳鸟。㉒绩：纺织。㉓载玄载黄：将布染成红黑色与黄色。㉔孔阳：非常鲜艳的样子。㉕秀葽：结出果实的远志。㉖蜩：蝉。㉗陨萚：叶子落下。㉘豵：一岁的小猪。㉙豜：三岁的大猪。㉚斯螽：蝈蝈。㉛莎鸡：一种昆虫。㉜宇：屋檐。㉝穹窒：这里指用烟熏屋子。㉞郁：郁李。薁：野葡萄。㉟壶：同"瓠"，葫芦。㊱叔：抬起。苴：秋麻籽，可食用。㊲荼：苦菜。薪：砍柴。樗：臭椿树。㊳索绹：搓绳子。㊴冲冲：用力凿冰的声音。㊵凌阴：冰库。㊶肃霜：霜降后。㊷涤场：打扫好收获庄稼的场地。㊸朋酒：两樽酒。飨：这里指宴会。㊹跻：登上。公堂：庙堂。㊺称：举起。兕觥：用兕角做成的酒器。

稻

　　水稻和高粱都是华夏先民的主食之一，水稻有万年以上的栽培历史，
高粱也有五千年以上的栽培历史，它们到今天是世界近一半人口的主食。

仓庚

　　仓庚即黄鹂，是有名的食虫益鸟，因为其羽毛艳丽、鸣声悦耳，因此
受到历代文人骚客的喜爱，古人认为"黄鹂"有吉祥的寓意，因为"黄为
富贵、鹂为吉利"，也频繁出现在众多的诗词等文学作品中。

鶪

  鶪即伯劳鸟，体型不大但非常凶猛，常将猎物穿刺在带刺的树上作为食物储备，进食时将猎物撕碎吃掉，因此有"屠夫鸟"的绰号。古人认为伯劳只有在夏至到冬至之间鸣叫，因此称其为候时之鸟。

貉

　　貉是犬科动物里很古老的一种，体型短而肥壮，介于浣熊与狗之间，
是夜行性杂食动物，也是犬科动物里唯一需要冬眠的。

狸

　　狸即狸猫，擅长奔跑，经常偷袭猎物，可以爬树，胆大、凶猛，昼伏夜出，有时会捕杀家禽。狸的毛皮很好，古代常用来制作皮裘，是国家二级保护动物。

郁就是郁李，果实酸甜可食。将郁李枝条嫁接在杏、桃树枝上，就可以结出比杏、桃更香甜的李子。

蓷

　　蓷即葽蓷，也叫野葡萄，属于葡萄科藤本植物，果实呈黑紫色，可以
酿酒，亦可入药作滋补品。茎的纤维可做绳索。

葵

葵，这里指冬葵，冬葵的幼苗与嫩茎叶是古人常吃的蔬菜，营养丰富，尤其是唐代以前更是最主要的蔬菜之一。冬葵的花很美，可作为园林观赏植物。

莎鸡二种

　　莎鸡，现在被称为纺织娘，一种栖息在凉爽阴暗的草丛中的昆虫，属于螽斯的一种，喜食南瓜、丝瓜的花瓣，桑叶、柿树叶、核桃树叶、杨树叶等。因为它的鸣声类似"轧织，轧织"，所以被称为纺织娘。

枣，别称大枣，枣含有丰富的维生素 C，还可以制成蜜枣、红枣、熏枣、牙枣等蜜饯和果脯，还可以做枣泥、枣面、枣酒等。

　　瓜，这里指香瓜，是夏令消暑瓜果，果肉可以生食，甜瓜可制成瓜干、瓜脯、香瓜罐头等，还可以制作酱香瓜。香瓜是我国最早的瓜类水果，先秦时期已经有广泛种植，马王堆汉墓的墓主尸体胃中可以找到香瓜籽。

　　韭，韭菜是最常见的蔬菜之一，野生韭菜分布区域很广泛。《山海经》中就有各地众山多韭的说法，《诗经》中也有献羔祭韭的记载，可见这种蔬菜不但在餐桌上大受欢迎，在庄严的祭祀场合也有一席之地。

chī xiāo
# 鸱 鸮

这首诗据传是周公讲述自己为了周王室鞠躬尽瘁、日夜操劳过程的诗。据《尚书》记载，周武王去世后，由周公辅佐年幼的成王，管叔、蔡叔等人不服，于是编造流言说周公有不臣之心，周公为此隐居，并写下这首诗。在这首诗里，周公以老去的鸟儿自居，描写了自己为辅佐幼鸟（成王）所付出的心力，是表现手法与文采都非常突出的诗篇。

鸱鸮鸱鸮①，既取我子②，

无毁我室。

恩斯勤斯，鬻子之闵斯③！

迨天之未阴雨，彻彼桑土④，

绸缪牖户⑤。

今女下民，或敢侮予⑥？

予手拮据⑦，予所捋荼，

予所蓄租⑧，予口卒瘏⑨，

曰予未有室家。

予羽谯谯<sup>⑩</sup>，予尾翛翛<sup>⑪</sup>，
予室翘翘<sup>⑫</sup>，
风雨所漂摇<sup>⑬</sup>，予维音哓哓<sup>⑭</sup>！

**【注释】**

①鸱鸮：一种猛禽。一般认为以此来借指纣王的儿子武庚，武庚有反叛之心，居心叵测。②既取我子：已经抓走了我的孩子。这里暗指武庚已经策反了管叔等人。③鬻：养育。闵：辛劳。④彻：剥去。桑土：桑根的表皮。⑤绸缪：缠绕。牖户：门窗。这里指下雨前一定要把门窗关好。⑥或敢侮予：有谁敢侮辱我。⑦拮据：手脚因为过于劳累而僵硬。⑧蓄租：蓄积。⑨卒瘏：这里指极度劳累的样子。⑩谯谯：羽毛干枯的样子。⑪翛翛：羽毛凋零的样子。⑫翘翘：危险的样子。⑬漂摇：同"飘摇"，摇动的样子。⑭哓哓：恐惧的叫声。

鸱鸮

鸱鸮，对猫头鹰的统称，属夜行猛禽。鸱鸮种类较多，体型大小不一，习性也较多样化，有些以鱼为食，有些则白天也出来活动。由于长相特异、习性特殊，因此在古代常被认为是不吉祥的鸟。

# 东　山

经过多次战斗，士兵终于结束了远征，可以返回家乡。在这首诗里，描写了士兵在回家的路上的见闻与感触，表达了他对家乡及亲人的思念。

我徂东山<sup>①</sup>，慆慆不归<sup>②</sup>。

我来自东，零雨其濛<sup>③</sup>。

我东曰归，我心西悲。

制彼裳衣，勿士行枚<sup>④</sup>。

蜎蜎者蠋<sup>⑤</sup>，烝在桑野。

敦彼独宿<sup>⑥</sup>，亦在车下。


我徂东山，慆慆不归。

我来自东，零雨其濛。

果臝之实<sup>⑦</sup>，亦施于宇<sup>⑧</sup>。

伊威在室<sup>⑨</sup>，蟏蛸在户<sup>⑩</sup>。

町畽鹿场<sup>⑪</sup>，熠耀宵行<sup>⑫</sup>。

不可畏也？伊可怀也。

我徂东山，慆慆不归。

我来自东，零雨其濛。

鹳<sup>guàn</sup> 鸣于垤<sup>dié</sup>⑬，妇叹于室。

洒扫穹窒⑭，我 征 <sup>zhēng yù</sup>聿至。

有敦瓜苦，烝在栗薪⑮。

自我不见，于今三年。


我徂东山，慆慆不归。

我来自东，零雨其濛。

仓庚于飞，熠耀其羽。

之子于归，皇驳其马⑯。

亲结其缡<sup>lí</sup>⑰，九十其仪⑱。

其新孔嘉，其旧如之何⑲？


【注释】

①徂：前往。②慆慆：这里指时间很久。③濛：细雨弥漫的样子。④勿士行枚：以后再也不想打仗了。枚：同"微"，是徽的讹误，指代军装上的标识。⑤蜎蜎：蚕蠕动的样子。蠋：蚕。⑥敦：蜷缩的样子。⑦果臝：栝楼。实：果实。⑧施：藤蔓在地上生长。宇：屋檐。⑨伊威：一种小虫。⑩蠨蛸：一种腿较长的蜘蛛。⑪町畽：野兽留下的痕迹。⑫熠耀：荧光明灭不定的样子。宵行：这里指萤火虫。⑬鹳：一种大型水鸟。垤：小土丘。⑭穹窒：用烟熏屋子，以便祛除虫与鼠。⑮栗薪：用树枝搭起木架。⑯皇驳其马：混杂着其他颜色的马。⑰亲：母亲。结：系。缡：出嫁时母亲给新娘系在腰部的围巾。⑱九十其仪：很多和自己一起当兵的人都结了婚。⑲其新孔嘉，其旧如之何：刚结婚的人很幸福，之前就已经结婚的人夫妻相逢，不是更幸福吗？

括楼

　　果蠃即栝楼，也叫天瓜，它的根可以制成中药天花粉，果实是中药栝楼，因此被大面积人工种植。

鹳

　　鹳是大型的鸟类，中国境内有黑鹳、东方白鹳，都是国家一级保护动
物。在古代曾是常见鸟类，现在已经濒危。白鹳在欧洲是好运的象征，它
们被认为是送子鸟，很多传说是鹳把孩子送到家里。

蠋

蠋即野桑蚕，比家养的蚕要小一些，身体颜色要深一些，拥有接近桑
枝的保护色。

伊威

伊威，俗称潮虫，经常在潮湿环境下生活的小型节肢动物，很常见，可以入药。

## 破 斧

周武王死后，周成王年幼，周公辅政。在东方监视殷商遗民的管叔、蔡叔等人不满周公辅政而将自己隔绝在外，因此与纣王幼子武庚联合反叛。周公率军征讨，经过三年东征，终于击败叛军。这首诗是一位随周公东征的士兵所写，表达了自己历尽艰险终于平安归来的感叹，还有能让天下安定的自豪。

既破我斧，又缺我斨<sup>qiāng</sup>。

周公东征，四国是皇<sup>①</sup>。

哀我人斯<sup>②</sup>，亦孔之将。


既破我斧，又缺我锜<sup>qí ③</sup>。

周公东征，四国是吪<sup>é ④</sup>。

哀我人斯，亦孔之嘉。


既破我斧，又缺我銶<sup>qiú ⑤</sup>。

周公东征，四国是遒<sup>⑥</sup>。

哀我人斯，亦孔之休<sup>⑦</sup>。

【注释】

①四国：指参与叛乱的商、管、蔡、霍四个国家。皇：匡正。②哀：可怜。③锜：古代的一种兵器。④吪：变化。⑤銶：一种类似锯的兵器。⑥遒：团结。⑦休：美好。

# 伐　柯 <sup>kē</sup>

一个青年男子顺利结婚，他感谢媒人为自己成就良缘，于是写下这首诗来表达自己的谢意。

伐柯如何<sup>①</sup>？匪斧不克<sup>②</sup>。

取妻如何？匪媒不得。


伐柯伐柯，其则不远<sup>③</sup>。

我觏之子<sup>④</sup>，笾豆有践<sup>⑤</sup>。

**【注释】**

①柯：斧柄。②克：能够。③则：法则。④觏：通"媾"，指婚媾。之子：这个人。
⑤笾：古时竹制的果盘。豆：盛肉的器具。有践：整齐陈列。

# 九　罭
<sub>yù</sub>

　　一位姑娘偶遇地位较高的流亡贵族，二人海誓山盟，姑娘希望能够留住对方的心和人。

　　　　九罭之鱼，鳟、鲂<sup>zūn fáng</sup>①。
　　　　我觏之子，衮衣绣裳<sup>gòu　　gǔn</sup>②。

　　　　鸿飞遵渚③，

　　　　公归无所，于女信处④。

　　　　鸿飞遵陆⑤，

　　　　公归不复，于女信宿。

　　　　是以有衮衣兮，无以我公归兮，

　　　　无使我心悲兮。

【注释】
　　①九罭：能够捕捉小鱼的网眼很细密的网。鳟、鲂：都是比较大的鱼。②衮衣：有龙纹的礼服，这是身份很高的贵族才能穿的衣服。绣裳：有彩色刺绣的下半身穿的衣服。③遵：沿着。④信处：住两夜。⑤陆：高而平坦的地方。

# 狼 跋<sup>bá</sup>

这是一首嘲讽一些脑满肠肥、百无一用的贵族丑态的诗。那些人外貌不佳却贪婪成性，就算穿得华贵，也遮掩不了他们的本质。

狼跋其胡<sup>①</sup>，载疐<sup>zhi</sup>其尾<sup>②</sup>。

公孙硕肤，赤舄<sup>xi</sup>几几<sup>③</sup>。

狼疐其尾，载跋其胡。

公孙硕肤，德音不瑕。

【注释】

①跋：践踏，踩着。②载：同"再"，又。疐：脚踩。③赤舄：红色的鞋，是当时贵族的打扮。几几：鞋尖翘起来的样子。

许志刚 编著

[日] 细井徇 绘

# 诗经·风雅颂

## 名物图解版

北方联合出版传媒(集团)股份有限公司
辽海出版社

# 目录

## 雅·小雅

## 雅·大雅

## 颂 · 周颂

## 颂·鲁颂

## 颂·商颂

# 雅·小雅

　　《小雅》共有诗歌七十四篇，创作时间主要是西周初年至末年，其中尤以西周末年最后三位国君厉王、宣王、幽王时期占多数。《小雅》的内容反映了西周时期多彩的社会生活，如祭祀、宴饮、农耕等，也有一些民歌混杂在其中。

# 鹿　鸣

本诗描写的是周天子宴请群臣的场景。宴会期间，宾主以诚相待，洋溢着一种欢乐的气氛，显得融洽和谐。诗以"乐"为主旨进行气氛渲染，一般认为在这场宴会中，主题是乞言，也就是天子请臣子畅所欲言，提出建议，俗话说忠言逆耳，纳谏时能有这样的氛围，是非常了不起的。

呦呦鹿鸣①，食野之苹②。

我有嘉宾，鼓瑟吹笙。

吹笙鼓簧③，承筐是将④。

人之好我⑤，示我周行⑥。


呦呦鹿鸣，食野之蒿。

我有嘉宾，德音孔昭⑦。

视民不恌⑧，君子是则是效⑨。

我有旨酒⑩，嘉宾式燕以敖⑪。


呦呦鹿鸣，食野之芩⑫。

我有嘉宾，鼓瑟鼓琴。

鼓瑟鼓琴，和乐且湛。

我有旨酒，以燕乐嘉宾之心。


## 【注释】

①呦呦：鹿叫声。据说鹿群发现食物就会鸣叫，招呼同类一起进食，因此引申为召集宾客进行宴会。②苹：草名，是一种野菜。③簧：笙这类乐器里用来发声的簧片。④承：捧着。将：献上。在古代的宴会上，会向宾客赠送礼物。⑤好我：与我友好。⑥周行：大路。⑦德音：善意的言辞。孔昭：很鲜明。⑧视：昭示。恌：轻佻，轻视。⑨则：法则。效：效仿。⑩旨酒：美酒。⑪燕：同"宴"。敖：同"遨"，游玩。⑫芩：草名，在沼泽、洼地一类的环境中生长。

鹿

　　鹿是哺乳纲偶蹄目的一类动物，体型大小不一，鹿科动物其特征是生
有实心的分叉的角，一般只有雄性有一对角，雌性是无角的（驯鹿除外），
除了南极洲，世界各大陆都有分布。《诗经》里的鹿指的是梅花鹿，也是
我国最常见的鹿类。

苹

　　《鹿鸣》里提到的苹，其实应该是指大叶白头翁，也叫山蒜，一种小
型灌木，嫩叶是鹿喜欢的食物。不过绘画者没能理解这种植物的真实形态，
将其画成了浮萍这种水生植物。

　　蒿即青蒿，一年生草本植物，嫩叶可以当野菜食用，是先秦时期人们餐桌上的常客，还可以制作香料。现代科学家屠呦呦依靠从青蒿等植物里提取的青蒿素治疗疟疾，获得了诺贝尔生理学或医学奖。

　　芩，本诗提到的芩是什么植物有争议，画里的植物是蔓苇，是一种水边生长的植物。

# 四 牡 (mǔ)

这首诗是一个出征在外难以回乡的人写的思乡之作。本诗的含义非常直白，与《鸨羽》很类似，都是以鸟类的行为，写自己服役的辛苦。加上车马不停奔驰赶路的劳苦，思念家乡和亲人的情感呼之欲出。也表达了对无休止的徭役的愤恨与抗议。

四牡骓骓①，周道倭迟②(wō)。

岂不怀归？

王事靡盬③(gǔ)，我心伤悲！

四牡骓骓，啴啴(tān tān)骆马④。

岂不怀归？

王事靡盬，不遑启处⑤(huáng)！

翩翩者鵻，载飞载下⑥，

集于苞栩。

王事靡盬，不遑将父！

翩翩者鵻，载飞载止，

集于苞杞。

王事靡盬，不遑将母！

驾彼四骆，载骤骎骎<sup>qīn qīn</sup>⑦。

岂不怀归？

是用作歌，将母来谂<sup>shěn</sup>⑧！

雏

　　雏即白鸠，一种类似鸽子的鸟类，通体白色，古代认为是瑞禽。古书
中有多处记载，诗仙李白很喜爱白鸠，称其是"平生酷好，竟莫能改"。
这幅画里画的是火斑鸠，是白鸠的近亲。

## 皇皇者华

本诗描写的是一位出使外国的使臣尽心尽责，不避劳苦的事迹。这首诗反映当时周天子权威还很强，作为天子使者的自信与乐观。这与周天子权威衰落后的颓唐形成鲜明对比，这样的自信也只有在还未礼崩乐坏的时代才有。

皇皇者华<sup>①</sup>，于彼原隰<sup>②</sup>。
駪 駪征夫<sup>③</sup>，每怀靡及。
shēn shēn

我马维驹，六辔如濡。
载驰载驱，周爰咨诹<sup>④</sup>。
zī zōu

我马维骐，六辔如丝。
载驰载驱，周爰咨谋。

我马维骆，六辔沃若<sup>⑤</sup>。
载驰载驱，周爰咨度。

我马维駰，六辔既均<sup>⑥</sup>。
载驰载驱，周爰咨询。

【注释】

①皇皇：鲜明的样子。②原隰：平原与洼地。③駪駪：众多的样子。征夫：随从。④咨诹：征询意见，策划事情。⑤沃若：有光泽的样子。⑥均：驾驭马的缰绳步调和谐一致。

## 常　棣

这首诗描写了诗人与同族兄弟之间畅饮美酒、沟通情感的场面。诗里暗示在那样的年代里，最靠得住的还是血缘关系，而此时经常宴请兄弟，联络感情也是非常有必要的，诗中借常开的常棣之花代指永不变更的亲情。

常棣之华①，鄂不韡韡②。

凡今之人，莫如兄弟。

死丧之威③，兄弟孔怀。
原隰裒矣④，兄弟求矣⑤。

脊令在原⑥，兄弟急难。

每有良朋，况也永叹⑦。

兄弟阋于墙⑧，外御其务⑨。

每有良朋，烝也无戎⑩。

丧乱既平，既安且宁。

虽有兄弟，不如友生⑪。

　　　　　bīn　　　　　　　　yù
　　傧尔笾豆⑫，饮酒之饫⑬。
　　　　　　　　　rú
　　兄弟既具，和乐且孺⑭。


　　妻子好合，如鼓瑟琴。
　　　　　xī
　　兄弟既翕⑮，和乐且湛⑯。


　　　　　　　　　　nú
　　宜尔室家，乐尔妻帑。
　　　　　　　dǎn
　　是究是图⑰，亶其然乎⑱！

【注释】

　　①棣：郁李树。华：花。②鄂：同"萼"，花萼。铧铧：花的颜色鲜明的样子。③威：畏惧。④裒：聚集。⑤求：寻求。⑥脊令：一种水鸟。⑦况：增加。永叹：长叹。⑧阋于墙：家庭内部有很大矛盾。⑨务：同"侮"，欺侮。⑩烝：众。戎：帮助。⑪友生：朋友。⑫傧：陈设。⑬饫：私人宴会。⑭孺：愉快。⑮翕：和睦。⑯湛：非常欢乐。⑰究：思虑。图：考量。⑱亶：可信。

脊令

脊令即鹡鸰，俗称张飞鸟，因其大多在水边活动，落到地面时尾巴上下摆动，所以也叫"点水雀"，栖息在河流湖泊边。

苞棣

　　常棣即郁李树，郁李拥有桃红色宝石般的花蕾，繁密如云的花朵，深红色的果实，有很高的观赏价值，深受人们喜爱。

# 伐 木

　　这是一首反映朋友之间举行宴会,交流感情的诗。相对上一首《常棣》只强调亲情的重要性,这首诗对友情也非常重视,表达了诗人对良好的人际关系的赞美与向往。本诗以大自然当中伐木的场景为切入点,从对自然中和谐、美好情感的关注还有期待着手,让人们对亲情、友情有着新的认识。

伐木丁丁<sup>zhēng zhēng</sup>①,鸟鸣嘤嘤<sup>yīng yīng</sup>。

出自幽谷,迁于乔木。

嘤其鸣矣,求其友声。

相彼鸟矣②,犹求友声。

矧<sup>shěn</sup>伊人矣③,不求友生?

神之听之,终和且平。


伐木许许,酾酒有藇④。

既有肥羜⑤,以速诸父⑥。

宁适不来⑦?微我弗顾。

於粲洒扫,陈馈八簋<sup>guǐ</sup>⑧。

既有肥牡,以速诸舅。

宁适不来,微我有咎。

伐木于阪，酾酒有衍。

笾豆有践，兄弟无远。

民之失德，干糇以愆<sup>⑨</sup>。
<small>hóu</small>

有酒湑我<sup>⑩</sup>，无酒酤我<sup>⑪</sup>。
<small>xǔ</small> <small>gū</small>

坎坎鼓我<sup>⑫</sup>，蹲蹲舞我<sup>⑬</sup>。

迨我暇矣，饮此湑矣。

【注释】

①丁丁：伐木的声音。②相：察看。③矧：况且。④酾：过滤酒糟。莤：形容酒的味道很美。⑤羜：小羊羔。⑥述：邀请。诸父：同族长辈。⑦宁：或。适：偶尔。不来：不能来。⑧陈：摆放。馈：食物。簋：古代一种食器。⑨愆：过失。⑩湑：滤酒去渣。⑪酤：有渣子的酒。⑫坎坎：鼓声。⑬蹲蹲：跳舞的样子。

## 天 保

　　这是一首群臣赞美并嘱咐国君的诗,这种题材的诗历朝历代都不罕见,体现了那个时代"敬天保民"的思想,将神灵与百姓联系在一起,却是非常难能可贵的。这首诗里也体现了那个时代敬重祖先的思想。

　　天保定尔<sup>①</sup>,亦孔之固。

　　俾尔单厚<sup>②</sup>,何福不除?

　　俾尔多益,以莫不庶<sup>③</sup>。

　　天保定尔,俾尔戬谷<sup>④</sup>。

　　罄无不宜<sup>⑤</sup>,受天百禄。

　　降尔遐福<sup>⑥</sup>,维日不足。

　　天保定尔,以莫不兴。

　　如山如阜,如冈如陵,

　　如川之方至,以莫不增。

　　吉蠲为饎<sup>⑦</sup>,是用孝享<sup>⑧</sup>。

　　禴祠烝尝<sup>⑨</sup>,于公先王。

　　君曰卜尔<sup>⑩</sup>,万寿无疆。

神之吊矣<sup>⑪</sup>，诒尔多福。

民之质矣，日用饮食。

群黎百姓，遍为尔德。


如月之恒<sup>⑫</sup>，如日之升。

如南山之寿，不<ruby>骞<rt>qiān</rt></ruby>不崩<sup>⑬</sup>。

如松柏之茂，无不尔或承。

【注释】

①天保：上天保佑。定：平安。②俾：使。单厚：富足。③庶：众多。④戬谷：幸福。⑤罄：尽，所有。⑥遐福：长久的福气。⑦蠲：通"涓"，清洁。为馈：置办酒席。⑧孝享：献祭。⑨禴祠烝尝：一年四季的祭礼。⑩卜：予。⑪吊：至。⑫恒：永恒。⑬骞：缺损。崩：崩塌。

## 采 薇

　　这是一个常年在边境戍守并抗击狎狁入侵的士兵在战争结束后、于归途中的内心独白，主要描写其复杂的悲凉心境。这首诗一般认为是周宣王时期的作品，此时是周朝中兴的时期，但后期战乱频繁，由盛转衰，边患严重，诗人看到路边已经枯萎的薇菜，不由得心生感慨，对外敌进犯及长年累月的战争感到不满。

采薇采薇①，薇亦作止②。

曰归曰归，岁亦莫止③。

靡室靡家，猃<sup>yǔn</sup>狁之故④。

不 遑<sup>huáng</sup> 启居⑤，猃狁之故。


采薇采薇，薇亦柔止⑥。

曰归曰归，心亦忧止。

忧心烈烈，载饥载渴⑦。

我戍未定，靡使归聘。


采薇采薇，薇亦刚止⑧。

曰归曰归，岁亦阳止⑨。

王事靡盬⑩，不遑启处。

忧心孔疚⑪，我行不来！

彼尔维何<sup>⑫</sup>？维常之华。

彼路斯何<sup>⑬</sup>？君子之车。

戎车既驾，四牡业业<sup>⑭</sup>。

岂敢定居？一月三捷<sup>⑮</sup>。

驾彼四牡，四牡骙 骙<sup>⑯</sup>。

君子所依，小人所腓<sup>⑰</sup>。

四牡翼翼<sup>⑱</sup>，象弭鱼服<sup>⑲</sup>。

岂不日戒？猃狁孔棘<sup>⑳</sup>！

昔我往矣，杨柳依依<sup>㉑</sup>。

今我来思，雨雪霏霏<sup>㉒</sup>。

行道迟迟，载渴载饥。

我心伤悲，莫知我哀！

**【注释】**

①薇：也叫野豌豆，一种常见的野菜。②作止：生长出来。③莫：同"暮"，晚上。④猃狁：北方的戎狄，一般认为即后世所说的匈奴。⑤不遑启居：没有时间休息。⑥柔：刚长出来的薇菜很娇嫩。⑦载饥载渴：又饿又渴。⑧刚：坚硬，指薇菜已长大，枝叶变硬了。⑨阳：周代农历四月到十月，称为阳月。⑩盬：停止。⑪疚：痛苦。⑫尔：花朵盛开的样子。⑬路：大车。⑭业业：强壮。⑮捷：通"接"，交战。⑯骙骙：战马强壮的样子。⑰腓：隐蔽，这里指步兵在战车的掩护下前进。⑱翼翼：步伐整齐的样子。⑲象弭：用象牙装饰的弓的两端。鱼服：鱼皮箭袋，一说为海豹皮的箭袋。⑳棘：这里指战事危急。㉑依依：树枝随风飘动的样子。㉒霏霏：雪花纷纷下落的样子。

　　薇即野豌豆，一般生在山坡或林缘草丛，可以作为牲畜饲料，也可以
当野菜，花朵很美丽，可以作为观赏植物。

　　鱼在本诗当中有一些学者认为是海豹，绘画者可能没见过海豹，因此画得不太相似。海豹是常见的海洋哺乳动物，它们的身体呈流线型，四肢变为鳍状，适于游泳。

## 出 车

西周后期，周宣王在位时，西戎多次侵略周朝。将军南仲率兵征讨，最终取得胜利。这首诗应当是与南仲同时期的一位高级将领在凯旋时所写的诗。主要描写了从西戎来犯，到奉命出征，再到谋划部署，最终凯旋的过程。同时也描写了自己在战争过程中的内心活动等。

我出我车①，于彼牧矣②。

自天子所，谓我来矣③。

召彼仆夫④，谓之载矣。

王事多难，维其棘矣。


我出我车，于彼郊矣。

设此旐矣⑤，建彼旄矣。
zhào

彼旟旐斯⑥，胡不旆旆？
pèi pèi

忧心悄悄，仆夫况瘁⑦。
cuì


王命南仲，往城于方。

出车彭彭，旂旐央央。

天子命我，城彼朔方⑧。

赫赫南仲，狝狁于襄。

昔我往矣，黍稷方华。

今我来思，雨雪载涂。

王事多难，不遑启居。

岂不怀归？畏此简书<sup>⑨</sup>。

<ruby>喓<rt>yāo</rt></ruby> <ruby>喓<rt>yāo</rt></ruby>草虫，<ruby>趯<rt>tì</rt></ruby> <ruby>趯<rt>tì</rt></ruby>阜螽。

未见君子，忧心忡忡。

既见君子，我心则降。

赫赫南仲，薄伐西戎。


春日迟迟，卉木萋萋。

仓庚喈喈，采蘩祁祁。

执讯获丑，薄言还归<sup>⑩</sup>。

赫赫南仲，狝狁于夷。

【注释】

　　①出车：出动战车。②牧：郊外可以放牧的地方。③谓我来：派遣我到这里。④仆夫：驾车的人。⑤设：竖起。旐：有龟蛇图案的旗。⑥旟：有鹰隼图案的旗帜。⑦况瘁：因病而憔悴。⑧朔方：北方。⑨简书：结盟的文书。⑩还归：凯旋。

草虫

《出车》里提到的草虫应该是泛指，一般是蛐蛐、蚂蚱之类的昆虫。
这幅图里绘制的是草螽，一种栖息于湖或池边草地里的螽斯。这种虫特殊
之处在于受惊时会跳入水中，爬到水生植物上面，可潜水数分钟，日间或
夜间鸣叫。

阜
螽

　　阜螽是蝗虫的幼虫，蝗虫是著名的害虫，每到闹蝗灾的时候，千里绝
收，饿殍遍野，是人类面对的主要农业灾害之一。

# 杕 杜

这是一首妻子思念出征在外久未回返的丈夫的诗。当时人民饱受军旅、徭役之苦。丈夫出征总不回来,妻子一年一年地等待,却总是盼不回丈夫,心中充满了无可奈何。这首诗感情真挚、强烈,感人肺腑。

有杕之杜<sup>①</sup>,有睆其实<sup>②</sup>。

王事靡盬,继嗣我日。

日月阳止,女心伤止,

征夫遑止!


有杕之杜,其叶萋萋。

王事靡盬,我心伤悲。

卉木萋止,女心悲止<sup>③</sup>,

征夫归止!


陟彼北山,言采其杞<sup>④</sup>。

王事靡盬,忧我父母。

檀车幝幝<sup>⑤</sup>,四牡痯痯<sup>⑥</sup>,

征夫不远!

匪载匪来，忧心孔疚。

斯逝不至？而多为恤⑦。

卜筮偕止⑧，会言近止，

征夫迩止！

【注释】

①有杕之杜：孤独生长的一棵棠树。这里暗指丈夫不能回家，自己非常孤独。
②睆：果实众多的样子。③女心悲止：形容丈夫出征的女子非常悲伤。④杞：这里
通"芑"，一种野菜。⑤啴啴：破败的样子。⑥痯痯：疲惫的样子。⑦恤：忧。⑧卜
筮偕止：用很多种方法占卜过，都是吉祥的征兆。

# 鱼 丽

古代在祭祀完宗庙后，国君要与群臣一起举行宴会，这首诗就是在宴会当中演唱的欢乐助兴之歌。本诗描写宴席丰盛，美酒醇厚，佳肴美味，国君与群臣借此祈求明年粮食丰收。

鱼丽于罶<sup>①</sup>，鲿鲨。

君子有酒，旨且多<sup>②</sup>。

鱼丽于罶，鲂鳢。

君子有酒，多且旨。

鱼丽于罶，鰋鲤。

君子有酒，旨且有。

物其多矣<sup>③</sup>，维其嘉矣<sup>④</sup>。

物其旨矣，维其偕矣<sup>⑤</sup>。

物其有矣，维其时矣<sup>⑥</sup>。

【注释】

①丽：同"罹"，鱼在鱼笼中跳动的样子。一说是鱼入笼中。罶：一种捕鱼工具。②多：指数量充足。③物：宴席当中的饭菜。④嘉：美好。⑤偕：品种繁多。⑥时：新鲜食物。

鲨

鲨，通"鲨"，这里的鲨鱼不是我们平时说的海里的大型食肉鱼类，而是虾虎鱼的一种，因为这种鱼会从嘴里吐水将沙子吹开，故名鲨鱼，吃一些小鱼小虾。

鳢

　　鳢即黑鳢，俗称黑鱼，属于典型的肉食性鱼类，喜欢生活在水草繁茂的浅水区。黑鱼肉味鲜美、营养丰富，是餐桌上常见的美味鱼类。

## 南有嘉鱼

这首诗与上一首《鱼丽》题材相近，都是在宴会上演唱的助兴歌曲，上一首主要侧重饮食的丰盛，这首则强调宾客与主人之间的情谊与关系。

南有嘉鱼，烝然罩罩<sup>①</sup>。

君子有酒，嘉宾式燕以乐<sup>②</sup>。


南有嘉鱼，烝然汕汕<sup>③</sup>。
shàn shàn

君子有酒，嘉宾式燕以衎<sup>④</sup>。
kàn


南有樛木，甘瓠累之<sup>⑤</sup>。
hù

君子有酒，嘉宾式燕绥之<sup>⑥</sup>。
suí


翩翩者雏，烝然来思。

君子有酒，嘉宾式燕又思<sup>⑦</sup>。

【注释】

①烝：众多。罩罩：这里指很多鱼在水里游动的样子。②式：助词，无实际意义。燕：饮酒。③汕汕：很多鱼游来游去的样子。④衎：欢乐。⑤甘瓠累之：葫芦的藤蔓缠绕在上面。⑥绥：安乐。⑦又：向主人致敬。

嘉
鱼

　　嘉鱼到底是什么生物，有不同的理解。一种观点认为嘉鱼就是好鱼，是泛指；另一种观点认为是卷口鱼（如图），江南地区常见的食用淡水鱼，肉质鲜美。

## 南山有台

这是一首周天子在宴请群臣时，群臣向周天子献上祝福的诗歌，群臣希望天子可以拥有美好的声誉并健康长寿，烘托了一种非常欢乐的氛围。

南山有台[①]，北山有莱[②]。

乐只君子[③]，邦家之基。

乐只君子，万寿无期！

南山有桑，北山有杨。

乐只君子，邦家之光。

乐只君子，万寿无疆！

南山有杞，北山有李。

乐只君子，民之父母。

乐只君子，德音不已！

南山有栲<sup>kǎo</sup>，北山有杻<sup>niǔ</sup>。

乐只君子，遐不眉寿[④]。

乐只君子，德音是茂！

南山有枸，北山有楰<sup>yú</sup>。

乐只君子，遐不黄耇<sup>gǒu</sup>⑤。

乐只君子，保艾<sup>ài</sup>尔后！

【注释】

①台：通"薹"，莎草，是一种可以用来制作蓑衣、斗笠等雨具的植物。②莱：藜草，一种野菜。③只：语气助词。君子：这里指周天子。④遐：同"胡"，为什么。⑤耇：长寿。

臺

　　臺即莎草，是莎草科的多年生草本植物，一般生长在潮湿处或沼泽地带。古埃及用莎草的茎加工制作出莎草纸，是古埃及最主要的书写工具。我国用莎草制作蓑衣用来防雨，或者编织成袋子。

莱

　　莱即灰菜，全国各地都有分布，嫩茎叶可以当野菜食用，在开水里焯过，就可以去掉其苦味，凉拌、热炒等烹调方式都可以。

枸这里指拐枣，也叫万寿果、金钩梨，果柄含较多的葡萄糖和苹果酸钾，经霜后甜，可生食或酿酒，俗称"拐角"；其木材适合做家具。果实形似卍字符，果实熟透可生吃，也可以熬汤。

椐

　　椐即椋椐，属于常见的庭园观赏植物，古代因为常被栽种到皇家园林当中，故而别名万岁树，树木和花朵很美丽。

# 蓼 萧

与前几首诗类似，这首诗描写的依旧是周天子宴请诸侯时的场景，一位官员因为能够当面朝见天子，在兴奋之下写作了这首诗，表达了对天子的高度赞美，还有希望天子长寿的祝愿。这首诗以高大的萧起兴，以此彰显天子形象的高大，以及美好德行，为世人景仰。

蓼彼萧斯①，零露湑兮②。

既见君子，我心写兮。

燕笑语兮，是以有誉处兮③。

蓼彼萧斯，零露瀼瀼④（ráng ráng）。

既见君子，为龙为光。

其德不爽，寿考不忘⑤。

蓼彼萧斯，零露泥泥。

既见君子，孔燕岂弟⑥。

宜兄宜弟，令德寿岂。

蓼彼萧斯，零露浓浓。

既见君子，鞗革忡忡⑦（tiáo）。

和鸾雝雝⑧（yōng yōng），万福攸同（yōu）。

**【注释】**

①蓼：高大。萧：香蒿。②零露：落下的露珠。湑：露水晶莹的样子。③誉处：安乐。④瀼瀼：露水很多的样子。⑤不忘：不会停止。⑥岂弟：和乐的样子。⑦忡忡：下垂的样子。⑧和鸾：车马上的铃铛。

zhàn

# 湛 露

这是一首描写周天子在夜里宴请诸侯与朝中大臣场景的诗，作者赞美天子与宴会的所有参与者的美好德行。本诗以露水很浓起兴，象征周天子与诸侯、群臣的情义如露水般浓厚。

湛湛露斯①，匪阳不晞②。

厌厌夜饮③，不醉无归。


湛湛露斯，在彼丰草。

厌厌夜饮，在宗载考④。


湛湛露斯，在彼杞棘。

显允君子⑤，莫不令德⑥。


其桐其椅，其实离离⑦。

岂弟君子，莫不令仪⑧。

【注释】

①湛湛：露水浓重的样子。②阳：阳光。晞：干。③厌厌：宴会很盛大的样子。④宗：宗庙。载：同"再"。考：祭祀之后的宴会。⑤显允：光明正大。⑥令德：美德。⑦离离：果实多而使枝条下垂的样子。⑧令仪：好的威仪。

桐

　　桐，这里指泡桐，泡桐树姿优美，花朵较大，花为淡紫色和白色，非
常美丽，是很好的观赏植物。同时泡桐树的木材纹理通直，易于加工，是
适用于建筑、家具和乐器的好材料。

椅

椅即山桐子，花多芳香，适合养蜂；树形优美，结果时果实累累，朱红色，形似珍珠，是非常好的观赏植物，民间认为它有吉祥寓意。

杞

　　杞在《诗经》里多次出现，但代表的植物却并不都相同。这首诗里指枸骨，又名猫儿刺、老虎刺等，是常绿灌木或小乔木，叶子形状奇特，碧绿光亮，四季常青，入秋后红色果实挂满枝头，经冬不凋，艳丽可爱，欧美国家通常用它来作为圣诞树。

# 彤 弓

这首诗描写的是周天子奖励有功于社稷的诸侯时的场景。当诸侯立下大功时，周天子都会将一张红色的弓赏赐给他，作为一种名誉上与仪式上的褒奖。彤弓是权力的代表，拥有彤弓就意味着拥有代替周天子讨伐叛逆的权力。赏赐仪式结束后，周天子还要宴请群臣，仪式盛大。

彤弓弨兮<sup>chāo</sup>①，受言藏之②。

我有嘉宾，中心贶<sup>kuàng</sup>之③。

钟鼓既设，一朝飨之④。


彤弓弨兮，受言载之。

我有嘉宾，中心喜之。

钟鼓既设，一朝右之⑤。


彤弓弨兮，受言櫜<sup>gāo</sup>之⑥。

我有嘉宾，中心好之。

钟鼓既设，一朝酬之。


【注释】

①彤弓：朱红色的弓，代表着代周天子征伐不臣之人的权力。弨：弓弦松弛的样子。②受：授予。言：天子的命令。③贶：赐予。④飨：用酒宴款待。⑤右：劝酒。⑥櫜：弓袋。

## 菁菁者莪

这首诗采用了比兴的创作手法，表达了作者对于君子长育人才的愉悦之情，也表达了青年学子见到君子的欢乐情感。全诗以菁菁者莪起兴，描绘一幅萝蒿满地、草木繁盛的春天胜景，还有处于如此美景中人们的快乐之情。

菁菁者莪①，在彼中阿②。

既见君子，乐且有仪。


菁菁者莪，在彼中沚③。

既见君子，我心则喜。


菁菁者莪，在彼中陵④。

既见君子，锡我百朋⑤。


泛泛杨舟，载沉载浮⑥。

既见君子，我心则休⑦。

【注释】

①菁菁：草木茂盛的样子。莪：萝蒿，一种草本植物。②阿：山势转弯处。③沚：河中心的小沙洲。④陵：丘陵。⑤锡：赠送。百朋：这里指较多钱。古代以贝壳为货币，五贝为一串，两串为一朋。⑥载：或。⑦休：安心。

莪

莪这里指莪蒿，莪蒿因为是抱根丛生的植物，很像孩童环绕父母膝下的情状，所以被称为"抱娘蒿"，生在水边，叶像针，开黄绿色小花，叶嫩时可以当野菜。

# 六 月

　　周宣王五年，大臣尹吉甫跟随宣王领兵北上，讨伐狄戎，大获全胜而归。这首诗就是歌颂周宣王与尹吉甫的英明神武，也歌颂了王师的威武善战，还有得胜后朝野上下的无尽喜悦。

　　六月栖栖<sup>①</sup>，戎车既饬<sup>②</sup>。

　　四牡骙骙，载是常服。

　　玁狁孔炽<sup>③</sup>，我是用急<sup>④</sup>。

　　王于出征，以匡王国<sup>⑤</sup>。

　　比物四骊，闲之维则<sup>⑥</sup>。

　　维此六月，既成我服。

　　我服既成，于三十里。

　　王于出征，以佐天子。

　　四牡修广<sup>⑦</sup>，其大有颙。

　　薄伐玁狁，以奏肤公<sup>⑧</sup>。

　　有严有翼，共武之服<sup>⑨</sup>。

　　共武之服，以定王国。

狁匪茹⑩，整居焦获⑪。

侵镐及方，至于泾阳。

织文鸟章，白旆央央。
（pèi）

元戎十乘，以先启行。

戎车既安，如轻如轩⑫。
（zhì）

四牡既佶，既佶且闲⑬。
（jí）

薄伐狁，至于大原。

文武吉甫，万邦为宪。

吉甫燕喜，既多受祉⑭。

来归自镐，我行永久。

饮御诸友，炰鳖脍鲤⑮。
（páo）

侯谁在矣，张仲孝友。

【注释】

①栖栖：繁忙的样子。②饬：整顿。③炽：气势热烈。④是用：因此。急：紧急征召士兵。⑤匡：救助。⑥闲：训练。则：法度。⑦修：长。广：大。⑧奏：建立。肤：显赫的。公：功劳。⑨共武之服：共同作战的装备。⑩茹：度。⑪整：整齐。居：驻扎。焦获：地名。⑫如：或。轾：向下冲。轩：向上冲。⑬佶：健壮的样子。⑭祉：福。⑮炰：烹煮。

　　鳖自古就是人们眼中滋补的珍品，食鳖的历史，可以上溯到周代甚至更早。鳖肉鲜美，其裙边更是大众喜爱的食物。

# 采 芑
### qǐ

周宣王时期，宣王曾派方叔南征荆楚，这首诗是赞美方叔的。全诗运用了夸张与反复等多种修辞手法，表现周朝军队的威严与战争的浩大，表达了诗人极深的敬仰，及对敌人的不齿与蔑视，带有必胜的决心及意志。

薄言采芑①，于彼新田②，

于此菑亩③。
### zī

方叔莅止④，
### lì

其车三千，师干之试。

方叔率止，乘其四骐，

四骐翼翼。

路车有奭⑤，
### shì

簟笰鱼服⑥，钩膺鞗革⑦。
### diàn　　　　tiáo

薄言采芑，于彼新田，

于此中乡。

方叔莅止，

其车三千，旂旐央央。

方叔率止，约𫐄错衡⑧，

八鸾玱玱⑨。
### qiāng qiāng

服其命服，

朱芾斯皇⑩，有玱葱珩⑪。
### cōng héng

鴥彼飞隼，其飞戾天<sup>⑫</sup>，

亦集爰止<sup>⑬</sup>。

方叔莅止，

其车三千，师干之试。

方叔率止，钲人伐鼓，

陈师鞠旅<sup>⑭</sup>。

显允方叔，

伐鼓渊渊<sup>⑮</sup>，振旅阗阗<sup>⑯</sup>。


蠢尔蛮荆，大邦为雠。

方叔元老，克壮其犹<sup>⑰</sup>。

方叔率止，执讯获丑<sup>⑱</sup>。

戎车啴啴<sup>⑲</sup>，啴啴焞焞，

如霆如雷。

显允方叔，

征伐玁狁，蛮荆来威。

【注释】

①芑：一种野菜。②新田：刚开垦两年的土地。③菑：刚开垦一年的田地。④方叔：周宣王时期大臣。莅止：来到这里。⑤路车：这里指军队统帅乘坐的战车。奭：鲜红的样子。⑥簟笰：竹席制的车帘。⑦钩膺：马颈部下方到胸部的装饰物。鞗革：有铜饰的马辔头。⑧约：缠绕。軝：车毂的末端。衡：车上架在牲口脊背上的横木。⑨鸾：铃铛。玱玱：铃声。⑩芾：通"绂"，蔽膝。皇：光辉的样子。⑪葱：绿色。珩：佩玉。⑫戾：至。⑬爰：表转折之意。⑭陈师：部署好军队。鞠旅：告诫士兵。⑮渊渊：击鼓的声音。⑯振：指挥。阗阗：声势浩大。⑰克：能够。犹：谋略。⑱执、获：俘虏。讯：审问。⑲啴啴：兵车行进声。

# 车 攻

这首诗描写的是周天子进行田猎时的场景，生动描绘了狩猎时声势浩大的壮观场面。田猎是古代的军事演习的一种，也是借此展示强大的武力，以便震慑远方的敌人与属下的诸侯。这首诗写得气势十足，向我们展现了近三千年前的军威。

我车既攻①，我马既同②。

四牡庞庞③，驾言徂东。


田车既好，四牡孔阜④。

东有甫草，驾言行狩。


之子于苗，选徒嚣 嚣⑤。

建旐设旄，搏兽于敖⑥。


驾彼四牡，四牡奕奕。

赤芾金舄⑦，会同有绎⑧。


决拾既佽⑨，弓矢既调。

射夫既同⑩，助我举柴⑪。

四黄既驾，两骖不猗。

不失其驰，舍矢如破⑫。


萧萧马鸣，悠悠斾旌。

徒御不惊⑬，大庖不盈⑭。


之子于征，有闻无声。

允矣君子，展也大成。

# 吉 日

　　这首诗描写的依旧是周天子与诸侯、大臣在野外进行围猎的事情，重点是描写围猎的细节与近景。包括野兽的性情、大小，围猎之后的事情等。

　　吉日维戊①，既伯既祷②。

　　田车既好，四牡孔阜。

　　升彼大阜，从其群丑③。


　　吉日庚午，既差我马。

　　兽之所同，麀鹿麌麌④。
　　　　　　　　yōu　　yǔ yǔ

　　漆沮之从⑤，天子之所。


　　瞻彼中原，其祁孔有⑥。

　　儦　儦俟俟⑦，或群或友。
　　biāo biāo sì sì

　　悉率左右，以燕天子⑧。


　　既张我弓，既挟我矢。

　　发彼小豝⑨，殪此大兕⑩。
　　　　　bā　　　yì　　sì

　　以御宾客，且以酌醴⑪。


**【注释】**

①维戊：戊辰日。②伯：马的先祖。因为田猎过程中，马是主力，因此要祭祀马的先祖。祷：祭祀。③从：追逐。丑：这里指野兽。④麀鹿：母鹿，这里泛指所有雌性野兽。麌麌：很多野兽群聚的样子。⑤漆沮：两条河流名。⑥中原：原野当中。祁：这里泛指大的猎物。⑦儦儦：奔跑的样子。俟俟：慢慢行走的样子。⑧燕：欢乐。⑨小豝：母猪。⑩殪：射死。兕：犀牛一类的动物。⑪醴：甜酒。

兕

兕在古代文献中多有记载,《山海经》:"兕在舜葬东,湘水南。其状如牛,苍黑,一角。"可见兕是像牛但只有一角的生物,有人说是雌犀牛,也有人认为是已经灭绝的某种犀牛近亲,或是某种野牛。

## 鸿 雁

周朝虽然有强盛的时代，但也有衰落的时期，每到国家衰落民不聊生时，自然就会出现流民问题，而此时就需要朝廷官员去安顿流民。这首诗就是朝廷官员感叹自己工作的辛劳、对流民困苦境遇的同情，以及对自己不被流民理解的苦恼。

鸿雁于飞，肃肃其羽①。

之子于征②，劬劳于野③。

爰及矜人④，哀此鳏寡⑤。

鸿雁于飞，集于中泽⑥。

之子于垣⑦，百堵皆作⑧。

虽则劬劳，其究安宅⑨？

鸿雁于飞，哀鸣嗷嗷。

维此哲人⑩，谓我劬劳；

维彼愚人，谓我宣骄⑪。

【注释】

①鸿雁：候鸟名。肃肃：翅膀扇动发出的声音。②之子：这个人。征：出行。③劬劳：劳苦。④爰：助词，无义。及：达到。矜人：穷苦之人。⑤鳏寡：丧失配偶的老年人。⑥中泽：泽中。⑦垣：墙壁。⑧堵：一段墙壁。古时采用版筑的方式筑墙。一版墙为一板，五板称为一堵。⑨究：穷。宅：居。⑩哲人：明智的人。⑪宣骄：傲慢。

# 庭　燎 (liáo)

这是反映周天子彻夜未眠处理政务的诗，原因不明，似乎是要接待一个重要的人物，映衬出周天子的勤勉。

夜如何其①(jī)？

夜未央②，庭燎之光③。

君子至止，鸾声将将。


夜如何其？

夜未艾④，庭燎晢晢⑤。

君子至止，鸾声哕哕。


夜如何其？

夜乡晨⑥，庭燎有辉。

君子至止，言观其旂⑦(qí)。

【注释】

①夜如何其：到了夜里几点了。②未央：还没到结束时。③庭燎：庭院当中用来照明的火炬。④艾：尽。⑤晢晢：明亮的样子。⑥乡晨：快要到早晨了。⑦旂：上面绘有蛟龙的旌旗，是诸侯的仪仗之一。

## 沔 水 (miǎn)

这首诗劝谏周围的人们警惕各种流言蜚语造成的伤害。诗人所处的是一个乱世，危机四伏，对此很是担忧。因此，他规劝友人一定要提高警惕，不可以听信流言，要履行对家庭的责任。

> 沔彼流水①，朝宗于海②。
>
> 鴥彼飞隼③，载飞载止。
>
> 嗟我兄弟，邦人诸友。
>
> 莫肯念乱，谁无父母？

> 沔彼流水，其流汤汤④ (shāng shāng)。
>
> 鴥彼飞隼，载飞载扬。
>
> 念彼不迹⑤，载起载行。
>
> 心之忧矣，不可弭忘⑥。

> 鴥彼飞隼，率彼中陵。
>
> 民之讹言，宁莫之惩⑦？
>
> 我友敬矣⑧，谗言其兴。

【注释】

①沔：河流漫溢的样子。②朝宗：本义是诸侯拜见天子，这里是借以形容百川如朝见天子一般入海。③鴥：鸟快速飞行的样子。④汤汤：水势浩大的样子。⑤不迹：不遵循法度的事。⑥弭忘：停止。⑦惩：禁止。⑧敬：同"儆"，警惕。

# 鹤 鸣

对于本篇的主旨，一般认为是"诲宣王""教宣王求贤人之未仕者"，是用借喻的手法，劝谏统治者要招纳贤能之士为国所用的"招隐诗"。用在野外鸣叫的仙鹤比喻还没有入仕的贤才，野有遗贤，这是统治者应当注意的地方。

鹤鸣于九皋①，声闻于野。

鱼潜在渊，或在于渚②。

乐彼之园，爰有树檀③，
其下维萚④。

它山之石，可以为错⑤。


鹤鸣于九皋，声闻于天。

鱼在于渚，或潜在渊。

乐彼之园，爰有树檀，
其下维穀⑥。

它山之石，可以攻玉⑦。

【注释】

①九皋：曲折幽深的沼泽。②渚：水中的小洲。③檀：檀树。④萚：飘落的树叶。⑤错：通"厝"，磨玉的石头。⑥穀：楮树。⑦攻：琢磨玉器。

鶴

　　鶴在中国文化中有崇高的地位，特别是丹顶鹤，是长寿、吉祥和高雅
的象征，常与神仙联系起来，又称为"仙鹤"。在东亚文化圈，人们常把
仙鹤和苍劲的古松画在一起，称为"松鹤延年"。

# 祈 父
###### qí

这首诗反映的是一位长年在军队服役的老兵到处征战，无法回家，对家乡与亲人非常思念，抱怨军官不能体恤士兵，让自己无法给父母养老。

祈父<sup>①</sup>！予王之爪牙。

胡转予于恤<sup>②</sup>？靡所止居。


祈父！予王之爪士。

胡转予于恤？靡所底止。


祈父！亶不聪<sup>③</sup>。
###### dǎn

胡转予于恤？有母之尸饔<sup>④</sup>。
###### yōng

【注释】

①祈父：西周掌管京畿附近军队的高级将领。②转：调动。恤：处于忧患的境地。

③亶：确实。④尸饔：这里指不能赡养父母。

# 白 驹

这是一首款待朋友进行宴饮，表达彼此之间深情厚谊的诗篇。作者对友人真情实意的宴请与一再挽留表示感谢，表达了高洁的情感。

皎皎白驹①，食我场苗。

絷之维之②，以永今朝③。

所谓伊人，于焉逍遥④？

皎皎白驹，食我场藿⑤。

絷之维之，以永今夕。

所谓伊人，于焉嘉客？

皎皎白驹，贲然来思⑥。

尔公尔侯？逸豫无期⑦？

慎尔优游⑧，勉尔遁思⑨。

皎皎白驹，在彼空谷⑩。

生刍一束⑪，其人如玉。

毋金玉尔音⑫，而有遐心⑬。

【注释】

①皎皎：洁白而有光泽，这里形容马的皮毛光亮。②絷：绊。维：拴。③永：这里是结束的意思。④于焉：在这里。⑤藿：豆叶。⑥贲然：骏马奔驰的样子。⑦逸豫：安乐。⑧慎：慎重。⑨勉：不要。⑩空谷：深谷。⑪生刍：喂养牲口的草料。⑫金玉：珍惜。⑬遐心：这里指远离俗世的洁净之心。

## 黄 鸟

对这首诗的解读，古往今来有不同的观点，有的认为是入赘的女婿受到不公正的待遇，有的认为是奴隶被虐待而抒发心中的不平，抑郁不得志，因此有了回乡的念头。

黄鸟黄鸟①，无集于榖②，

无啄我粟。

此邦之人，不我肯榖③。

言旋言归，复我邦族④。


黄鸟黄鸟，无集于桑，

无啄我粱。

此邦之人，莫可与明⑤。

言旋言归，复我诸兄。


黄鸟黄鸟，无集于栩，

无啄我黍。

此邦之人，不可与处。

言旋言归，复我诸父⑥。


【注释】

①黄鸟：黄雀，经常啄食粮食的鸟类。②榖：楮树。③榖：善待。④复我邦族：回到我的邦国家族。⑤明：通"盟"，缔结盟约。⑥诸父：家族中男性长辈的统称。

黄鸟

　　黄雀，生活于山林、丘陵和平原地带，主要以植物的果实和种子为食，因为《庄子》的缘故，大家都熟悉"螳螂捕蝉，黄雀在后"的故事，其实黄雀主要是素食，很少吃昆虫。

穀

　　穀即构树，也叫楮树，叶子是很好的猪饲料，其韧皮纤维是制作宣纸
的好材料，根与种子均可入药，树汁可治皮肤病，是一种经济树木。

雅·小雅 373

## 我行其野

　　自古以来赘婿都是一个比较尴尬的角色，在家族中的地位往往不高，容易受很多不公正的待遇，但能够写成诗并流传下来的并不多，这首诗就是其中之一。赘婿在诗中表达了自己的哀怨，最终被妻子的家族抛弃，无奈踏上了回家的旅程。

　　我行其野，蔽芾其樗<sup>bì fèi　chū</sup>①。

　　昏姻之故，言就尔居。

　　尔不我畜②，复我邦家。

　　我行其野，言采其蓫。

　　昏姻之故，言就尔宿。

　　尔不我畜，言归斯复。

　　我行其野，言采其葍。

　　不思旧姻③，求尔新特④。

　　成不以富⑤，亦祗以异⑥。

【注释】

　　①蔽芾：枝叶繁茂的样子。樗：臭椿树，这里隐喻自己的婚姻是错误的。②畜：爱惜。③思：想。旧姻：夫妻之间旧日的恩爱。④特：本义是公牛，这里指丈夫。⑤成：确实。富：富裕。⑥祗：只是。异：变心。

樗

樗即臭椿，臭椿叶子有臭味，木材没有显著的用途，因此古人往往将其看作无用的木材。古人有时自称樗栎（臭椿与柞树，都是没什么用的木材），多用于自谦之辞。

　　蓫即酸模，俗称羊蹄菜，过去多作为牛羊的饲料，也可以当野菜供人食用，但味道不是很好，根可以作为大黄的一种入药。

葍

葍即小旋花，俗称打碗花，是喇叭花的一种，是田地间的常见杂草，根可以食用，但有一定毒性，不可多吃。

# 斯 干

这首诗是在周天子的新宫殿建成时由臣子发表赞颂的诗歌。描述了宫殿的具体情况、修建过程，以及居住在新的宫殿里的感受等，有着较高的史料价值。

秩秩斯干<sup>zhì zhì</sup>①，幽幽南山。

如竹苞矣，如松茂矣。

兄及弟矣，式相好矣②，

无相犹矣③。


似续妣祖④，筑室百堵，

西南其户。爰居爰处⑤，

爰笑爰语。


约之阁阁⑥，椓之橐橐⑦。

风雨攸除⑧，鸟鼠攸去，

君子攸芋⑨。


如跂斯翼⑩，如矢斯棘⑪，

如鸟斯革⑫，如翚斯飞⑬，

君子攸跻⑭。

殖殖其庭⑮，有觉其楹⑯。

kuài kuài
哙 哙其正⑰，huì huì 哕哕其冥⑱。

君子攸宁。

guān
下 莞 上簟⑲，乃安斯寝。

乃寝乃兴，乃占我梦。

吉梦维何？

pí huǐ
维熊维罴，维虺维蛇⑳。

大人占之：

维熊维罴，男子之祥；

维虺维蛇，女子之祥。

乃生男子，载寝之床，

载衣之裳，载弄之璋㉑。

huáng huáng
其泣 喤 喤，朱芾斯皇，

室家君王。

乃生女子，载寝之地，
裁衣之裼<sup>㉒</sup>，载弄之瓦<sup>㉓</sup>。

无非无仪，唯酒食是议，
无父母诒罹<sup>㉔</sup>。

**【注释】**

①秩秩：水流动的样子。②相好：友好相处。③犹：算计，欺骗。④似续：继承。姒祖：先祖。⑤爰：于是。⑥约：这里指用绳子捆绑固定筑墙的板子。阁阁：捆绑板子发出的声音。这里是在描述建造宫殿时的过程。⑦椓：击打，是以版筑法建墙时的步骤之一。橐橐：夯土时发出的声音。⑧攸除：消除。⑨芋：通“宇”，指住所。⑩跂：踮起脚。翼：端正的样子。⑪棘：箭的棱角，这里指屋檐的角。⑫革：作动词，展翅。⑬翚：野鸡，这里指宫殿里雕梁画栋，色彩斑斓。⑭跻：登。⑮殖殖：平正的样子。⑯有觉：高大直立的样子。楹：柱子。⑰哙哙：明亮的样子。⑱哕哕：深邃而宽广的样子。⑲莞：蒲草编成的席子。簟：竹席。⑳虺：蛇。㉑璋：玉制的尖头礼器。㉒裼：褓褓。㉓瓦：纺锤。这里指女子纺线操劳家务。㉔诒：遗留。罹：忧患。

　　翚指拥有五彩羽毛的野鸡，一般认为是雄性的红腹锦鸡，其全身羽毛
颜色互相衬托，赤橙黄绿青蓝紫七彩俱全，光彩夺目，是驰名中外的观赏
鸟类。

莞

　　莞即莞草，今名短叶茳芏，常见的近水植物，可以用来编织草片、草
席、帽子、坐垫、草袋等。

绿竹

竹，又名竹子，四季青翠，傲雪凌霜，中空有节，因此被中国人赋予
了诸多文化含义，被认为是君子的象征。

## 无 羊

这里讲的是周王室的牧场上牲畜兴旺的样子。本诗细致描述了牛、羊及放牧者的神态、动作，借赞美牛羊成群彰显国家的强盛，还有祈求六畜兴旺、生活幸福的愿望。

谁谓尔无羊？三百维群。

谁谓尔无牛？九十其犉<sup>chún</sup>①。

尔羊来思，其角濈濈<sup>jí jí</sup>②。

尔牛来思，其耳湿湿③。


或降于阿④，或饮于池，

或寝或讹<sup>é</sup>⑤。

尔牧来思，何蓑何笠⑥，

或负其餱<sup>hóu</sup>⑦。

三十维物⑧，尔牲则具。


尔牧来思，以薪以蒸⑨，

以雌以雄。

尔羊来思，矜矜兢兢<sup>jīn jīn jīng jīng</sup>⑩，

不骞不崩⑪。

麾之以肱⑫，毕来既升⑬。

牧人乃梦，众维鱼矣<sup>⑭</sup>，

旐 维旟矣，大人占之：
<small>zhào</small>

众维鱼矣，实维丰年；

旐维旟矣，室家溱 溱<sup>⑮</sup>。
<small>zhēn zhēn</small>

【注释】

①犉：牛色黄而黑唇，也有人认为是身高七尺的牛。②湁湁：羊角聚集的样子。③湿湿：牛在反刍时耳朵扇动的样子。④阿：山丘。⑤讹：活动。⑥何：同"荷"，这里指披挂。⑦糇：干粮。⑧物：牲畜毛发的颜色。⑨薪：粗柴。蒸：细柴。⑩矜矜兢兢：羊拥挤在一起，害怕与羊群失散的样子。⑪骞：偶尔有羊走散。崩：羊群分崩离析。⑫麾：同"挥"，挥动。肱：手臂。⑬升：将羊赶到羊圈里。⑭众：众多。⑮溱溱：这里指多子多孙。

## 节南山

这首诗是政治讽喻诗，属于针砭时弊的诗歌。周幽王时期朝中有一位叫家父的诗人，为了讽刺重臣师尹独断专权、误国误民的种种做法，对昏庸的周幽王、腐败的朝政以及各怀鬼胎的朝臣们进行了揭露与批判。

节彼南山①，维石岩岩。

赫赫师尹②，民具尔瞻。

忧心如惔③，不敢戏谈。

国既卒斩，何用不监④？

节彼南山，有实其猗。

赫赫师尹，不平谓何！

天方荐瘥⑤，丧乱弘多。

民言无嘉，憯莫惩嗟⑥。

尹氏大师，维周之氐⑦，

秉国之均⑧，四方是维⑨，

天子是毗⑩，俾民不迷⑪。

不吊昊天⑫，不宜空我师⑬！

弗躬弗亲，庶民弗信。

弗问弗仕，勿罔君子⑭。

式夷式已，无小人殆⑮。

琐琐姻亚⑯，则无膴仕⑰。


昊天不佣，降此鞠讻<sup>xiōng</sup>⑱！

昊天不惠，降此大戾⑲！

君子如届⑳，俾民心阕㉑。

君子如夷，恶怒是违。


不吊昊天，乱靡有定，

式月斯生，俾民不宁！

忧心如酲<sup>chéng</sup>，谁秉国成？

不自为政，卒劳百姓。


驾彼四牡，四牡项领。

我瞻四方，蹙蹙<sup>cù cù</sup>靡所骋！

方茂尔恶，相尔矛矣。

既夷既怿<sup>㉒</sup>，如相酬矣。

昊天不平，我王不宁！

不惩其心，覆怨其正。

家父作诵<sup>㉓</sup>，以究王讻<sup>㉔</sup>。

式讹尔心<sup>㉕</sup>，以畜万邦。

【注释】

①节：山势高而险峻。②赫赫：显赫的样子。师尹：太师尹氏。太师是周代的三公之一，权位很高。③惔：焚烧。④何用：为什么。监：引以为戒的意思，此时西周已经灭亡，这里指要吸取之前的教训。⑤方：正。荐：多次。瘥：灾难。⑥憯：曾经。惩：警戒。⑦氐：根本。⑧秉：掌握。均：通"钧"，国家大权。⑨维：维系。指周边的国家都要靠尹氏来维系。⑩毗：辅佐。⑪俾民不迷：使得民众不会感到迷惑。⑫不吊：不淑，不善。昊天：上天。⑬空：使困穷。师：百姓。⑭罔：欺骗。⑮殆：陷入危机。⑯琐琐：卑微的样子。姻亚：裙带关系。⑰膴仕：很高的官职与待遇。⑱鞠讻：很大的灾祸。⑲戾：灾祸。⑳届：标准。㉑阕：平息怒火。㉒怿：喜悦。㉓作诵：作诗。㉔究：追究。王讻：君王不好的行为。㉕讹：改变。

# 正 月

周幽王被犬戎杀死后，周平王东迁。这首诗写于东迁之后，此时周天子的权威大不如前，危机深重。诗人看到国家如此内忧外患，非常悲伤，在诗中表达了希望朝廷可以任用贤能而远离小人的思想。

正月繁霜①，我心忧伤。

民之讹言，亦孔之将。

念我独兮，忧心京京②。

哀我小心，癙忧以痒③。

父母生我，胡俾我瘉④？

不自我先，不自我后。

好言自口，莠言自口。

忧心愈愈⑤，是以有侮。

忧心茕茕⑥，念我无禄⑦。

民之无辜，并其臣仆⑧。

哀我人斯，于何从禄？

瞻乌爰止，于谁之屋⑨？

瞻彼中林，侯薪侯蒸。

民今方殆，视天梦梦。

既克有定，靡人弗胜。

有皇上帝，伊谁云憎⑩？

谓山盖卑⑪，为冈为陵。

民之讹言，宁莫之惩！

召彼故老，讯之占梦。

具曰予圣，谁知乌之雌雄！

谓天盖高，不敢不局⑫。
谓地盖厚，不敢不蹐⑬。

维号斯言⑭，有伦有脊⑮。
哀今之人，胡为虺蜴⑯？

瞻彼阪田⑰，有菀其特⑱。
天之扤我⑲，如不我克。

彼求我则，如不我得。

执我仇仇⑳，亦不我力。

心之忧矣，如或结之。

今兹之正，胡然厉矣？

<sup>liáo</sup>
燎之方扬，宁或灭之？

<sup>bāo sì</sup>
赫赫宗周，褒姒威之！


终其永怀，又窘阴雨。

其车既载，乃弃尔辅。

载输尔载㉑，将伯助予㉒！


无弃尔辅，员于尔辐㉓。

屡顾尔仆，不输尔载。

终逾绝险，曾是不意。


鱼在于沼，亦匪克乐。

潜虽伏矣，亦孔之炤㉔。

忧心惨惨㉕，念国之为虐㉖！

彼有旨酒，又有嘉肴。

洽比其邻<sup>㉗</sup>，昏姻孔云。

念我独兮，忧心殷殷。

仳仳彼有屋（cǐ cǐ），蔌蔌方有谷（sù sù）；

民今之无禄，天夭是椓<sup>㉘</sup>（zhuó）。

哿矣富人<sup>㉙</sup>（gě），哀此煢独（qióng）！

【注释】

①正月：周历的正月是农历的十一月。②京京：无法排遣的忧愁。③瘰忧以痒：忧郁成病。④瘼：痛苦。⑤愈愈：忧愁恐惧的样子。⑥茕茕：忧虑的样子。⑦无禄：没有福气。⑧臣仆：这里指奴隶。⑨瞻乌爰止，于谁之屋：看看乌鸦会落在谁的屋顶上。据说当年周朝将要兴盛时，有乌鸦含着谷物的种子降落在周王的屋顶上。这句话是说将要改朝换代。⑩伊谁云憎：到底憎恨谁。⑪盖：何。卑：矮小，低微。⑫局：低头弯腰。⑬蹐：放轻脚步走路。⑭维：只有，只能。号：大声说出。斯言：这些话。⑮伦：条理。脊：内涵。⑯虺蜴：毒蛇和蜥蜴。⑰阪田：山坡上的田。⑱菀：茂盛的样子。⑲扤：动；摇。⑳执：得到。仇仇：傲慢不逊。㉑输：掉落。㉒将：请求。伯：大哥。助：帮助。㉓员：增加。㉔炤：明。㉕惨惨：忧郁的样子。㉖为：遭受。虐：灾祸。㉗洽：和谐。邻：亲近的人。㉘夭：摧残。椓：以斧劈柴。比喻沉重打击。㉙哿：表称许之词。

虺

虺是古代的一种毒蛇，一般认为是今天我们所说的蝮蛇，有剧毒，是我国较为常见的毒蛇品种，中医也拿它入药。古代传说中也有虺五百年化为蛟，蛟千年化为龙，龙五百年为角龙，千年为应龙的说法。

蜴

蜴这里指中国石龙子，是我国常见的小型蜥蜴，也可以看作是对所有
蜥蜴的统称。

## 十月之交

古人迷信，遇到较大的天文现象与地质灾害往往要与社会、政治情况关联起来，常见的如日食、地震等都会与改朝换代或是大的灾害联系在一起。周幽王二年，京畿附近出现了大规模地震，百姓生活困苦，于是认为地震是上天发怒、即将降罪的预兆，并认为朝中奸臣与昏君将会受到天谴。

十月之交，朔月辛卯。

日有食之，亦孔之丑①。

彼月而微，此日而微。

今此下民，亦孔之哀。


日月告凶，不用其行②。

四国无政，不用其良。

彼月而食，则维其常。

此日而食，于何不臧。


yè yè
烨烨震电，不宁不令。
zhǒng
百川沸腾，山冢崒崩③。

高岸为谷，深谷为陵。
cǎn
哀今之人，胡憯莫惩④!

皇父卿士，番维司徒，

家伯维宰，仲允膳夫。

聚子内史，蹶维趣马，
zōu              jué

楀维师氏，艳妻煽方处⑤。
yǔ        shān


抑此皇父，岂曰不时？

胡为我作，不即我谋？

彻我墙屋，田卒污莱⑥。
lái

曰予不戕⑦，礼则然矣。
qiāng


皇父孔圣⑧，作都于向。

择三有事⑨，亶侯多藏⑩。
dàn

不憗遗一老，俾守我王。
yìn

择有车马，以居徂向。


亹勉从事，不敢告劳。
mǐn

无罪无辜，谗口嚣嚣。
áo  áo

下民之孽⑪，匪降自天。
niè

噂沓背憎⑫，职竞由人⑬。
zǔn tà

悠悠我里<sup>⑭</sup>，亦孔之痗<sup>⑮</sup>。

四方有羡<sup>⑯</sup>，我独居忧。

民莫不逸，我独不敢休。

天命不彻<sup>⑰</sup>，我不敢效我友自逸。

【注释】

①丑：恶；不好。②行：道；度。③冢：山顶。④憯：乃。⑤艳：美色。方：正在；现时。⑥莱：指田土荒芜，杂草丛生。⑦戕：残害。⑧圣：聪明。这里有讽刺之意。⑨择三有事：选择人来担任三卿。⑩藏：积蓄；聚敛。⑪孽：灾难。⑫噂：会聚。沓：和气的样子。背：背地里。憎：仇恨。⑬职：主。⑭悠悠：深长的样子。⑮痗：病。⑯羡：宽裕。⑰天命不彻：上天不遵循常道。

## 雨无正

这首诗的主旨与上一首类似，都是对百姓遭受灾患的同情，还有对昏君奸臣的不满，对国家可能遭遇大变故的担忧，但也表达了自己将竭诚为国的决心。

浩浩昊天，不骏其德<sup>①</sup>。

降丧饥馑，斩伐四国。

旻天疾威<sup>②</sup>，弗虑弗图。

舍彼有罪，既伏其辜；

若此无罪，沦胥以铺<sup>③</sup>。


周宗既灭，靡所止戾<sup>④</sup>。

正大夫离居，莫知我勚<sup>⑤</sup>。

三事大夫，莫肯夙夜；

邦君诸侯，莫肯朝夕。

庶曰式臧<sup>⑥</sup>，复出为恶。


如何昊天，辟言不信<sup>⑦</sup>。

如彼行迈，则靡所臻<sup>⑧</sup>。

凡百君子，各敬尔身。

胡不相畏，不畏于天？

戎成不退，饥成不遂。

曾我暬御<sup>⑨</sup>，憯 憯日瘁<sup>⑩</sup>。
　　xiè　　　cǎn cǎn cuì

凡百君子，莫肯用讯。

听言则答，譖言则退<sup>⑪</sup>。
　　　　　zèn

哀哉不能言！匪舌是出<sup>⑫</sup>，

维躬是瘁。

哿矣能言！巧言如流，

俾躬处休！

维曰于仕<sup>⑬</sup>，孔棘且殆<sup>⑭</sup>。

云不可使，得罪于天子；

亦云可使，怨及朋友。

谓尔迁于王都，曰予未有室家。

鼠思泣血<sup>⑮</sup>，无言不疾<sup>⑯</sup>。

昔尔出居，谁从作尔室？

**【注释】**

①骏：长，久。②旻天：老天。疾威：暴戾，残忍。③沦胥：轮流，相继。铺：陷入苦难。④戾：平定，安详。⑤莫：没有人。勚：操劳，忙碌。⑥庶：庶几；也许可以。⑦辟：法度。⑧臻：至。⑨曾：居然。暬御：近臣。⑩憯憯：忧愁。瘁：憔悴，病弱。⑪譖言：谏言。退：叱责。⑫出：病。⑬维：语气助词。于：去，往。⑭殆：危。⑮鼠：忧愁。泣血：哭得眼睛通红。⑯疾：痛恨。

# 小 旻<sup>mín</sup>

这首诗是忧国忧民的诗篇，揭露了周幽王重用小人，远离贤臣，导致国家衰败，官员腐化，社会矛盾日益尖锐的现实，担心国家不久就要出现大变故，但又无力改变，展现了作者的一腔郁愤。

旻天疾威，敷于下土。

谋犹回遹<sup>yù</sup>①，何日斯沮<sup>jǔ</sup>②？

谋臧不从，不臧覆用。

我视谋犹，亦孔之邛<sup>qióng</sup>③。

潝潝訿訿<sup>xī xī</sup>④，亦孔之哀。

谋之其臧，则具是违⑤。

谋之不臧，则具是依。

我视谋犹，伊于胡厎！

我龟既厌⑥，不我告犹⑦。

谋夫孔多，是用不集。

发言盈庭，谁敢执其咎？

如匪行迈谋⑧，是用不得于道。

哀哉为犹，匪先民是程⑨，

匪大犹是经。

维迩言是听，维迩言是争。

如彼筑室于道谋⑩，是用不溃于成。

国虽靡止，或圣或否。

民虽靡膴⑪，或哲或谋，

或肃或艾。

如彼泉流，无沦胥以败。

不敢暴虎⑫，不敢<sup>píng</sup>冯河⑬。

人知其一，莫知其他。

战战兢兢，如临深渊，如履薄冰。

【注释】

①回遹：奇怪，怪异。②沮：停止。③邛：错漏百出。④潝潝：相互应和。訿訿：诋毁，诽谤。⑤具：俱，完全。违：违背，违反。⑥龟：占卜用的龟壳，指代占卜。厌：厌倦，厌烦。⑦犹：谋划。⑧匪：那，那些。行迈：行人。⑨程：法律，规则。⑩谋：聪明。⑪膴：多的样子。⑫暴虎：徒手打虎。⑬冯河：涉水过河。

虎

　　虎是现存的最大的猫科动物之一，曾经广泛分布在我国境内，种群庞大，从古代"苛政猛于虎"的故事里可见一斑，但到了近代，老虎已经成了濒危物种。这幅画里的老虎画得并不像，给人的感觉就是一只大猫，这是因为日本没有老虎，只好照猫画虎，这也是古代日本画家的普遍做法。

wǎn

# 小 宛

　　这首诗按照朱熹的说法，是在兵连祸结、礼崩乐坏的时代，身为士大夫的兄弟彼此劝勉进行警示的言论。越是动乱的年代，人际关系也就越复杂，越要提高警惕，这也是自古以来共通的道理，那么我们来一起看看古人是如何看待这个问题的。

　　宛彼鸣鸠①，翰飞戾天②。
hàn

　　我心忧伤，念昔先人。

　　明发不寐③，有怀二人④。


　　人之齐圣⑤，饮酒温克⑥。

　　彼昏不知，壹醉日富⑦。

　　各敬尔仪，天命不又⑧。


　　中原有菽，庶民采之。
míng líng　　　　　　　guǒ luǒ
　　螟 蛉有子⑨，蜾 蠃负之⑩。
huì
　　教诲尔子，式穀似之⑪。

题彼脊令<sup>⑫</sup>，载飞载鸣。

我日斯迈，而月斯征。

夙兴夜寐，毋忝尔所生<sup>⑬</sup>。

交交桑扈<sup>⑭</sup>，率场啄粟。

哀我填寡<sup>⑮</sup>，宜岸宜狱<sup>⑯</sup>，

握粟出卜<sup>⑰</sup>，自何能穀？

温温恭人<sup>⑱</sup>，如集于木。

惴惴小心，如临于谷。

战战兢兢，如履薄冰。

蜾蠃

　　蜾蠃也叫土蜂，属于寄生蜂的一种，经常会抓螟蛉的幼虫，并在其身上产卵，等卵孵化后会以螟蛉幼虫为食，古人不清楚其习性，以为蜾蠃是收养螟蛉，所以古代将义子称为"螟蛉之子"。

## 小 弁

这首诗的主旨，古往今来一般解读为遭遇家庭变故的可怜之人在被遗弃后的悲凉心声。至于他遭遇了何种变故，则见仁见智，一般认为是妻子被丈夫遗弃，或是子女被父母遗弃。从题材来看，与《东山》《常棣》等诗类似，但也有其独特的艺术表达方式。

弁彼鸒斯<sup>yù</sup>①，归飞提提②。

民莫不穀③，我独于罹。

何辜于天？我罪伊何？

心之忧矣，云如之何？

踧踧周道<sup>dí dí</sup>④，鞫为茂草<sup>jū</sup>⑤。

我心忧伤，惄焉如捣<sup>nì</sup>⑥。

假寐永叹，维忧用老。

心之忧矣，疢如疾首<sup>chèn</sup>⑦。

维桑与梓，必恭敬止。

靡瞻匪父，靡依匪母。

不属于毛？不罹于里？

天之生我，我辰安在⑧？

菀<sup>wǎn</sup> 彼柳斯<sup>⑨</sup>，鸣蜩嘒嘒<sup>tiáo huì huì</sup><sup>⑩</sup>。

有漼者渊<sup>cuǐ</sup><sup>⑪</sup>，萑苇淠淠<sup>huán pèi pèi</sup><sup>⑫</sup>。

譬彼舟流，不知所届<sup>⑬</sup>。

心之忧矣，不遑假寐。


鹿斯之奔，维足伎伎<sup>qí qí</sup><sup>⑭</sup>。

雉之朝雊<sup>gòu</sup><sup>⑮</sup>，尚求其雌。

譬彼坏木，疾用无枝。

心之忧矣，宁莫之知。


相彼投兔<sup>⑯</sup>，尚或先之<sup>⑰</sup>。

行有死人，尚或墐之<sup>jìn</sup><sup>⑱</sup>。

君子秉心，维其忍之。

心之忧矣，涕既陨之。


君子信谗，如或酬之。

君子不惠，不舒究之。

伐木掎矣<sup>⑲</sup>，析薪扡矣。

舍彼有罪，予之佗矣<sup>⑳</sup>。

莫高匪山，莫浚匪泉。

君子无易由言，耳属于垣<sup>㉑</sup>。

无逝我梁，无发我笱<sup>㉒</sup>。

我躬不阅<sup>㉓</sup>，遑恤我后！

**【注释】**

①弁：快乐。鹎：一种像乌鸦的小鸟。②提提：群飞的样子。③穀：生活好。
④踧踧：平坦的样子。周道：大道。⑤鞫：全，尽。⑥怒：难过，伤心。⑦疚：痛苦。
疾首：头疼。⑧辰：好运。⑨菀：茂盛的样子。⑩蜩：蝉。嘒嘒：蝉鸣声。⑪濯：水
深的样子。⑫淠淠：茂盛的样子。⑬届：至。⑭伎伎：舒展的样子。⑮朝雊：早上叫。
⑯投：关闭。⑰先：放纵。⑱瑾：埋葬。⑲掎：依。⑳佗：加。㉑属：附于，贴在。
垣：墙。㉒笱：鱼篓。㉓躬：自身。阅：相容，接纳。

蜩

　　蜩即蝉，是夏季常见的昆虫，也是对树木有害的害虫，但在古代，人们认为蝉有"文、清、廉、俭、信"五种品德，认为登高饮露、随风长吟，显得高洁而哀伤，有君子之风。因此汉朝至南北朝时期，很多服饰和冠上都有蝉的图案。

梓

　　梓树是古代常见的人工栽种树木，古人常在家屋旁栽种桑树和梓树，
因为桑树可以养蚕，梓木可以加工成各种器具，因此人们也常用桑梓代指
家乡。

# 巧 言

西周末年，周天子昏庸无能，周围小人横行，并多次进谗言导致很多正直大臣被排挤，这些大臣因而气愤地写了这首诗，对小人表达愤怒，对国家的未来表示担忧。这首诗里反复强调谗言对国家的危害，但天子没有重视这一点。

悠悠昊天①，曰父母且②。

无罪无辜，乱如此怃③，

昊天已威，予慎无罪④。

昊天泰怃，予慎无辜。


乱之初生，僭始既涵⑤。

乱之又生，君子信谗。

君子如怒⑥，乱庶遄<sub>chuán jǔ</sub>沮⑦。

君子如祉⑧，乱庶遄已。


君子屡盟⑨，乱是用长。

君子信盗，乱是用暴。

盗言孔甘，乱是用饯⑩。

匪其止共，维王之邛⑪。

奕奕寝庙<sup>⑫</sup>，君子作之。

秩秩大猷<sup>⑬</sup>，圣人莫之<sup>⑭</sup>。

他人有心，予忖度之。

跃跃毚兔<sup>⑮</sup>，遇犬获之。


荏染柔木<sup>⑯</sup>，君子树之。

往来行言<sup>⑰</sup>，心焉数之。

蛇蛇硕言<sup>⑱</sup>，出自口矣。

巧言如簧，颜之厚矣。


彼何人斯？居河之麋<sup>⑲</sup>。

无拳无勇，职为乱阶<sup>⑳</sup>。

既微且尰<sup>㉑</sup>，尔勇伊何？

为犹将多，尔居徒几何？


**【注释】**

①悠悠：远大的样子。②且：语气助词，没有实义。③轸：大。④慎：诚，确实。
⑤僭：谗言。涵：包容。⑥君子如怒：君子如果听到谗言便发怒。⑦遄：很快。沮：
止住。⑧祉：福。这里指任用贤人。⑨盟：在神坛前发誓。⑩饯：增加。⑪邛：病。
⑫奕奕：房屋高大的样子。寝庙：宫室和宗庙。⑬秩秩：聪明的样子。大猷：大道理。
⑭莫：谋划。⑮跃跃：跳得很快的样子。毚兔：狡猾的兔子。⑯荏染：软弱的样子。
⑰行言：流言。⑱蛇蛇：轻率的样子。硕言：大言，大话。⑲麋：通"湄"，水边。
⑳职：主管，职掌。㉑微：腿骨上生疮。尰：脚肿。

## 何人斯

《诗序》："何人斯，苏公刺暴公也。暴公为卿士而僭苏公，故苏公作是诗以绝之。"苏公、暴公都是当朝的大臣，且各自的府邸相邻，起初可以和睦相处时，双方经常往来，但后来矛盾增多，双方就不再往来，导致最终绝交。

彼何人斯？其心孔艰①。

胡逝我梁，不入我门？

伊谁云从？维暴之云②。

二人从行，谁为此祸？

胡逝我梁，不入唁我③？
yàn

始者不如今，云不我可。

彼何人斯？胡逝我陈④？

我闻其声，不见其身。

不愧于人？不畏于天？

彼何人斯？其为飘风。

胡不自北？胡不自南？

胡逝我梁？只搅我心⑤。
zhǐ

尔之安行，亦不遑舍。

尔之亟行⑥，遑脂尔车⑦？

壹者之来，云何其盱。


尔还而入，我心易也⑧。

还而不入，否难知也。

壹者之来，俾我祗也⑨。


伯氏吹埙，仲氏吹篪。

及尔如贯⑩，谅不我知。

出此三物⑪，以诅尔斯⑫。


为鬼为蜮，则不可得。

有靦面目⑬，视人罔极⑭。

作此好歌，以极反侧⑮。

【注释】
①艰：狠心。②维：只能。暴：暴君。③唁：安慰。④逝：去，离开。陈：堂前的路。
⑤搅：打搅，扰乱。⑥亟行：急行。⑦遑：有空。脂尔车：给你的车加油。⑧易：喜悦。
⑨祗：病。⑩贯：用绳穿物。⑪三物：指狗、猪、鸡。⑫诅：盟誓。⑬靦：清楚的样子。
⑭视人：对待他人。罔极：迷惘，反复。⑮极：揭示，追究。反侧：反复无常的面目。

# 巷 伯

巷伯一般认为指寺人的首领，寺人是宫中内侍，对应后世的宦官。本诗是一位名叫孟子（不是儒家的那位孟子）的诗人所作，主旨是规劝国君要警惕小人的谗言，不要被谗言蛊惑。这首诗一般认为是周幽王时期所写。

萋兮斐兮[1]，成是贝锦。

彼谮人者[2]，亦已大甚！

哆兮侈兮[3]，成是南箕[4]。

彼谮人者，谁适与谋？

缉缉翩翩[5]，谋欲谮人。

慎尔言也，谓尔不信。

捷捷幡幡，谋欲谮言。

岂不尔受？既其女迁。

骄人好好[6]，劳人草草[7]。

苍天苍天！视彼骄人，

矜此劳人[8]。

彼谮人者，谁适与谋？

取彼谮人，投畀豺虎⑨！

豺虎不食，投畀有北⑩！

有北不受，投畀有昊！


杨园之道，猗于亩丘⑪。

寺人孟子，作为此诗。

凡百君子，敬而听之。

【注释】

①萋、斐：花纹错杂的样子。②谮：陷害，诬陷。③哆兮侈兮：嘴张大的样子。④成：
简直，就像。箕：星座名，位南方。⑤缉缉：交头接耳。翩翩：来来往往。⑥好好：
得意非凡。⑦草草：忧郁，愁苦。⑧矜：同情，怜悯。⑨畀：给予。⑩北：北方寒
冷不毛之地。⑪猗：依傍。

　　豺的外形与狼、狗等相近，但比狼小，很凶残、灵活，豺的数量本就
不多，加上人们通常痛恨豺袭击家畜，因此已经濒危，是国家保护动物。

# 谷　风

这是一首弃妇所写的哀怨诗，与《邶风·谷风》的名字及主题基本一致，都是表达妻子被丈夫抛弃后的哀怨之情。

习习谷风①，维风及雨。
将恐将惧②，维予与女③。
将安将乐，女转弃予。

习习谷风，维风及颓④。
将恐将惧，置予于怀⑤。
将安将乐，弃予如遗。

习习谷风，维山崔嵬⑥。
无草不死，无木不萎。
忘我大德，思我小怨⑦。

【注释】

①习习：风吹和顺的样子。谷风：东风。②将：连词，且。③与：亲近，救助。女：汝，你。④颓：旋风。⑤置：放置。⑥崔嵬：山势高峻的样子。⑦小怨：小毛病。

## 蓼　莪
<sub>lù é</sub>

这是一首失去了父母的人思念双亲时所写的诗，表达了自己对双亲的无极哀悼，是"子欲养而亲不待"情感的典型表现。本诗中"哀哀父母，生我劬劳"这一句，被后世作为孝子抒发思亲情感的代表。

蓼蓼者莪①，匪莪伊蒿。

哀哀父母，生我劬劳②！

蓼蓼者莪，匪莪伊蔚。

哀哀父母，生我劳瘁③！

瓶之罄矣，维罍之耻④。

鲜民之生⑤，不如死之久矣！

无父何怙⑥？无母何恃⑦？

出则衔恤⑧，入则靡至⑨。

父兮生我，母兮鞠我⑩。

拊我畜我，长我育我，

顾我复我，出入腹我⑪。

欲报之德，昊天罔极？

南山烈烈<sup>⑫</sup>，飘风发发。

民莫不榖，我独何害！


南山律律，飘风弗弗。

民莫不榖，我独不卒<sup>⑬</sup>！


【注释】

①蓼蓼：长大的样子。②哀哀：可悲。劬劳：辛劳。③瘁：因劳累而生病。④罍：酒瓶。耻：耻辱。⑤鲜民：失去双亲的人。⑥怙：依靠。⑦恃：倚仗。⑧衔恤：含有忧虑之情。⑨靡至：没有归依之处。⑩鞠：养育。⑪腹：抱。⑫烈烈：山势险峻的样子。⑬不卒：不能为父母养老送终。

蔚即牡蒿，是一种营养丰富的野菜，嫩苗、嫩茎叶都可以食用，但因为味道有些苦涩，所以多半用作家畜饲料。

## 大 东

　　这首诗讲述的是西周后期周天子对东方各个诸侯国的剥削与残酷压榨，使得诸侯国极为不满。本诗的特点是想象力非常丰富，利用天文星象来阐释上层的压榨与自己的心绪，非常形象、生动。

有饛簋飧①，有捄棘匕②。

周道如砥③，其直如矢。

君子所履④，小人所视。

眷言顾之⑤，潸焉出涕⑥。


小东大东⑦，杼柚其空⑧。

纠纠葛屦，可以履霜？

佻佻公子，行彼周行。

既往既来，使我心疚。


有冽氿泉，无浸获薪⑨。

契契寤叹，哀我惮人⑩。

薪是获薪，尚可载也。

哀我惮人，亦可息也。


东人之子，职劳不来。

西人之子，粲粲衣服⑪。

舟人之子，熊罴是裘。

私人之子，百僚是试。


或以其酒，不以其浆。

<sup>xuān xuān</sup>
鞙　鞙佩璲<sup>⑫</sup>，不以其长。

维天有汉<sup>⑬</sup>，监亦有光。

跂彼织女<sup>⑭</sup>，终日七襄<sup>⑮</sup>。


虽则七襄，不成报章。

睆彼牵牛，不以服箱。

东有启明，西有长庚。

有捄天毕，载施之行。


维南有箕，不可以簸扬。

维北有斗，不可以挹酒浆<sup>⑯</sup>。

维南有箕，载翕其舌<sup>⑰</sup>。

维北有斗，西柄之揭。


**【注释】**

①饛：器皿装满食物。簋：古代一种食器。飧：熟食。②捄：长而弯曲的模样。匕：饭匙。③砥：这里形容大道平坦。④所履：走过的道路。⑤眷言：回头看。⑥潸焉：流泪的模样。⑦小东大东：东方各地的诸侯。因为西周定都镐京，在西部，而诸侯国多半在东方。大小这里指离镐京的远近。⑧杼柚：本义是指织布机上面的梭子与转轴，这里暗指织布机上刚织好的布都被掠夺走。⑨获薪：砍来的柴火。⑩惮人：疲惫的人。⑪粲粲：鲜明华丽的样子。⑫鞙鞙：玉器美丽的样子。佩璲：佩戴在身上的瑞玉。⑬汉：银河。⑭跂：不正，织女是由三颗星组成三角形，因此称为跂。⑮七襄：织女要在天空中变换七次位置。⑯挹：舀。⑰翕：引。箕宿由四颗星组成，像是一张嘴的形状，这里指周天子贪婪索取东方诸侯国的物资。

熊

　　熊是中国比较常见的大型杂食类动物。和多数人想得不大一样，熊通
常是温和的动物，一般不主动攻击人，但当它们认为需要自卫或保护小熊
以及抢夺食物或地盘时，也是攻击力最强的动物之一。

# 四 月

　　这首诗讲述的是一位被周天子放逐的大臣心怀怨愤，行走在去往南方流放之所的道路上，郁郁不得志地写下这首诗。

　　四月维夏，六月徂暑①。

　　先祖匪人，胡宁忍予？


　　秋日凄凄②，百卉具腓③。

　　乱离瘼矣<sup>mò</sup>④，爰其适归？


　　冬日烈烈，飘风发发。

　　民莫不穀，我独何害？


　　山有嘉卉，侯栗侯梅。

　　废为残贼，莫知其尤⑤！


　　相彼泉水，载清载浊。

　　我日构祸⑥，曷云能穀？

滔滔江汉，南国之纪。

尽瘁以仕，宁莫我有⑦？

匪鹑匪鸢，翰飞戾天⑧。

匪鳣匪鲔，潜逃于渊。

山有蕨薇，隰有杞桋。

君子作歌，维以告哀！

【注释】

①徂：到达。暑：暑天的炎热。②凄凄：秋天天气寒凉的样子。③腓：花草有
所变化，这里指凋零。④乱离：祸乱中。瘼：离散。⑤尤：错误。⑥构祸：遇到灾祸。
⑦有：通"友"，彼此友好。⑧翰飞戾天：高飞到天上。

鵰

　　鵰，一般指鹌鹑，不过在这首诗里指的是金雕，著名猛禽。雕的形态
像鹰，但比鹰大得多，翅膀宽大，身体粗壮，视力非常好。

# 北 山

　　这首诗讲述的是一个整天被各种公务折腾、不得清闲的下级官吏不断诉苦的故事。他对自己过于辛劳表示不满，同时更对有些人过于安逸而牢骚满腹。

陟彼北山①，言采其杞。

偕偕士子②，朝夕从事。

王事靡盬③，忧我父母。


溥天之下④，莫非王土。

率土之滨⑤，莫非王臣。

大夫不均，我从事独贤⑥。


四牡彭彭，王事傍傍⑦。

嘉我未老⑧，鲜我方将⑨。

旅力方刚⑩，经营四方⑪。


或燕燕居息⑫；或尽瘁事国。

或息偃在床；或不已于行。

或不知叫号⑬；或惨惨劬劳⑭。

或栖迟偃仰⑮；或王事鞅<sup>yāng</sup>掌⑯。

或湛乐饮酒⑰；或惨惨畏咎⑱。

或出入风议⑲；或靡事不为⑳。

杞

　　这首诗的杞指的就是我们常说的枸杞，是黄河流域常见的植物，果实
就是大家熟悉的中药枸杞子。

## 无将大车

这首诗讲的是一个服徭役的劳苦者的忧愁与怨恨，他希望能够摆脱困境，但现实依旧残酷，只好自我安慰。

无将大车①，只自尘兮②。
无思百忧，只自疧 兮③。

无将大车，维尘冥冥④。
无思百忧，不出于颎⑤。

无将大车，维尘雍兮⑥。
无思百忧，只自重兮。

【注释】

①将：用手推车或是赶车。大车：装载货物的牛车。②自尘：招来尘土。③疧：病痛。④冥冥：昏暗的样子。⑤颎：光明。⑥雍：遮蔽。

## 小　明

　　一位大夫因为得罪朝中权贵而被流放到边远之地服劳役，思念故土却无法回去，心中充满了苦痛与思念，还有惶恐与不安。在最后还不忘告诫同僚要亲近贤人远离小人。

　　明明上天，照临下土。

　　我征徂西<sup>①</sup>，至于艽野<sup>②</sup>。

　　二月初吉，载离寒暑。

　　心之忧矣，其毒大苦！

　　念彼共人<sup>③</sup>，涕零如雨。

　　岂不怀归？畏此罪罟<sup>④</sup>！

　　昔我往矣，日月方除。

　　曷云其还<sup>⑤</sup>？岁聿云莫。

　　念我独兮，我事孔庶。

　　心之忧矣，惮我不暇。

　　念彼共人，睠睠怀顾<sup>⑥</sup>！

　　岂不怀归？畏此谴怒<sup>⑦</sup>！

昔我往矣，日月方奥⑧。

曷云其还？政事愈蹙。
（cù）

岁聿云莫，采萧获菽。

心之忧矣，自诒伊戚！

念彼共人，兴言出宿。

岂不怀归？畏此反覆⑨！


嗟尔君子，无恒安处！

靖共尔位，正直是与。

神之听之，式穀以女⑩。


嗟尔君子，无恒安息！

靖共尔位，好是正直。

神之听之，介尔景福⑪。


**【注释】**

①征：被征发服徭役。②丠野：非常荒凉遥远的地方。③共人：这里指一起干活的人。④罪罟：本意是捕猎网，这里指法律。⑤曷云其还：何时才能回去。⑥眷眷：眷恋不舍。⑦谴怒：谴责愤怒。⑧奥：暖。⑨反覆：有不可预测的祸患。⑩穀：福禄。⑪介：给予。景福：大的福气。

　　萧，这里指牛尾蒿，常见的蒿类植物，古代用它来祭祀先祖，嫩苗可以当野菜或入药，生长成熟可以烧火。

## 鼓 钟

这首诗应该是西周灭亡后，诗人怀念当年西周鼎盛时期的礼乐文明的诗篇，表达了诗人对那个君臣贤能的时代的怀念。

鼓钟将将①，淮水汤汤②。

忧心且伤。

淑人君子，怀允不忘③。

鼓钟喈喈<sup>jiē jiē</sup>④，淮水湝湝<sup>jiē jiē</sup>⑤。

忧心且悲。

淑人君子，其德不回。

鼓钟伐鼛<sup>gāo</sup>⑥，淮有三洲。

忧心且妯<sup>chōu</sup>⑦。

淑人君子，其德不犹。


鼓钟钦钦，鼓瑟鼓琴。

笙<sup>shēng qìng</sup>磬同音。

以雅以南⑧，以籥<sup>yuè</sup>不僭⑨。


【注释】

①鼓：敲击。将将：即"锵锵"，钟鼓声响亮的样子。②汤汤：水流浩大的样子。③怀：怀念。允：语气助词。④喈喈：形容钟声优美。⑤湝湝：通"汤汤"。⑥伐：击打。鼛：大鼓。⑦妯：非常悲伤。⑧雅：古代一种乐器。南：一种铃铛。⑨籥：古代的一种管乐器。僭：差错。

# 楚 茨
（茨 cí）

这是一首贵族在祭祀先祖与神明时写下的诗，从耕耘到收获，再到制作各种祭品及祭祀的经过，还有宾客的迎送往来，直到祭祀后的宴会，都事无巨细讲述了一遍，具有很高的史料价值。

楚楚者茨①，言抽其棘②，

自昔何为？我艺黍稷。

我黍与与③，我稷翼翼④。

我仓既盈，我庾维亿⑤。

以为酒食，以享以祀，

以妥以侑⑥，以介景福。


济济跄跄⑦，絜尔牛羊⑧，

以往烝尝⑨。

或剥或亨，或肆或将。

祝祭于祊，祀事孔明⑩。

先祖是皇，神保是飨。

孝孙有庆，报以介福，

万寿无疆！

执爨踖踖<sup>⑪</sup>，为俎孔硕。

或燔或炙。

君妇莫莫，为豆孔庶。

为宾为客，献酬交错。

礼仪卒度，笑语卒获。

神保是格，报以介福，

万寿攸酢！

我孔熯矣<sup>⑫</sup>，式礼莫愆。

工祝致告，徂赉孝孙。

苾芬孝祀，神嗜饮食。

卜尔百福，如几如式。

既齐既稷<sup>⑬</sup>，既匡既敕。

永锡尔极，时万时亿！

礼仪既备，钟鼓既戒。

孝孙徂位。工祝致告。

神具醉止，皇尸载起⑭。

钟鼓送尸，神保聿归。

诸宰君妇，废彻不迟。

诸父兄弟，备言燕私⑮。


乐具入奏，以绥后禄⑯。

尔肴既将，莫怨具庆。

既醉既饱，小大稽首。

神嗜饮食，使君寿考。

孔惠孔时，维其尽之。

子子孙孙，勿替引之！

**【注释】**

①楚楚：蒺藜茂密的样子。茨：蒺藜。②抽：拔掉。③与与：茂盛的样子。④翼翼：同"与与"。⑤庾：粮仓。⑥妥：安坐。侑：劝酒。⑦济济：严肃恭谨的样子。⑧絜：这里指将牛羊洗净供祭祀之用。⑨烝尝：冬天祭祀先祖为烝，秋日祭祀先祖为尝。⑩孔明：祭祀的物品准备齐备。⑪踖踖：形容做饭的人很敏捷。⑫熯：敬惧。⑬齐：通"斋"，斋戒。稷：敏捷。⑭皇尸：神尸的美称。⑮燕私：私人宴会。⑯以绥后禄：安享以后的幸福生活。

## 信南山

这是一首描写冬天祭祀先祖活动的乐歌，后人可以从这首诗中看出周人对祖先、神明的敬重。

信彼南山<sup>①</sup>，维禹甸之<sup>②</sup>。
<br>
畇 畇原隰<sup>③</sup>，曾孙田之<sup>④</sup>。
（yún yún　xí）

我疆我理，南东其亩。

上天同云，雨雪雰 雰<sup>⑤</sup>。
（fēn fēn）
<br>
益之以霡 霂<sup>⑥</sup>，既优既渥。
（mài mù　wò）

既沾既足，生我百谷。

疆埸翼翼。黍稷彧彧<sup>⑦</sup>。
（yù yù）

曾孙之穑，以为酒食。
<br>
畀我尸宾，寿考万年。
（bì）

中田有庐，疆埸有瓜。

是剥是菹，献之皇祖。
<br>
曾孙寿考，受天之祜。
（hù）

祭以清酒，从以骍牡<sup>⑧</sup>，

享于祖考。执其鸾刀<sup>⑨</sup>，

以启其毛，取其血膋<sup>⑩</sup>。


是蒸是享，苾苾芬芬。

祀事孔明，先祖是皇。

报以介福，万寿无疆。

【注释】

　　①信：通"伸"，这里是形容山势连绵的样子。②甸：治理。③畇畇：平坦的样子。原隰：平原与洼地，这里代指所有的田地。④田：这里做动词，开垦田地。⑤雱雱：雪花纷纷飘落的样子。⑥霢霂：小雨，这里象征着丰收。⑦彧彧：庄稼长势良好的样子。⑧骍牡：赤黄色的公牛。⑨鸾刀：挂有铃的刀。⑩膋：牲畜肠子间的脂肪，祭天时要把膋放在艾蒿上焚烧。

# 甫　田

本诗是春季周天子祭祀上天祈求今年能够丰收的乐歌，一方面是祈求丰收，另一方面是畅想秋天的美好丰收景象。

倬 彼甫田①，岁取十千。

我取其陈，食我农人。

自古有年。今适南亩，

或耘或耔②。黍稷薿薿③，

攸介攸止④，烝我髦士⑤。


以我齐明，与我牺羊。

以社以方，我田既臧。

农夫之庆，琴瑟击鼓。

以御田祖，以祈甘雨。

以介我稷黍，以穀我士女。


曾孙来止，以其妇子，

馌彼南亩⑥，田畯至喜。

攘其左右，尝其旨否⑦。

禾易长亩⑧，终善且有，

曾孙不怒，农夫克敏。

曾孙之稼，如茨如梁⑨。

曾孙之庾，如坻如京⑩。

乃求千斯仓，乃求万斯箱。

黍稷稻粱，农夫之庆。

报以介福，万寿无疆。

**【注释】**

①倬：广阔的样子。甫田：公田。②耘：锄草。籽：培土。③薿薿：茂盛的样子。④介、止：休息。⑤髦士：俊杰之士。⑥馌：给在田间耕种的人送饭。一说是祭祀田地之神。⑦旨：好吃。⑧易：茂盛的样子。⑨如茨如梁：形容刚收割好的庄稼堆积在场地上非常壮观，这里是畅想秋天丰收的样子。⑩坻：山坡。京：高大的山丘。

# 大 田

　　这首诗应当也是周天子祭祀天地祈求丰收的诗篇，只不过对于整个农业活动的描写更加细致，不但写了春种秋收，还写了丰收之后进行的祭祀神明活动。

　　大田多稼<sup>①</sup>，既种既戒<sup>②</sup>，

　　既备乃事。以我覃耜<sup>③</sup>，

　　俶载南亩<sup>④</sup>，播厥百谷，

　　既庭且硕，曾孙是若。


　　既方既皂，既坚既好，

　　不稂不莠<sup>⑤</sup>。去其螟螣<sup>⑥</sup>，

　　及其蟊贼，无害我田稚。

　　田祖有神，秉畀炎火。


　　有渰萋萋，兴雨祈祈，

　　雨我公田，遂及我私。

　　彼有不获稚，此有不敛穧<sup>⑦</sup>；

　　彼有遗秉，此有滞穗<sup>⑧</sup>，

　　伊寡妇之利。

曾孙来止，以其妇子，

馌彼南亩，田畯至喜。

来方禋祀<sup>⑨</sup>，以其骍黑，

与其黍稷。

以享以祀，以介景福。

【注释】

　　①大田：同"甫田"，即公田。②种：挑选种子。戒：修理农具。③覃：锐利。④俶载：开始进行。⑤稂：稻谷中有穗但没有稻粒的。莠：像是稻谷的杂草。⑥蟊：吃稻禾根部的害虫。螣：同"蝗"，吃庄稼的叶子的虫子。⑦秭：收割完还没有捆的农作物。⑧滞穗：遗落在田地里的稻穗。⑨禋祀：洁净的祭祀。

螣

蟓

螟

蟊

贼

螟，螟蛾，是我国最常见的蛾类，大约有 1000 种以上，是常见的害虫，
对农作物有较大危害。

螣，蝗虫的若虫，即未发育完全的蝗虫。

蟊，蝼蛄，常见的害虫，可以啃食庄稼的根部。

贼，黏虫，是常见的蛾类害虫，这里是指还未发育完全的幼虫。

## 瞻彼洛矣

这是一首描述周天子前往洛水边检阅军队的诗,重点是赞美周天子的德行。这些军队驻扎在这里是为了防备北方少数民族南下的。

瞻彼洛矣,维水泱泱<sup>yāng yāng</sup>①。

君子至止,福禄如茨②。

铗韐有奭<sup>shì</sup>③,以作六师。


瞻彼洛矣,维水泱泱。

君子至止,鞞琫<sup>bǐng běng</sup>有珌<sup>bì</sup>④。

君子万年,保其家室。


瞻彼洛矣,维水泱泱。

君子至止,福禄既同⑤。

君子万年,保其家邦。


【注释】

①泱泱:水深而宽广的样子。②茨:这里指很多。③铗韐:黄色的皮甲。奭:形容颜色发红。④鞞:刀鞘。琫:刀鞘上部的装饰。珌:刀鞘底部的装饰。⑤既同:福气会聚。

## 裳裳者华

这是一首讲述周天子赞美诸侯的诗，也有一些人认为是一首情诗，表达了一个女子对爱人情根深种、难以自拔的强烈感情。

裳裳者华①，其叶湑兮②。
我觏<sup>gòu</sup>之子③，我心写兮④。

我心写兮，是以有誉处兮。


裳裳者华，芸其黄矣。

我觏之子，维其有章矣。

维其有章矣，是以有庆矣。


裳裳者华，或黄或白。

我觏之子，乘其四骆⑤。

乘其四骆，六辔沃若⑥。


左之左之⑦，君子宜之。

右之右之，君子有之。

维其有之，是以似之。


**【注释】**

①裳裳：通"堂堂"，花朵盛开的样子。②湑：叶子繁盛的样子。③觏：邂逅。④写：倾吐出来。⑤骆：黑鬃的白马。⑥沃若：有光泽的样子。⑦左：与下文的"右"都是指辅佐君子之人。

## 桑扈

这是一首描写周天子宴请诸侯的诗篇，或者是在周天子与诸侯宴饮时演奏的乐曲。

交交桑扈①，有莺其羽②。
君子乐胥③，受天之祜④。

交交桑扈，有莺其领⑤。
君子乐胥，万邦之屏。

之屏之翰⑥，百辟为宪⑦。
不戢不难⑧，受福不那⑨。
　　　jí

兕觥其觩⑩，旨酒思柔⑪。
　si gōng  qiú
彼交匪敖，万福来求。

【注释】

①交交：鸟的叫声。桑扈：青雀，一种鸟。②莺：彩色的鸟羽。③乐胥：快乐。④祜：福佑。⑤领：颈。⑥翰：夯土筑墙时用的木板。⑦辟：诸侯。⑧戢：聚敛。难：忌恨。⑨那：转移。⑩觩：兽角弯曲的样子，这里指觥的形状。⑪柔：酒的口感绵柔。

桑扈

桑扈俗称梧桐鸟，学名黑头蜡嘴雀，是我国常见的鸟类，因为叫声悦
耳，具有一定观赏价值，所以是传统的家庭笼养鸟类。

## 鸳 鸯

这是一首夫妻之间彼此祝福的诗篇。

鸳鸯于飞①，毕之罗之②。

君子万年，福禄宜之。


鸳鸯在梁，戢其左翼③。

君子万年，宜其遐福。


乘马在厩，摧之秣之④。

君子万年，福禄艾之。


乘马在厩，秣之摧之。

君子万年，福禄绥之⑤。

【注释】

　　①鸳鸯：一种水鸟，这里用来象征福气。②毕、罗：两种捕鸟网。③戢：绑住。
④摧：铡草，这里指喂马。秣：喂牲口的饲料。⑤绥：平安。

鸳鸯

鸳鸯是我国著名的观赏鸟类。人们认为鸳鸯始终是出双入对的，所以常用鸳鸯来比喻爱情。但其实鸳鸯只在繁殖期很亲密，繁殖期一过就会分开。

　　鸳鸯雌雄异色，雄鸟羽色鲜艳而华丽，头上有艳丽的冠羽，非常奇特和醒目，在野外非常容易辨认。

kuǐ biàn
## 颊 弁

这首诗讲述的是贵族之间宴请亲戚的诗，但不知何故，诗中充满了悲凉的感情。

有颊者弁[①]，实维伊何？

尔酒既旨，尔肴既嘉。

岂伊异人？兄弟匪他。

niǎo
茑 与女萝，施于松柏[②]。

未见君子，忧心奕奕[③]。

yuè yì
既见君子，庶几说怿[④]。


有颊者弁，实维何期？

尔酒既旨，尔肴既时。

岂伊异人？兄弟具来。

茑与女萝，施于松上。

未见君子，忧心怲怲[⑤]。

既见君子，庶几有臧。

有颁者弁，实维在首。

尔酒既旨，尔肴既阜⑥。

岂伊异人？兄弟甥舅。

如彼雨雪，先集维霰⑦。

死丧无日，无几相见⑧。

乐酒今夕，君子维宴。

【注释】

①颁：有尖顶的弁。弁：皮冠。②施：蔓延。③奕奕：心神不宁的样子。④说怿：喜悦的样子。⑤恢恢：满怀忧虑的样子。⑥阜：很多。⑦霰：雪粒。⑧无几相见：没有多少可以相见的日子了。

　　蔦即桑寄生，常见的寄生植物，通常寄生在桑树上，依靠吸收桑树的养料供自己生长，也可以寄生在松树、柳树等植物上。
　　女萝即松萝，是经常依附在松树表面的真菌与藻类的混合体，但并不吸收松树的养分，不属于寄生关系。

# 车　辖 xiá

这首诗写的是婚礼前新郎前去迎接新娘，满心欢喜的快乐幸福感。

间关车之辖兮①，思娈季女逝兮②。

匪饥匪渴，德音来括③。

虽无好友？式燕且喜④。


依彼平林⑤，有集维鷮⑥。

辰彼硕女⑦，令德来教。

式燕且誉，好尔无射⑧。


虽无旨酒？式饮庶几⑨。

虽无嘉肴？式食庶几。

虽无德与女？式歌且舞。


陟彼高冈，析其柞薪。

析其柞薪，其叶湑兮。

鲜我觏尔⑩，我心写兮⑪。

高山仰止，景行行止⑫。

四牡骓骓⑬，六辔如琴。

觏尔新昏，以慰我心。

【注释】

　　①间关：车辆行驶时发出的声音。辖：车轮轴头上的金属配件，用来防止车轮脱落。②思娈：思慕。季女：少女。逝：往。指乘车出嫁。③德音：美誉。括：会面。④燕、喜：欢乐。⑤依：茂密。平林：平原上的树林。⑥鸰：长尾巴的野鸡。⑦辰：这里指出嫁的时刻。硕女：美女。⑧射：同"斁"，厌恶。⑨庶几：表示希望。⑩鲜：善。觏：婚媾。⑪写：同"泻"，宣泄。这里是说心情舒畅。⑫景行：大路。⑬骓骓：马不断奔跑的样子。

鷮即山雉，白冠长尾雉，是一种森林益鸟，对抑制森林虫害有重要作用，而且体形优美、羽毛艳丽，极具观赏价值。

# 青 蝇

这是一首斥责谣言的诗，指出妖言惑众、惑乱邦国的小人是非常可怕的，必须严惩，规劝大家不要听信谗言。

营营青蝇<sup>①</sup>，止于樊<sup>②</sup>。
岂弟君子<sup>③</sup>，无信谗言！

营营青蝇，止于棘。
谗人罔极<sup>④</sup>，交乱四国<sup>⑤</sup>。

营营青蝇，止于榛。
谗人罔极，构我二人<sup>⑥</sup>。

【注释】

①营营：苍蝇飞舞时发出的声音。青蝇：苍蝇，代指进谗言的人。②樊：篱笆。
③岂弟：平易近人。④罔极：行为不轨之人。⑤交乱：谗言交错纷繁。⑥构：构陷。

## 宾之初筵
（yán）

这首诗描写了贵族饮酒作乐的全过程，细致讲述了当时宴饮的各种规矩与礼仪，还有人们在喝醉后的表现。

宾之初筵，左右秩秩①。

笾豆有楚②，肴核维旅③。

酒既和旨，饮酒孔偕。

钟鼓既设，举酬逸逸。

大侯既抗，弓矢斯张。

射夫既同，献尔发功。

发彼有的，以祈尔爵④。

籥舞笙鼓，乐既和奏。
（yuè）

烝衎烈祖⑤，以洽百礼。
（kàn）

百礼既至，有壬有林⑥。

锡尔纯嘏⑦，子孙其湛。

其湛曰乐，各奏尔能。

宾载手仇，室人入又。

酌彼康爵，以奏尔时。

宾之初筵，温温其恭。

其未醉止，威仪反反。

曰既醉止，威仪幡幡。

舍其坐迁，屡舞仙仙⑧。

其未醉止，威仪抑抑⑨。

曰既醉止，威仪怭怭⑩。

是曰既醉，不知其秩。


宾既醉止，载号载呶⑪。

乱我笾豆，屡舞僛僛。

是曰既醉，不知其邮。

侧弁之俄，屡舞傞傞⑫。

既醉而出，并受其福。

醉而不出，是谓伐德。

饮酒孔嘉，维其令仪。

凡此饮酒，或醉或否。

既立之监，或佐之史。

彼醉不臧，不醉反耻。

式勿从谓，无俾大怠。

匪言勿言，匪由勿语。

由醉之言，俾出童羖<sup>⑬</sup>。

三爵不识<sup>⑭</sup>，矧敢多又<sup>⑮</sup>？

【注释】

①左右：这里指东西，宴会上，主人在东边，客人在西边。秩秩：秩序井然的样子。
②笾、豆：古代装食材的器皿。楚：排列整齐的样子。③核：干果。维：是。旅：摆放。
④以祈尔爵：古代的射礼，输了的人要罚酒，这里是说大家都争相比赛，希望击败
别人，让他们喝酒。⑤烝衎：献上歌舞。⑥有壬有林：礼仪规模庞大，名目众多。壬：
大。林：多。⑦纯嘏：大福。⑧仙仙：脚步轻浮。⑨抑抑：谨慎周密的样子。⑩怭怭：
轻薄侮慢的样子。⑪呶：喧哗。⑫傞傞：醉舞不停的样子。⑬童羖：没长出角的小山羊。
⑭不识：酒后神志不清的样子。⑮又：通"侑"，劝酒。

## 鱼 藻

这首诗是赞美周天子在镐京宴饮娱乐的欢快感，也对镐京宫室的美丽盛大进行了赞美，言简意赅但意味深长。

鱼在在藻<sup>①</sup>，有颁其首<sup>②</sup>。
王在在镐，岂乐饮酒<sup>③</sup>。

鱼在在藻，有莘其尾<sup>④</sup>。

王在在镐，饮酒乐岂。

鱼在在藻，依于其蒲。

王在在镐，有那其居<sup>⑤</sup>。

【注释】

①鱼在：通"鱼哉"。藻：水草。一般认为在这首诗里，鱼是指代后妃、宫女的。②颁：数量很多。一说指鱼头很大。③岂乐：欢乐。④莘：很长的样子。⑤有那：盛大的样子。

## 采 菽

　　这首诗是描述诸侯来镐京朝拜周天子，周天子对他们厚加赏赐的场景，诗人在这里叙述这一盛事的整个过程。

采菽采菽①，筐之筥之②。

君子来朝③，何锡予之④？

虽无予之？路车乘马。

又何予之？玄衮及黼。

觱<sup>bì</sup>沸槛泉⑤，言采其芹。

君子来朝，言观其旂。

其旂淠<sup>pèi</sup>淠<sup>pèi</sup>⑥，鸾声嘒<sup>huì</sup>嘒<sup>huì</sup>⑦。

载骖载驷，君子所届。

赤芾在股⑧，邪幅在下⑨。

彼交匪纾，天子所予。

乐只君子，天子命之。

乐只君子，福禄申之。

维柞之枝，其叶蓬蓬。

乐只君子，殿天子之邦<sup>⑩</sup>。

乐只君子，万福攸同。

平平左右，亦是率从。


汎汎杨舟，绋<sup>fú</sup>纚<sup>lǐ</sup>维之<sup>⑪</sup>。

乐只君子，天子葵之。

乐只君子，福禄腜<sup>pí</sup>之<sup>⑫</sup>。

优哉游哉，亦是戾<sup>lì</sup>矣<sup>⑬</sup>。

【注释】
　　①菽：大豆，这里指大豆的叶子。②筐：方形的竹器。筥：圆形的竹器。③君子：泛指诸侯。④锡予：赐予。⑤觱沸：形容泉水不断涌出的样子。槛泉：泉眼很多，大量泉水不断涌出。槛，通"滥"。⑥淠淠：旗帜飘动的样子。⑦嘒嘒：车上鸾铃发出的声音。⑧芾：蔽膝。⑨邪幅：绑腿。⑩殿：安抚。⑪绋：大的麻绳。纚：绳索。⑫腜：重赏。⑬戾：安定。

柞

　　柞即柞树，和橡树是同属植物，柞树是最适合烧制木炭的树木，因此
自古就有大量种植。

## 角 弓

这是劝诫周天子应当与同宗的兄弟及与之联姻的国家搞好关系的诗，希望周天子可以以身作则，与诸侯亲近，以便巩固自己的统治。

騂騂角弓[①]，翩其反矣[②]。

兄弟昏姻，无胥远矣[③]。

尔之远矣，民胥然矣。

尔之教矣，民胥效矣。

此令兄弟，绰绰有裕[④]。

不令兄弟，交相为瘉[⑤]。

民之无良，相怨一方。

受爵不让，至于已斯亡。

老马反为驹，不顾其后。

如食宜饇[⑥]，如酌孔取。

毋教猱升木[⑦]，如涂涂附。

君子有徽猷[⑧]，小人与属[⑨]。

雨雪瀌 瀌<sup>biāo biāo</sup>⑩，见晛曰消⑪。

莫肯下遗，式居娄骄⑫。


雨雪浮浮，见晛曰流。

如蛮如髦⑬，我是用忧。


【注释】

①骍骍：弓弦调和的样子。角弓：两端以兽角加以装饰的弓。②翩其反：松开弓弦时弓就会向外伸展。这里暗指如果不能与亲戚亲近，就必然会彼此疏远。③胥：彼此。远：疏远。④绰绰：宽裕的样子。⑤瘉：互相伤害。⑥饇：饱。⑦毋教猱升木：不用教猴子爬树，这是很容易的。⑧徽猷：善道。⑨属：依附，跟随。⑩瀌瀌：雨雪很大的样子。⑪晛：太阳出来气温转暖。⑫式：助词，无义。居：通"倨"，倨傲。娄骄：高傲，傲慢。⑬蛮、髦：这里指小人。

猴

　　猱即猕猴，主要栖息在森林与沼泽附近，群居动物，并且有一个猴王，彼此之间联系时会发出各种声音或打手势。猕猴生理上与人类很接近，因此各种医学研究经常用猕猴作为试验品。

wǎn

# 菀　柳

这是一首身居高位的大臣获罪后写的感慨之诗，表达了强烈的怨愤与哀伤的情绪。

有菀者柳①，不尚息焉。

ni
上帝甚蹈②，无自瘵焉。

jing
俾予靖之③，后予极焉④！


有菀者柳，不尚愒焉⑤。

zhài
上帝甚蹈，无自瘵焉⑥。

俾予靖之，后予迈焉！


有鸟高飞，亦傅于天。

彼人之心，于何其臻⑦？

曷予靖之，居以凶矜⑧！

**【注释】**

①有菀者柳：枯萎的柳树。菀：通"苑"，枯萎。②上帝：这里指周天子。蹈：傲慢。③俾：使。靖：治理。④极：无法忍受的责罚。⑤愒：休息。⑥瘵：病。⑦于何其臻：人心居然如此险恶。⑧凶矜：指流放之地。

## 都人士

周平王东迁后，镐京周边迅速衰落下来，一些没能东迁的人看着日渐残破的故土与偶尔回来的贵族，满心怀念与伤感。

彼都人士①，狐裘黄黄②。

其容不改，出言有章。

行归于周，万民所望。


彼都人士，台笠缁撮③。
<small>zī cuō</small>

彼君子女，绸直如发④。

我不见兮，我心不说。


彼都人士，充耳琇实⑤。
<small>xiù</small>

彼君子女，谓之尹吉。

我不见兮，我心苑结⑥。


彼都人士，垂带而厉。

彼君子女，卷发如虿⑦。
<small>chài</small>

我不见兮，言从之迈。

匪伊垂之，带则有余。

匪伊卷之，发则有旟。

我不见兮，云何盱矣<sup>⑧</sup>！

【注释】

①都人士：京城里的人，这里指京城里的贵族。②黄黄：通"煌煌"，形容狐裘的美丽。③台笠：蓑草编的斗笠。缁撮：黑色的帽带。④绸直：浓密而笔直。⑤琇实：晶莹剔透的美丽石头。⑥苑结：郁结于心。⑦虿：本义指蝎子，这里指头发向上翘起。⑧盱：忧伤。

蟊

蟊在古代泛指有毒的生物，如蛇、蝎、蜈蚣等，本诗专指蝎子，蝎子是我国常见的毒虫，昼伏夜出，尾钩有毒，可以入药。

# 采 绿

这首诗讲述的是丈夫在外服劳役，妻子在家漫长等待时的思念之情。

终朝采绿<sup>①</sup>，不盈一匊<sup>②</sup>。

予发曲局，薄言归沐。

终朝采蓝，不盈一襜<sup>③</sup>。

五日为期，六日不詹<sup>④</sup>。

之子于狩，言韔其弓。

之子于钓，言纶之绳。

其钓维何？维鲂及鱮。

维鲂及鱮，薄言观者<sup>⑤</sup>！

【注释】

①终朝：整天。②匊：两手合捧。③襜：围裙。④五日为期，六日不詹：用蓍草占卜说丈夫五天内就会回来，但到了第六天还是没见到人。⑤观：多，这里指钓的鱼众多。

蓝

蓝，这里指蓼蓝，一种常见的草本植物，古代重要的蓝色染料来源，染布和绘画的蓝色染料多半是从这种植物中提取的。

# 黍 苗

　　这首诗是赞颂召公平定淮夷叛乱及修建谢城的功绩，并重点强调了召公对士兵的关怀与照顾。

芃芃黍苗①，阴雨膏之②。

悠悠南行③，召伯劳之。


我任我辇④，我车我牛。

我行既集，盖云归哉。


我徒我御⑤，我师我旅。

我行既集，盖云归处。


肃肃谢功⑥，召伯营之。

烈烈征师⑦，召伯成之。


原隰既平，泉流既清。

召伯有成，王心则宁。

【注释】
　　①芃芃：茂盛的样子。②膏：滋润。③悠悠：长途跋涉的样子。④任：挑着担子。辇：这里指拉着车。⑤徒：步行。御：驾车。⑥谢功：营建谢邑的工程。⑦烈烈：威武的样子。

## 隰 桑

这是一首情诗,反映了青年男女之间极为深厚的感情。

隰桑有阿①,其叶有难②。

既见君子,其乐如何?

隰桑有阿,其叶有沃③。

既见君子,云何不乐?

隰桑有阿,其叶有幽④。

既见君子,德音孔胶。

心乎爱矣,遐不谓矣!

中心藏之⑤,何日忘之!

【注释】

①隰桑:生长在低洼潮湿地方的桑树。阿:桑树枝条柔美的样子。②难:枝叶茂盛的样子。③沃:柔嫩而润泽的样子。④幽:通"黝",茂盛。⑤藏:思念。

# 白 华

西周末年，周幽王宠信褒姒，废黜了自己的正妻申后，申后因此极度幽怨，写下了这首诗。

白华菅兮①，白茅束兮。

之子之远，俾我独兮。


英英白云②，露彼菅茅。

天步艰难③，之子不犹④。


biāo
滮 池北流，浸彼稻田。

啸歌伤怀⑤，念彼硕人。


chén
樵彼桑薪，卬烘于 煁⑥。

维彼硕人，实劳我心。


鼓钟于宫，声闻于外。
cǎo cǎo
念子懆 懆⑦，视我迈迈。


qiū
有鹙在梁，有鹤在林。

维彼硕人，实劳我心。

鸳鸯在梁，戢其左翼。

之子无良，二三其德⑧。


有扁斯石，履之卑兮⑨，

之子之远，俾我疧兮⑩。


【注释】

①白华：白花。菅：多年生草本植物，叶子细长而尖，花绿色，结颖果，褐色。
②英英：云朵洁白的样子。③天步：时运。④不犹：不如。⑤啸歌：号哭而歌。⑥煁：
一种可以移动的小灶。⑦懆懆：忧虑不安的样子。⑧二三其德：移情别恋。⑨有扁斯石，
履之卑兮：扁平的乘车石，虽然身处低微还有人愿意踩。⑩疧：因忧愁而生病。

菅

菅即芒草，是各种芒属植物的统称，芒草一般被人们看作杂草，但部分芒草是生产生物酒精的重要原料，或是作为观赏植物，可见芒草的经济价值还是很好的。

　　鹙即大秃鹳，一种大型水鸟，在我国境内已经灭绝，在南亚还有分布。
这种鸟在古代很常见，但因其吃腐肉，模样丑陋，被人们视为不祥之鸟而
遭到大规模的捕杀。

## 绵 蛮

这首诗写的是一位跋涉于旅途的行人，在极度饥渴劳累时遇到一位好心人，给他吃喝，帮他渡过难关，因此极为感激，写下了这首诗来抒发自己的感激之情。

绵蛮黄鸟①，止于丘阿②。

道之云远，我劳如何！

饮之食之，教之诲之。

命彼后车，谓之载之。


绵蛮黄鸟，止于丘隅。

岂敢惮行③，畏不能趋④。

饮之食之，教之诲之。

命彼后车，谓之载之。


绵蛮黄鸟，止于丘侧。

岂敢惮行，畏不能极⑤。

饮之食之，教之诲之。

命彼后车，谓之载之。

【注释】

①绵蛮：鸟儿小巧的样子。②丘阿：丘陵之间的山坳。③惮：惧怕。④趋：快走。⑤极：到达目的地。

hù
# 瓠　叶

　　这是一首关于宴饮的诗歌，这顿饭其实很简单，没有几样菜，但能够感受到宾主之间真挚的情谊。

fān fān
幡 幡瓠叶①，采之亨之。

君子有酒，酌言尝之②。


有兔斯首，炮之燔之③。

君子有酒，酌言献之。


有兔斯首，燔之炙之。

君子有酒，酌言酢之。


有兔斯首，燔之炮之。

君子有酒，酌言酬之④。

【注释】

　　①幡幡：瓠叶在风中不断摆动的样子。瓠：葫芦。②酌：斟酒。尝：品尝。③炮：裹着泥烧烤。燔：烧。④酬：劝酒。

chán chán

# 渐 渐 之 石

这是久在行伍的士兵抒发自己对军旅生涯凄苦的感叹，我们可以从中管窥那个时代士兵生活的艰辛与心理方面的各种活动。

渐渐之石①，维其高矣。

山川悠远，维其劳矣②。

武人东征③，不皇朝矣④。


渐渐之石，维其卒矣⑤。

山川悠远，曷其没矣？

武人东征，不皇出矣。


shǐ
有豕白蹢⑥，烝涉波矣⑦。

月离于毕⑧，俾滂沱矣⑨。

武人东征，不皇他矣⑩。


【注释】

①渐渐：通"巉巉"，山势高峻的样子。②劳：劳苦。③武人：军队中的将士。④皇：通"遑"，空闲。⑤卒：崒的假借字，山势高而险峻。⑥蹢：蹄子。⑦烝：众多。涉波：渡河。⑧月离于毕：月亮在夜空中运行，在走到毕宿周围时犹如被"天毕"网罗。⑨滂沱：大雨。古代星相学认为月亮靠近毕宿，是要下大雨的征兆。⑩不皇他矣：无暇顾及其他。

# 苕之华
<small>tiáo</small>

　　本诗描述的是人们在遇到荒年处于困苦不堪的境地时的绝望心情。诗人哀叹自己生不逢时，忧虑不已，甚至已经有些绝望。

　　苕之华①，芸其黄矣②。

　　心之忧矣，维其伤矣！

　　苕之华，其叶青青。
<small>jīng jīng</small>

　　知我如此，不如无生！

　　牂羊坟首③，三星在罶④。
<small>zāng　　　　　　liǔ</small>

　　人可以食，鲜可以饱。

【注释】

　　①苕：也叫凌霄花、紫薇等，藤本蔓生植物，开黄红色的花朵。②芸其黄：草木枯黄的样子。③牂羊：母绵羊。坟首：这里指羊的头很大。④三星：即参宿，因为有醒目的三颗并排等距的星星而被称为三星。罶：鱼篓。

　　苕即凌霄花，是著名的园林花卉之一。其花朵呈漏斗形，色大红或金黄，色彩鲜艳。花开时枝梢仍然继续蔓延生长，且新梢次第开花，因此花期较长。

## 何草不黄

西周末期，政治黑暗，大兴土木，徭役不断，百姓困顿不堪，于是作者通过诗歌的形式来表达不满，也反映了当时统治者大肆摧残征夫的极度腐朽。

何草不黄①？何日不行？

何人不将②，经营四方③？

何草不玄④？何人不矜⑤？

哀我征夫，独为匪民？

匪兕匪虎，率彼旷野⑥。

哀我征夫，朝夕不暇。

有芃者狐⑦，率彼幽草。

有栈之车⑧，行彼周道。

【注释】

①黄：草木枯黄的样子。②将：服徭役。③经营：奔忙。④玄：黑色，这里指草木凋零的样子。⑤矜：通"鳏"，老而无妻的人。⑥率：沿着。⑦芃：兽毛蓬松的样子。⑧栈车：服徭役的人赶的车。

# 雅·大雅

　　《大雅》共三十一篇，创作于西周早期，内容是反映王室贵族生活与行为的，主要是歌颂周王室祖先乃至武王、成王等君主的功绩，也有部分诗篇是讽刺厉王、幽王的暴虐的。

# 文　王

这是一首写周天子祭祀文王的诗，诗里歌颂文王是天命所归的君王，一定可以保佑周王朝百代相传，并希望后世子孙以先王为榜样，殷鉴未远，保周朝天下长远。

文王在上，於昭于天！

周虽旧邦<sup>①</sup>，其命维新<sup>②</sup>。

有周不显，帝命不时。

文王陟降<sup>③</sup>，在帝左右。
zhi

亹 亹文王，令闻不已。
wěi wěi

陈锡哉周，侯文王孙子。

文王孙子，本支百世。

凡周之士，不显亦世。

世之不显，厥犹翼翼<sup>④</sup>。

思皇多士<sup>⑤</sup>，生此王国。

王国克生，维周之桢<sup>⑥</sup>。

济济多士<sup>⑦</sup>，文王以宁。

穆穆文王，於缉熙敬止⑧。

假哉天命⑨！有商孙子。

商之孙子，其丽不亿。

上帝既命，侯于周服⑩。


侯服于周，天命靡常。

殷士肤敏，祼将于京。

厥作祼将，常服黼冔⑪。

王之荩臣，无念尔祖。


无念尔祖，聿修厥德。

永言配命，自求多福。

殷之未丧师⑫，克配上帝。

宜鉴于殷，骏命不易。

命之不易，无遏尔躬<sup>⑬</sup>。

宣昭义问，有虞殷自天。

上天之载，无声无臭。

仪刑文王<sup>⑭</sup>，万邦作孚<sup>⑮</sup>。

【注释】

①旧邦：历史悠久的古国。②命：天命。维：乃。③陟降：升降。这里指文王上接天命，下应百姓。④厥：其。犹：谋略。翼翼：深谋远虑的样子。⑤皇：美，大。⑥桢：筑墙时竖立在墙两边的柱子。⑦济济：庄严恭谨的样子。⑧缉熙敬止：指周文王光明磊落，又可以敬畏天命。⑨假：大，一说为坚固。⑩周服：臣服于周朝。⑪黼黼：礼服与礼帽。⑫丧师：丧失民心。⑬无遏尔躬：不要使天命中断。⑭仪刑：效法。⑮孚：臣服。

# 大 明

这首诗叙述了周人的祖先讨伐殷商的伟大功绩。大家耳熟能详的成语小心翼翼、天作之合等就出自这首诗。这首诗也对后世子孙寄予深切期望，希望可以开创与先人同样的事业，取得非凡成就。

明明在下①。赫赫在上。

天难忱斯②，不易维王。

天位殷适③，使不挟四方。


挚仲氏任④，自彼殷商，

来嫁于周，曰嫔于京。

乃及王季，维德之行。


大任有身，生此文王。

维此文王，小心翼翼。

昭事上帝，聿怀多福。

厥德不回⑤，以受方国。


天监在下，有命既集⑥。

文王初载⑦，天作之合。

在洽之阳⑧，在渭之涘。


文王嘉止⑨，大邦有子。

大邦有子，伣天之妹⑩。

文定厥祥①，亲迎于渭。

造舟为梁，不显其光。


有命自天，命此文王，

于周于京。缵(zuǎn)女维莘⑫，

长子维行，笃生武王。

保右命尔，燮(xiè)伐大商⑬。


殷商之旅，其会如林⑭。

矢于牧野，维予侯兴。

上帝临女(rǔ)，无贰尔心。


牧野洋洋⑮，檀车煌煌⑯，

驷騵彭彭。

维师尚父，时维鹰扬。

凉彼武王⑰，肆伐大商。

会朝清明⑱。


**【注释】**

①明明：光明的样子，这里指德政的影响。②天难忱斯：天命无常而难以信服。③天位殷适：天命原本属于殷商。适：通"嫡"。④挚：古国名。仲氏任：姐妹中排行第二的。⑤不回：不违背。⑥有命既集：天命已经集中到周国。⑦初载：刚继承国君之位。⑧阳：河流的北面。⑨嘉止：婚礼。⑩伣：譬如。妹：女子。⑪祥：吉祥。⑫缵女：美女。⑬燮：袭击，讨伐。⑭会：会和，集会。⑮洋洋：广阔的样子。⑯檀车：檀木做的车。煌煌：鲜明的样子。⑰凉：辅佐。⑱会朝：这里指甲日的早晨。《尚书·牧誓》记载，周武王在甲日早上誓师伐纣。

鹰是著名的肉食性动物，会捕捉老鼠、蛇、野兔或小鸟，大型的鹰科鸟类（雕）可以捕捉山羊、小鹿等。

## 绵

这是一部关于周部落历史的诗，描述的是周太王率领周族躲避西戎的军事入侵，最终安居周原，使得周族振兴的历程。

绵绵瓜瓞<sup>dié</sup>①。

民之初生②，自土沮漆③。

古公亶父④，陶复陶穴⑤，

未有家室⑥。

古公亶父，来朝走马。

率西水浒，至于岐下。

爰及姜女，聿来胥宇。

周原膴膴⑦，堇荼如饴<sup>jǐn</sup>⑧。

爰始爰谋⑨，爰契我龟⑩。

曰止曰时，筑室于兹。

乃慰乃止，乃左乃右，

乃疆乃理，乃宣乃亩。

自西徂东，周爰执事。

乃召司空，乃召司徒，

俾立室家。

其绳则直，缩版以载⑪，

作庙翼翼。

捄之陾陾⑫<sup>jiū réng réng</sup>，度之薨薨⑬<sup>hōng hōng</sup>。

筑之登登，削屡冯冯⑭。

百堵皆兴，鼛鼓弗胜⑮<sup>gāo</sup>。

乃立皋门，皋门有伉。

乃立应门，应门将将⑯。

乃立冢土，戎丑攸行⑰。

肆不殄厥愠，亦不陨厥问。

柞棫拔矣，行道兑矣。

混夷駾矣⑱，维其喙矣。

虞芮质厥成<sup>⑲</sup>，文王蹶厥生。

予曰有疏附，予曰有先后，

予曰有奔奏，予曰有御侮。

【注释】

①绵绵：连绵不绝的样子。瓜：这里指大瓜。瓞：小瓜。②民：周朝百姓。初生：周人此时是躲避西戎的入侵，因此属于逃难显得很狼狈。初生是指逃出生天。③土：指居住。沮漆：河流名。④古公亶父：周太王的名号，太王为周文王的父亲。⑤陶：挖掘。复：地下室。⑥家室：固定的居所。⑦周原：地名，位于岐山脚下。 朊朊：土地肥沃。⑧堇、荼：两种野菜，味道都比较苦。饴：饴糖，这里指苦的野菜在这里长出来也变甜了。⑨爰：于是。始：谋划。⑩契、龟：用龟壳占卜。⑪缩版：用绳子捆扎夯土筑墙时用的木板。⑫捄：把泥土盛装在器物当中。陾陾：铲土的声音。⑬度：填装。薨薨：填土的声音。⑭削屡：夯土筑墙后将不平之处修整好。冯冯：修整墙壁发出的声音。⑮鼛：一种大鼓。⑯将将：房屋高大严正的样子。⑰戎丑：抓获的西戎俘虏。⑱混夷：犬戎，西北地区的少数民族。骃：逃走。⑲虞、芮：周初两个诸侯国名。这两国之间为了土地纷争不止，一起来到周国要求评理，发现周国人都彼此谦让，感到很惭愧，于是停止了争端。质：评价，评理。成：平息。

莐

　　莐即石龙芮，生于平原湿地或河沟边，是常见的水边植物，全草可以入药。

# 棫 朴 yù

这首诗是歌颂周天子的，赞颂他可以靠德行化育人才，使得天下安定，四方诸侯纷纷朝见。

芃芃棫朴<sup>①</sup>，薪之槱之<sup>②</sup>。 yǒu

济济辟王<sup>③</sup>，左右趣之<sup>④</sup>。

济济辟王，左右奉璋。

奉璋峨峨<sup>⑤</sup>，髦士攸宜<sup>⑥</sup>。

淠彼泾舟<sup>⑦</sup>，烝徒楫之。

周王于迈，六师及之。

倬 彼云汉<sup>⑧</sup>，为章于天。 zhuō

周王寿考，遐不作人？

追琢其章，金玉其相。

勉勉我王<sup>⑨</sup>，纲纪四方。

**【注释】**

①芃芃：草木茂盛的样子。棫朴：丛生的棫木。②槱：点燃堆积的木头，这是古代祭天仪式的一部分。③济济：端庄的样子。辟王：君主。④趣：这里指奔走帮助祭祀。⑤峨峨：穿着盛装威严的样子。⑥髦士：俊杰之士。⑦淠：船行进的样子。泾：泾水。⑧倬：广阔而明亮的样子。云汉：银河。⑨勉勉：勤勉的样子。

樸橵

　　朴即槲树，一种乔木，树姿粗犷，可作为园林绿化树种，果实与橡实近似，但味道不佳，适合酿酒。

# 旱麓

这首诗是在歌颂周天子依靠祭祀而获得了上天的护佑与给予的福气。本诗与《大雅》的其他诗篇在文风上有较大差别,很明快,有一点接近"风"的格调,算是比较特别的诗。

瞻彼旱麓<sup>①</sup>,榛 楛济济<sup>②</sup>。
岂弟君子<sup>③</sup>,干禄岂弟<sup>④</sup>。

瑟彼玉瓒,黄流在中。
岂弟君子,福禄攸降。

鸢 飞戾天<sup>⑤</sup>,鱼跃于渊。
岂弟君子,遐不作人?

清酒既载,骍牡既备。
以享以祀,以介景福<sup>⑥</sup>。

瑟彼柞棫,民所燎矣<sup>⑦</sup>。
岂弟君子,神所劳矣。

莫莫葛藟,施于条枚。
岂弟君子,求福不回<sup>⑧</sup>。

【注释】

①旱:旱山,位于陕西西南部。麓:山脚。②济济:众多而繁茂的样子。③岂弟:平易近人。君子:这里指周天子。④干禄:祈求福禄。⑤鸢:鹰。戾天:飞到天上。⑥介:祈求。景:大。⑦燎:烧柴祭天。⑧不回:不邪。

鸢

鸢是对一类小型猛禽的通称，一般吃昆虫、蛙类、小型爬行动物、野兔等。鸢善于在天上做优美持久的翱翔动作。

## 思 齐

这是周朝人祭祀周王室的开国三母（周文王祖母太姜、周文王之母太任、周武王之母太姒），并颂扬这三位母亲的美德的诗篇。

思齐大任①，文王之母。

思媚周姜②，京室之妇③。

大姒嗣徽音④，则百斯男⑤。


惠于宗公⑥，神罔时怨，

神罔时恫<sup>tōng</sup>。刑于寡妻⑦，

至于兄弟，以御于家邦。


雝雝在宫，肃肃在庙。

不显亦临⑧，无射亦保⑨。


肆戎疾不殄，烈假不瑕。

不闻亦式，不谏亦入。

肆成人有德，小子有造。

古之人无致<sup>⑩</sup>，誉髦斯士<sup>⑪</sup>。

【注释】

①思齐：端庄之美。大任：太任，周文王的生母。②媚：美好。周姜：太姜，是周文王的祖母。③京室：指周王室。④大姒：太姒，周文王之妻，是周武王的生母。嗣徽音：继承了美好的声誉。⑤则百斯男：指子孙后代众多。⑥惠：顺从。宗公：先祖。这里指三母遵守妇道，能够辅弼先王。⑦刑：典范。寡妻：嫡妻。⑧不显：即丕显，伟大而光辉。临：临视。⑨无射：应为"无写"，指怜爱，慈祥的意思。⑩无致：同"无射"。⑪誉：赞誉。髦：俊才。

# 皇 矣

这首诗讲述了周王先祖的伟大功德，包括太王、太伯、王季的德行，还有文王讨伐密、崇等国的功业。

皇矣上帝①，临下有赫②。

监观四方，求民之莫。

维此二国，其政不获③。

维彼四国④，爰究爰度。

上帝耆之⑤，憎其式廓。

乃眷西顾⑥，此维与宅。


作之屏之，其菑其翳。

修之平之，其灌其栵。

启之辟之，其柽其椐。

攘之剔之，其檿其柘。

帝迁明德⑦，串夷载路。

天立厥配，受命既固。


帝省其山，柞棫斯拔，

松柏斯兑。

帝作邦作对，自大伯王季。

维此王季，因心则友，则友其兄，

则笃其庆，载锡之光。

受禄无丧，奄有四方。

维此王季，帝度其心，
貉<sup>mò</sup>其德音⑧，其德克明⑨，

克明克类，克长克君。
王<sup>wàng</sup> 此大邦，克顺克比。

比于文王，其德靡悔。

既受帝祉，施于孙子。

帝谓文王："无然畔援⑩，

无然歆羡，诞<sup>dàn</sup>先登于岸⑪。"

密人不恭，敢距大邦，

侵阮徂共。王赫斯怒，

爰整其旅，以按徂旅。

以笃于周祜，以对于天下。

依其在京，侵自阮疆。

陟我高冈，无矢我陵，

我陵我阿；无饮我泉，

我泉我池。度其鲜原，

居岐之阳，在渭之将。

万邦之方，下民之王。

帝谓文王："予怀明德,

不大声以色,不长夏以革⑫。

不识不知,顺帝之则。"

帝谓文王："询尔仇方,

同尔弟兄。以尔钩援⑬,

与尔临冲⑭,以伐崇墉。"


临冲闲闲,崇墉言言。

执讯连连,攸馘安安⑮。

是类是祃⑯,是致是附⑰,

四方以无侮。临冲茀茀,

崇墉仡仡⑱。是伐是肆,

是绝是忽。四方以无拂。


**【注释】**

①皇:伟大。②临下:俯视天下。赫:威严的样子。③不获:不得民心。④四国:
东南西北四方的各国。⑤耆:通"恉",示意。⑥眷:回顾。西:周在西方。⑦帝迁明
德:上帝喜欢具有明德之人,将天命从纣王身上转移到周王身上。⑧貊:勉励。⑨明:
明辨是非。⑩畔援:同"盘桓",有逍遥的意思。⑪诞先登于岸:上天要求文王占据
有利地位。⑫不长夏以革:不用刑罚来强制人民做事。⑬钩援:攻城的器具。⑭临:
楼车,用来居高临下攻城的战车。冲:冲车,进攻城门的战车。⑮馘:割下敌人左
耳记功。安安:从容的样子。⑯类:出师时举行的祭天仪式。祃:军队出征后的祭
天仪式。⑰附:通"抚",安抚。⑱仡仡:不安的样子。

栵

栵即茅栗，果实属于板栗的一种，但比一般的板栗小，味较甜，木材
适合烧柴。

桎

　　桎即柽柳，叶像鳞片，嫩叶可以入药，枝条可编筐、制椎枷等。柽柳
枝条细柔，姿态婆娑，开花很美，是不错的观赏植物。

　　檿即山桑，属于桑树的一种，古代部分地区将其作为桑树的替代品种
种植来养蚕。

# 灵 台

这首诗讲述的是周天子修建的园林等建筑落成时，天子的快乐，同时为了展现民众对天子的热爱，还讲述了民众参加修建过程中的踊跃，彰显周天子的仁德与得民心。

经始灵台<sup>①</sup>，经之营之。

庶民攻之<sup>②</sup>，不日成之。

经始勿亟<sup>③</sup>，庶民子来。

王在灵囿，麀鹿攸伏<sup>④</sup>。

麀鹿濯濯<sup>⑤</sup>，白鸟翯翯<sup>⑥</sup>。

王在灵沼，於牣鱼跃<sup>⑦</sup>。

虡业维枞<sup>⑧</sup>，贲鼓维镛。

於论鼓钟，於乐辟廱<sup>⑨</sup>。

於论鼓钟，於乐辟廱。

鼍鼓逢逢<sup>⑩</sup>，矇瞍奏公。

【注释】

①经：修建开始。灵台：周文王所修建的高台，其遗址在今西安郊外。②攻：卖力工作。③亟：急。④麀鹿：母鹿。攸：伏卧。⑤濯濯：鸟兽肥美的样子。⑥翯翯：羽毛光洁的样子。⑦牣：满，指池里的鱼很多。⑧虡：挂钟的柱子。业：柱子上的横梁，可以悬挂小型乐器。枞：崇牙，横梁上挂钟的地方。⑨辟廱：贵族举行礼乐大典与接受教育的地方。⑩鼍鼓：鳄鱼皮蒙的鼓。逢逢：鼓声。

　　鼍，又名中华鳄、扬子鳄，是世界上最小的鳄鱼品种之一。它是现存
数量非常稀少、濒临灭绝的爬行动物。鼍对于研究古代爬行动物的进化与
地质变迁有重要意义。这幅图画得更类似蜥蜴，因为日本没有鳄鱼。

## 下　武

这首诗是用来祭祀先王的，具体是祭祀何人并不明确，一说是周康王祭祀周成王。

下武维周①，世有哲王②。

三后在天③，王配于京④。


王配于京，世德作求⑤。

永言配命⑥，成王之孚。


成王之孚，下土之式。

永言孝思，孝思维则⑦。


媚兹一人⑧，应侯顺德。

永言孝思，昭哉嗣服。


昭兹来许⑨，绳其祖武⑩。

於万斯年，受天之祜。


受天之祜，四方来贺。

於万斯年，不遐有佐？

**【注释】**

①下武维周：天下间最显赫的国家就是周。②世：世代。哲王：英明的君主。③三后：三代君王，一般认为指太王、王季、文王。④配：配享。指祭祀上天时以自己的先祖配享。⑤世德：世代积累的德行。⑥配命：迎合天命。⑦孝思维则：周天子的孝行是天下人的榜样。⑧媚：爱戴。⑨来许：后代。⑩绳：继承。

## 文王有声

本诗记述了周文王迁都于丰，武王迁都于镐的历史过程。通过两次迁都，周朝逐渐强大兴盛，奠定了周王朝几百年的基业，诗中反复提到四方称颂与万民归心，彰显周朝的根基稳固。

文王有声①，遹骏有声②。

遹求厥宁，遹观厥成。

文王烝哉！


文王受命，有此武功。

既伐于崇，作邑于丰。

文王烝哉！


筑城伊淢③，作丰伊匹④。

匪棘其欲⑤，遹追来孝⑥。

王后烝哉⑦！


王公伊濯⑧，维丰之垣。

四方攸同，王后维翰。

王后烝哉！

丰水东注，维禹之绩。

四方攸同，皇王维辟⑨。

皇王烝哉！


镐京辟雍⑩，自西自东，

自南自北，无思不服。

皇王烝哉！


考卜维王，宅是镐京。

维龟正之，武王成之。

武王烝哉！


丰水有芑<sup>qǐ</sup>，武王岂不仕⑪？

诒厥孙谋⑫，以燕翼子。

武王烝哉！


【注释】

①声：好的名誉。②遹：发语词。骏：大。③伊：为。淢：护城河。④匹：匹配。
⑤棘：通"急"。欲：欲望。⑥追：追悼，缅怀。孝：孝心。⑦王后：国君。⑧王公：
通"王功"，功业。濯：伟大。⑨辟：国君。⑩辟雍：设立供贵族学习的学校。⑪仕：
通"察"，考察。⑫诒：通"贻"，遗留。

# 生　民

　　这首诗记录的是周始祖后稷生平的历史，记述了其母怀孕、后稷降生直到功成名就的过程，歌颂了后稷对农业发展的巨大贡献，还有对农业相关祭祀活动的记录，很有史料价值。

　　厥初生民①，时维姜嫄②。

　　生民如何？克禋克祀③，

　　以弗无子。履帝武敏歆，

　　攸介攸止④。载震载夙，

　　载生载育，时维后稷。


　　诞弥厥月⑤，先生如达。

　　不坼不副⑥，无灾无害。

　　以赫厥灵。上帝不宁，

　　不康禋祀⑦，居然生子。


　　诞置之隘巷，牛羊腓字之⑧。

　　诞置之平林，会伐平林。

　　诞置之寒冰，鸟覆翼之。

　　鸟乃去矣，后稷呱矣。

　　实覃实讦⑨，厥声载路⑩。

诞实匍匐，克岐克嶷<sup>yí</sup>⑪，

以就口食。蓺之荏菽⑫，
荏菽旆旆<sup>pèi pèi</sup>⑬，禾役穟穟<sup>suì suì</sup>，
麻麦幪幪<sup>měng měng</sup>⑭，瓜瓞唪唪<sup>guā dié běng běng</sup>⑮。

诞后稷之穑，有相之道。

茀厥丰草，种之黄茂。
实方实苞，实种实褎<sup>yòu</sup>，

实发实秀⑯，实坚实好，
实颖实栗，即有邰家室<sup>tái</sup>。

诞降嘉种，维秬维秠<sup>jù pī</sup>，
维穈维芑<sup>qǐ</sup>。恒之秬秠，
是获是亩。恒之穈芑<sup>mén qǐ</sup>，
是任是负，以归肇祀<sup>zhào sì</sup>。

诞我祀如何？或舂或揄，

或簸或蹂。释之叟叟[17]，

烝之浮浮[18]。载谋载惟，

取萧祭脂，取羝以軷，

载燔载烈。以兴嗣岁。


卬盛于豆，于豆于登，

其香始升。上帝居歆[19]，

胡臭亶时！后稷肇祀，

庶无罪悔[20]，以迄于今。


【注释】

①厥初：当初。民：周族的百姓。②姜嫄：周人的女性始祖，周族祖先后稷的母亲。
③禋：升烟以祭，古代祭天的典礼之一。④攸介攸止：形容在一起起居休息时的场景。
攸：于是。介、止：休息。⑤弥：满。指怀胎到了足够的月份。⑥不坼不副：这里
指传说中后稷出生时犹如一个肉球，无法劈开。一说指后稷出生很顺利，没有给母
亲带来过多的痛苦。⑦康：安。不康禋祀：这里指认为自己祭祀上天不够虔诚使得
天帝不安。⑧腓：庇护。字：养育，指给他奶吃。⑨实覃实讦：这里指后稷的哭声
悠长而响亮。⑩载路：满路。⑪岐：抬脚。嶷：站立。⑫蓺：种植。荏：这里是豆
类植物的统称。⑬旆旆：这里指植物长得很茂盛。⑭幪幪：各种农作物茂盛的样子。
⑮唪唪：瓜果丰硕的样子。⑯发：禾苗长起来。秀：禾苗吐穗。⑰释：淘米。叟叟：
淘米的声音。⑱浮浮：热气蒸腾的样子。⑲居歆：安享。⑳庶：幸而。

荏菽即大豆，日常生活中常见的杂粮，可以用来生产各类豆制品，并
可以榨油，是我国最为重要的农作物之一。

## 行 苇

本诗是一首在家族宴会上吟诵的诗篇，讲述了亲人之间联络感情的过程，还有宴会过程中进行的活动与礼仪。

敦彼行苇①，牛羊勿践履。

方苞方体②，维叶泥泥③。

戚戚兄弟，莫远具尔④。

或肆之筵<sup>yán</sup>，或授之几。


肆筵设席，授几有缉御。

或献或酢，洗爵奠斝<sup>jiǎ</sup>⑤。

醓醢<sup>tǎn hǎi</sup>以荐⑥，或燔或炙。

嘉肴脾臄<sup>jué</sup>⑦，或歌或咢。


敦弓既坚，四鍭既钧。

舍矢既均，序宾以贤。

敦弓既句，既挟四鍭。

四鍭如树，序宾以不侮。

曾孙维主，酒醴维醹<sup>⑧</sup>。

酌以大斗，以祈黄耇<sup>⑨</sup>。

黄耇台背<sup>⑩</sup>，以引以翼。

寿考维祺，以介景福。

【注释】

　　①敦：芦苇丛生的样子。行苇：路边的芦苇。②方苞：枝叶还没伸展开的样子。方体：芦苇初具形体。③泥泥：叶子滋润茂盛的样子。④莫远具尔：在座的都是关系亲密的人。尔通"迩"，近。⑤洗爵奠斝：主人与客人彼此敬酒后，主人再次敬酒时先要将酒器清洗一下。⑥醓：多汁的肉酱。醢：肉酱。⑦脾：牛胃。臄：牛舌。⑧醹：酒味醇厚。⑨黄耇：长寿。⑩台背：通"鲐背"，指老人的后背如鲐鱼的后背一样肤色暗黑。

鮐

　　鮐鱼，身体呈纺锤形，背青蓝色，头顶浅黑色，生活在海中，可供食用，肝可制鱼肝油。不过画里画的应该是河豚，著名的味美但血液与内脏带有剧毒的鱼。

## 既　醉

　　这首诗是祭祀过程中工祝代表神尸传达神明旨意的诗歌。在周代的祭祀活动中，有祭主、工祝、神尸等分工，神尸是神明的化身，接受主人的祭祀，可以传达神明的旨意；工祝是负责传达神尸祝福的人，而这首诗传达的就是这些祝福。

　　既醉以酒<sup>①</sup>，既饱以德。
　　君子万年，介尔景福。

　　既醉以酒，尔殽既将。
　　君子万年，介尔昭明。

　　昭明有融<sup>②</sup>，高朗令终<sup>③</sup>。
　　令终有俶<sup>④</sup>，公尸嘉告。

　　其告维何？笾豆静嘉。
　　朋友攸摄<sup>⑤</sup>，摄以威仪。

　　威仪孔时，君子有孝子。
　　孝子不匮，永锡尔类。

其类维何？室家之壸<sup>kǔn</sup>。

君子万年，永锡祚胤⑥。


其胤维何⑦？天被尔禄。

君子万年，景命有仆⑧。


其仆维何？釐尔女士。

釐尔女士，从以孙子。

【注释】

①既：已经。②有融：光明的样子。③高朗：高明。令终：善终。④令终有俶：希望能够善始善终。⑤摄：辅助。⑥祚：福禄。⑦胤：后代。⑧仆：仆役。

## 凫 鹥
<sub>fú   yī</sub>

古代天子与诸侯祭祀，第一天进行正祭，祭祀神灵，第二天进行绎祭，为扮演神灵的神尸设宴款待。这首诗就是周天子在绎祭时吟咏的诗歌。

凫鹥在泾①，公尸来燕来宁②。

尔酒既清，尔殽既馨。

公尸燕饮，福禄来成。


凫鹥在沙，公尸来燕来宜。

尔酒既多，尔殽既嘉。

公尸燕饮，福禄来为。


凫鹥在渚，公尸来燕来处。

尔酒既湑，尔殽伊脯③。
<sub>fú</sub>

公尸燕饮，福禄来下。


凫鹥在潀④，公尸来燕来宗。

既燕于宗，福禄攸降。

公尸燕饮，福禄来崇。

凫鹥在亹<sup>méi</sup>⑤，公尸来止熏熏⑥。

旨酒欣欣，燔炙芬芬⑦。

公尸燕饮，无有后艰。

【注释】
　　①凫：野鸭。鹥：鸥鸟。泾：笔直流淌的水。②公尸：先公的神尸。燕：宴会。
宁：指神尸的神态非常安宁。③脯：肉干。④漦：水边高地。⑤亹：河边。⑥熏熏：
醉酒的样子。⑦芬芬：形容烤肉很香。

雅·大雅　527

凫

　　凫即野鸭，是水鸟的典型代表，也叫绿头鸭。野鸭是可以进行长途迁徙飞行的鸟类，最高时速可达 110 千米。

鹥

　　鹥即鸥，鸥科动物，水边的中小型鸟类，性情凶猛，长腿长嘴，脚趾间有蹼，善游水，喜欢成群飞翔，每年三月产卵。

# 假　乐

这首诗重点在于周朝贵族拥有"敬天保民"的民本思想，强调要爱惜百姓、效法先祖，并且要听从大众意见等内容。

假乐君子<sup>①</sup>，显显令德<sup>②</sup>。

宜民宜人，受禄于天。

保右命之<sup>③</sup>，自天申之。


干禄百福，子孙千亿。

穆穆皇皇，宜君宜王。

不愆不忘<sup>④</sup>，率由旧章。


威仪抑抑，德音秩秩。

无怨无恶，率由群匹<sup>⑤</sup>。

受禄无疆，四方之纲。


之纲之纪，燕及朋友。

百辟卿士<sup>⑥</sup>，媚于天子<sup>⑦</sup>。

不解于位，民之攸塈<sup>⑧</sup>。


【注释】

①假乐：喜乐。君子：指周天子。②显显：光明的样子。令德：美德。③保右：保佑。④不愆：没有过失。⑤群匹：群臣。⑥辟：诸侯。⑦媚：爱戴。⑧塈：安闲。

## 公 刘

　　这首诗讲述的是周朝远祖公刘带领族人多次迁徙的历史，细致地描写了公刘考察地势的整个过程，歌颂了公刘严谨的领导作风。

笃公刘①，匪居匪康②。

乃埸乃疆，乃积乃仓③；

乃裹糇粮，于橐于囊④，
<sub>tuó</sub>

思辑用光。弓矢斯张，

干戈戚扬，爰方启行。


笃公刘，于胥斯原。

既庶既繁，既顺乃宣⑤，

而无永叹。陟则在巘。
<sub>yǎn</sub>

复降在原。何以舟之？

维玉及瑶，鞞琫容刀⑥。
<sub>bǐng běng</sub>


笃公刘，逝彼百泉，

瞻彼溥原。乃陟南冈，

乃觏于京。京师之野，

于时处处，于时庐旅，

于时言言，于时语语。

笃公刘，于京斯依。

跄跄济济，俾筵俾几。

既登乃依，乃造其曹。

执豕于牢，酌之用匏<sup>páo</sup>。

食之饮之，君之宗之。

笃公刘，既溥既长。

既景乃冈，相其阴阳，

观其流泉，其军三单；

度其隰原<sup>⑦</sup>，彻田为粮<sup>⑧</sup>。

度其夕阳，豳居允荒<sup>⑨</sup>。

笃公刘，于豳斯馆。

涉渭为乱，取厉取锻<sup>⑩</sup>。

止基乃理，爰众爰有。

夹其皇涧，溯其过涧。

止旅乃密，芮鞫之即<sup>ruì jū</sup><sup>⑪</sup>。

**【注释】**

①笃：忠厚正直。公刘：周族的先祖。②匪居匪康：在那里无法安宁地居住。③积：露天放置粮食的地方。仓：粮仓。④橐：袋子。⑤顺：和顺。宣：民心舒畅。⑥鞞琫：刀鞘上面的装饰。容刀：佩刀。⑦度：测量，考察。⑧彻田：开垦田地。⑨豳居允荒：在开拓领地的过程中，发现了更为广阔的豳地。豳在今陕西彬州一带。⑩厉：通"砺"，磨刀石。⑪芮鞫：芮水的尽头。一说是芮水河道的弯曲之处。

# 泂 酌

这是一首颂歌，可能与祭祀典礼有关系，提到了很多祭品与器具。

泂酌彼行潦<sup>①</sup>，挹彼注兹<sup>②</sup>，

可以饙饎<sup>③</sup>。

岂弟君子，民之父母。


泂酌彼行潦，挹彼注兹，

可以濯罍<sup>④</sup>。

岂弟君子，民之攸归。


泂酌彼行潦，挹彼注兹，

可以濯溉。

岂弟君子，民之攸塈。

【注释】

①泂：远。行潦：路旁沟渠中的积水。②挹：舀。注：倒入。③饙：蒸饭。饎：黍稷。④罍：古代的一种酒器。

## 卷　阿

周成王和大臣们一起出游来到卷阿，诗人用这首诗来歌颂成王的仪容
与声誉，描述大臣们的贤能以及出行场面的浩大。

有卷者阿①，飘风自南②。

岂弟君子，来游来歌，

以矢其音③。


伴奂尔游矣④，优游尔休矣。

岂弟君子，俾尔弥尔性⑤，

似先公酋矣。
<sup>qiú</sup>


尔土宇昄章⑥，亦孔之厚矣。
<sup>bǎn</sup>

岂弟君子，俾尔弥尔性，

百神尔主矣。


尔受命长矣，茀禄尔康矣。

岂弟君子，俾尔弥尔性，

纯嘏尔常矣⑦。

有冯有翼⑧，有孝有德，

以引以翼。

岂弟君子，四方为则。


颙 颙 卬卬，如圭如璋，
<sub>yóng yóng</sub>

令闻令望。

岂弟君子，四方为纲。


凤皇于飞，翙 翙其羽，
<sub>huì huì</sub>

亦集爰止。蔼蔼王多吉士，

维君子使，媚于天子。


凤皇于飞，翙 翙其羽，
<sub>huì huì</sub>

亦傅于天。蔼蔼王多吉人，

维君子命，媚于庶人。


凤皇鸣矣，于彼高冈。

梧桐生矣，于彼朝阳。

菶 菶萋萋⑨，雍雍喈喈⑩。
<sub>běng běng</sub>

君子之车，既庶且多。

君子之马，既闲且驰。

矢诗不多，维以遂歌。

【注释】

①卷者阿：连绵起伏的丘陵地带。②飘风：旋风。③矢：展示。音：歌声。④伴奂：悠然自得。⑤俾尔弥尔性：祝愿其长寿，颐享天年。⑥昄章：疆域。⑦纯嘏：大的福气。⑧冯：依靠。翼：庇护。⑨萋萋菶菶：枝叶茂盛的样子。⑩雍雍喈喈：凤凰的鸣叫声很美好。

梧桐

梧桐是常见的行道树与庭院绿化观赏树，在传统文化中又与凤凰联系
在一起，象征高洁美好的品格，有时也象征着离愁别绪与孤独忧愁。

## 民　劳

这是周王朝里敢于直言进谏的官员劝谏周天子与大臣们的诗歌，主要讲述了遏制暴虐百姓的官吏的好处。

民亦劳止<sup>①</sup>，汔可小康<sup>②</sup>。
惠此中国<sup>③</sup>，以绥四方。

无纵诡随<sup>④</sup>，以谨无良。
式遏寇虐<sup>⑤</sup>，憯不畏明<sup>⑥</sup>。

柔远能迩，以定我王。


民亦劳止，汔可小休。

惠此中国，以为民逑。

无纵诡随，以谨惛恢<sup>⑦</sup>。

式遏寇虐，无俾民忧<sup>⑧</sup>。

无弃尔劳，以为王休。


民亦劳止，汔可小息。

惠此京师，以绥四国。

无纵诡随，以谨罔极。

式遏寇虐，无俾作慝<sup>⑨</sup>。

敬慎威仪，以近有德。

民亦劳止，汔可小愒[10]。

惠此中国，俾民忧泄。

无纵诡随，以谨丑厉。

式遏寇虐，无俾正败。

戎虽小子，而式弘大。

民亦劳止，汔可小安。

惠此中国，国无有残。

无纵诡随，以谨缱绻[11]。

式遏寇虐，无俾正反。

王欲玉女[12]，是用大谏。

【注释】

①劳止：劳苦。②汔：乞求。③中国：指京师。④纵：听从。诡随：狡诈多端的人。⑤式：发语词。遏：遏制。寇：暴虐的人，指为非作歹的官吏。⑥憯：这里指不畏惧法度的凶徒。明：法律。⑦惛怓：大乱。⑧无俾：不要使得。⑨慝：邪恶。⑩愒：休息。⑪缱绻：这里指结党营私。⑫玉女：通"好汝"，使其完美。

# 板

这是一首大臣鉴于周厉王被国人驱逐的惨痛教训，用来警告后来者之诗，表达了诗人对国家前景的忧虑之情。

上帝板板①，下民卒瘅②。

出话不然，为犹不远。

靡圣管管③。不实于亶。

犹之未远，是用大谏。


天之方难，无然宪宪④。

天之方蹶，无然泄泄。

辞之辑矣⑤，民之洽矣。

辞之怿矣⑥，民之莫矣⑦。


我虽异事⑧，及尔同寮。

我即尔谋，听我嚣嚣。

我言维服，勿以为笑。

先民有言：询于刍荛⑨。

天之方虐，无然谑谑。

老夫灌灌⑩，小子蹻蹻⑪。

匪我言耄<sup>mào</sup>，尔用忧谑。

多将熇熇<sup>hè hè</sup>⑫，不可救药。

天之方懠，无为夸毗<sup>pí</sup>。

威仪卒迷，善人载尸。

民之方殿屎，则莫我敢葵。

丧乱蔑资⑬，曾莫惠我师？

天之牖<sup>yǒu</sup>民，如埙<sup>xūn</sup>如篪<sup>chí</sup>⑭，

如璋如圭，如取如携。

携无曰益，牖民孔易。

民之多辟，无自立辟！

价人维藩，大师维垣，

大邦维屏，大宗维翰⑮。

怀德维宁，宗子维城⑯。

无俾城坏，无独斯畏！

敬天之怒，无敢戏豫。

敬天之渝，无敢驰驱。

昊天曰明，及尔出王。

昊天曰旦，及尔游衍<sup>⑰</sup>。

【注释】

①上帝：上天，一说代指周厉王。②卒瘅：劳苦不堪。③管管：自以为是的样子。
④无然：不要这样。宪宪：喜悦的样子。⑤辞：这里指我。辑：言辞。⑥怿：和悦
的样子。⑦莫：同"瘼"，疾苦。⑧异事：职位有所不同。⑨刍荛：割草打柴的人。
⑩灌灌：情真意切的样子。⑪蹻蹻：年少轻狂的样子。⑫熇熇：火势旺盛，这里指发烧。
⑬蔑资：动乱不止。⑭埙、篪：古代的两种乐器。⑮大宗：天子的同族。⑯宗子：嫡
长子。⑰游衍：指周厉王在国人暴动中被驱逐后的浪迹生涯。

## 荡

这是一首百姓们对周厉王的暴虐感到无比伤感，对未来感到担忧，于是假托周文王的口吻写下的诗，谴责昏君、诅咒暴政，是借古讽今的佳作。

荡荡上帝①，下民之辟②。

疾威上帝③，其命多辟。

天生烝民，其命匪谌④。

靡不有初，鲜克有终。


文王曰咨⑤！咨女殷商。

曾是强御，曾是掊克。

曾是在位，曾是在服。

天降慆德，女兴是力。


文王曰咨！咨女殷商。

而秉义类，强御多怼⑥。

流言以对，寇攘式内。

侯作侯祝，靡届靡究。


文王曰咨！咨女殷商。

女炰烋于中国⑦，敛怨以为德。

不明尔德，时无背无侧。

尔德不明，以无陪无卿。

文王曰咨！咨女殷商。

天不湎尔以酒，不义从式。

既愆尔止，靡明靡晦。

式号式呼，俾昼作夜。


文王曰咨！咨女殷商。

如蜩如螗，如沸如羹。

小大近丧，人尚乎由行。

内奰于中国⑧，覃及鬼方⑨。


文王曰咨！咨女殷商。

匪上帝不时，殷不用旧。

虽无老成人，尚有典刑。

曾是莫听，大命以倾。


文王曰咨！咨女殷商。

人亦有言：颠沛之揭，

枝叶未有害，本实先拨。

殷鉴不远⑩，在夏后之世⑪。


**【注释】**

　①荡荡：本义是河水奔流，这里指纲纪废弛。②辟：指周天子，即周厉王。③疾威：暴虐。④匪谌：不可信。⑤咨：叹词。⑥强御：强盛威武。⑦炰烋：咆哮。⑧奰：激怒。⑨覃：及。鬼方：远方。⑩鉴：镜子。⑪夏后：夏朝的王。

# 抑

本诗相传是卫武公所写，后世对于创作主旨有争议，一说是讽刺昏君周厉王，一说是讽刺周平王。周厉王暴虐成性，奢侈专横，压迫国人，最终导致国人暴动，自己流亡在外不得返国直到死去。周平王东迁洛阳后，周王朝迅速衰微，天下进入诸侯争霸的时代，周天子的势力与威信几乎荡然无存。这两位庸碌君主都受到了当时人们的讥讽。

抑抑威仪<sup>①</sup>，维德之隅。

人亦有言：靡哲不愚。

庶人之愚，亦职维疾<sup>②</sup>。

哲人之愚，亦维斯戾。


无竞维人，四方其训之。

有觉德行，四国顺之。

訏谟定命<sup>③</sup>，远犹辰告。

敬慎威仪，维民之则。


其在于今，兴迷乱于政。

颠覆厥德，荒湛于酒。

女虽湛乐从<sup>④</sup>，弗念厥绍<sup>⑤</sup>。

罔敷求先王，克共明刑。

肆皇天弗尚，如彼泉流，

无沦胥以亡。夙兴夜寐，

洒扫廷内，维民之章。

修尔车马，弓矢戎兵。

用戒戎作，用逷蛮方。


质尔人民⑥，谨尔侯度，

用戒不虞。慎尔出话，

敬尔威仪，无不柔嘉⑦。

白圭之玷，尚可磨也；

斯言之玷，不可为也。


无易由言，无曰苟矣。

莫扪朕舌⑧，言不可逝矣。

无言不雠⑨，无德不报。

惠于朋友，庶民小子。

子孙绳绳⑩，万民靡不承。

视尔友君子，辑柔尔颜，

不遐有愆。相在尔室，

尚不愧于屋漏。

无曰不显，莫予云觏。

神之格思，

不可度思，矧可射思。


辟尔为德，俾臧俾嘉。

淑慎尔止，不愆于仪。

不僭不贼，鲜不为则。

投我以桃，报之以李。

彼童而角，实虹小子<sup>⑪</sup>。


荏染柔木，言缗之丝。

温温恭人，维德之基。

其维哲人，告之话言，

顺德之行。其维愚人，

覆谓我僭，民各有心。

於乎小子！未知臧否。

匪手携之，言示之事。

匪面命之，言提其耳。

借曰未知，亦既抱子。

民之靡盈，谁夙知而莫成？

昊天孔昭，我生靡乐。

视尔梦梦，我心惨惨。

诲尔谆谆<sup>⑫</sup>，听我藐藐<sup>⑬</sup>。

匪用为教，覆用为虐。

借曰未知，亦聿既耄<sup>⑭</sup>！

于乎小子！告尔旧止<sup>⑮</sup>。

听用我谋，庶无大悔。

天方艰难，曰丧厥国。

取譬不远，昊天不忒。

回遹其德，俾民大棘<sup>⑯</sup>。

【注释】
　　①抑抑：慎重而周密的样子。威仪：容止礼节。②职：只是。疚：缺点。③讦谟：大的谋略。定命：确定的号令。④虽：唯独。⑤绍：继承。⑥质：谨慎。⑦柔嘉：和善。⑧扪：执持。⑨雠：应答。⑩绳绳：慎重的样子。⑪虹：同"讧"，惑乱。⑫谆谆：教诲不倦的样子。⑬藐藐：忽视的样子。⑭耄：老。⑮旧：旧的制度。⑯棘：困急灾难。

## 桑　柔

这首诗是西周大臣芮良夫所写，主旨在于指出导致周王朝必然灭亡的弊病与黑暗，在时间上应当写于周厉王由于国人暴动被迫出逃之后，当时国内动乱还没有平息，但朝臣依旧醉生梦死，不遵法纪。作者希望能劝诫众人以国事为重。

菀彼桑柔①，其下侯旬②，
捋采其刘，瘼此下民③。 *(mò)*
不殄心忧，仓兄填兮。 *(tiǎn)*
倬彼昊天，宁不我矜？

四牡骙骙④，旟旐有翩。 *(kuí kuí)*
乱生不夷，靡国不泯。
民靡有黎，具祸以烬。
於乎有哀！国步斯频！

国步蔑资⑤，天不我将。
靡所止疑，云徂何往？
君子实维，秉心无竞。
谁生厉阶，至今为梗⑥？

忧心愍愍，念我土宇。

我生不辰，逢天僤怒⑦。

自西徂东，靡所定处。

多我觏痻⑧，孔棘我圉⑨。

为谋为毖，乱况斯削。

告尔忧恤，诲尔序爵。

谁能执热，逝不以濯？

其何能淑，载胥及溺！

如彼溯风，亦孔之僾⑩。

民有肃心，荓云不逮。

好是稼穑，力民代食。

稼穑维宝，代食维好。

天降丧乱，灭我立王。

降此蟊贼，稼穑卒痒。

哀恫中国，具赘卒荒。

靡有旅力，以念穹苍。

维此惠君，民人所瞻。

秉心宣犹，考慎其相。

维彼不顺，自独俾臧。

自有肺肠，俾民卒狂。

瞻彼中林，甡 甡其鹿<sup>⑪</sup>。
朋友已譖，不胥以穀<sup>⑫</sup>。

人亦有言：进退维谷。


维此圣人，瞻言百里。

维彼愚人，覆狂以喜。

匪言不能，胡斯畏忌？


维此良人，弗求弗迪。

维彼忍心，是顾是复。

民之贪乱，宁为荼毒。


大风有隧，有空大谷。

维此良人，作为式穀。

维彼不顺，征以中垢。

大风有隧，贪人败类。

听言则对，诵言如醉。

匪用其良，覆俾我悖<sup>⑬</sup>。


嗟尔朋友，予岂不知而作？

如彼飞虫，时亦弋获。

既之阴女<sup>⑭</sup>，反予来赫。


民之罔极，职凉善背<sup>⑮</sup>。

为民不利，如云不克。

民之回遹，职竞用力。


民之未戾，职盗为寇。

凉曰不可，覆背善詈<sup>⑯</sup>。

虽曰匪予，既作尔歌！

【注释】

　①菀：茂盛的样子。桑柔：柔嫩的桑树枝条。②其下侯旬：指桑树枝叶茂密。旬：树荫。③瘼：疾苦。④骙骙：马不断奔驰的样子。⑤蔑资：这里指国家大乱，国库空虚。⑥梗：指灾祸。⑦僤怒：大怒。⑧靦瘝：遇到灾难。⑨圉：边疆。⑩僾：呼吸困难的样子。⑪蛙蛙：众多。⑫穀：善。⑬悖：悖逆。⑭阴：救助。⑮职凉善背：官吏不讲信用。⑯覆背善詈：背后谩骂不去听从。

# 云　汉

　　从周宣王二年开始，四年间天下持续旱灾，周宣王为此祭天祈雨，诗人写诗记录下这件事。在诗中我们能感受到周天子为此感到的深切忧虑。

　　倬彼云汉①，昭回于天②。

　　王曰：於乎！何辜今之人？

　　天降丧乱，饥馑荐臻③。

　　靡神不举④，靡爱斯牲。

　　圭璧既卒⑤，宁莫我听！

　　旱既大甚，蕴隆虫虫⑥。

　　不殄禋祀，自郊徂宫。

　　上下奠瘗<sup>yì</sup>⑦，靡神不宗。

　　后稷不克，上帝不临。

　　耗<sup>dù</sup>斁下土⑧，宁丁我躬！

　　旱既大甚，则不可推。

　　兢兢业业，如霆如雷。

　　周余黎民，靡有孑遗。

　　昊天上帝！则不我遗。

　　胡不相畏？先祖于摧⑨。

旱既大甚，则不可沮。

赫赫炎炎，云我无所。

大命近止，靡瞻靡顾。

群公先正⑩，则不我助。

父母先祖，胡宁忍予？


旱既大甚，涤涤山川。

旱魃为虐，如惔如焚。
　bá　　　　tán

我心惮暑，忧心如熏。

群公先正，则不我闻。

昊天上帝！宁俾我遁？


旱既大甚，黾勉畏去。

胡宁瘨我以旱⑪，憯不知其故。
　　diān

祈年孔夙，方社不莫。

昊天上帝！则不我虞。
　　　　　　yú

敬恭明神，宜无悔怒。

旱既大甚，散无友纪<sup>⑫</sup>。

jū
鞫哉庶正<sup>⑬</sup>！疚哉冢宰。

趣马师氏，膳夫左右。

靡人不周<sup>⑭</sup>，无不能止。

瞻卬昊天，云如何里？


瞻卬昊天，有嘒其星。

大夫君子，昭假无赢<sup>⑮</sup>。

大命近止，无弃尔成。

何求为我？以戾庶正。

瞻卬昊天，曷惠其宁？

**【注释】**

①倬：光明浩大的样子。云汉：银河。②昭：光明。回：指银河在天空中运行。
③荐臻：接连到来。④举：祭祀。这里指祭祀了各路神仙。⑤卒：用尽，这里指祭
祀了太多神明，宫中祭祀用的玉器都不够用了。⑥蕴隆虫虫：长期干旱导致热气蒸腾。
⑦禋：祭天。瘗：祭地。⑧耗：损耗。斁：残破。⑨摧：断绝。⑩群：众，诸位。⑪瘨：
灾祸。⑫散：涣散。友：通"有"。纪：纪律。⑬鞫：困窘。庶：众。⑭周：救济。
⑮昭假无赢：不断向神明祈祷。

## 嵩 高

周宣王的舅舅申伯被分封到谢地，前往封地之前，宣王前去送别，大臣尹吉甫据此写下这首诗。

嵩高维岳①，骏极于天②。

维岳降神，生甫及申。

维申及甫，维周之翰。

四国于蕃③，四方于宣。

<ruby>亹亹<rt>wěi wěi</rt></ruby>申伯④，王<ruby>缵<rt>zuǎn</rt></ruby>之事。

于邑于谢，南国是式。

王命召伯，定申伯之宅。

登是南邦，世执其功。

王命申伯，式是南邦。

因是谢人，以作尔庸。

王命召伯，彻申伯土田。

王命傅御，迁其私人。

申伯之功，召伯是营。

有俶其城，寝庙既成。

既成藐藐，王锡申伯。

四牡蹻蹻⑤，钩膺濯濯⑥。

王遣申伯，路车乘马。

我图尔居，莫如南土。

锡尔介圭，以作尔宝。

往迟王舅，南土是保。

申伯信迈，王饯于郿。

申伯还南，谢于诚归。

王命召伯，彻申伯土疆。

以峙其粻⑦，式遄其行。

申伯番番，既入于谢。

徒御啴啴⑧，周邦咸喜，

<sup>tān tān</sup>

戎有良翰。不显申伯，

王之元舅，文武是宪⑨。

申伯之德，柔惠且直。

揉此万邦，闻于四国。

吉甫作诵，其诗孔硕<sup>⑩</sup>，

其风肆好<sup>⑪</sup>，以赠申伯。

【注释】

①嵩：高大的山峰。岳：这里指太岳山。②骏：通"峻"，高大。③蕃：藩篱，屏障。④亹亹：勤勉的模样。⑤骄骄：强壮的样子。⑥钩膺：马颈部的装饰品。濯濯：鲜明的样子。⑦粮：粮食，这里指积蓄粮草准备出发。⑧啴啴：众多的样子。⑨宪：模范。⑩孔硕：这里指诗很长。⑪风：曲调。

## 烝 民

周宣王手下大臣仲山甫前往齐国修建城池，大臣尹吉甫前去送别，并写了这首诗。本诗主要是颂扬仲山甫的德行、操守与功业。

天生烝民<sup>①</sup>，有物有则。
民之秉彝<sup>②</sup>，好是懿德。

天监有周，昭假于下。
保兹天子，生仲山甫<sup>③</sup>。

仲山甫之德，柔嘉维则。
令仪令色，小心翼翼。
古训是式，威仪是力。
天子是若，明命使赋。

王命仲山甫，式是百辟，
缵戎祖考，王躬是保。
出纳王命，王之喉舌<sup>④</sup>。
赋政于外，四方爰发。

肃肃王命，仲山甫将之。

邦国若否，仲山甫明之。

既明且哲，以保其身。

夙夜匪解，以事一人。

人亦有言：柔则茹之[5]，

刚则吐之。维仲山甫，

柔亦不茹，刚亦不吐。

不侮矜寡[6]，不畏强御。

人亦有言：德輶如毛[7]，

民鲜克举之。我仪图之：

维仲山甫举之，爱莫助之。

衮职有阙，维仲山甫补之。

仲山甫出祖[8]，四牡业业[9]，

征夫捷捷，每怀靡及！

四牡彭彭，八鸾锵锵。

王命仲山甫，城彼东方。

四牡骙骙<sup>kuí kuí</sup>，八鸾喈喈<sup>jiē jiē</sup>。

仲山甫徂齐，式遄其归。

吉甫作诵，穆如清风⑩。

仲山甫永怀，以慰其心。

## 韩 奕

韩侯来到镐京朝觐天子，接受了周天子的加封，天子对他进行了抚慰，并将蹶父的女儿嫁给他，达到稳固北方边境的目的。

奕奕梁山①，维禹甸之②。

有倬其道，韩侯受命，

王亲命之：缵戎祖考，

无废朕命，夙夜匪解③。

虔共尔位④，朕命不易。

干不庭方，以佐戎辟。


四牡奕奕，孔修且张。

韩侯入觐，以其介圭⑤。

入觐于王，王锡韩侯：

淑旂绥章，簟茀错衡。

玄衮赤舄，钩膺镂锡。

鞹鞃浅幭，鞗革金厄。

韩侯出祖⑥，出宿于屠。

显父饯之，清酒百壶。

其殽维何？炮鳖鲜鱼。
<sup>páo</sup>

其蔌维何？维笋及蒲。
<sup>sù</sup>

其赠维何？乘马路车。
<sup>shèng</sup>

笾豆有且，侯氏燕胥⑦。
<sup>biān</sup> <sup>jū</sup>

韩侯取妻，汾王之甥⑧，

蹶父之子⑨。韩侯迎止，
<sup>guì fǔ</sup>

于蹶之里。百两彭彭，
<sup>bāng bāng</sup>

八鸾锵锵，不显其光！

诸娣从之⑩，祁祁如云。

韩侯顾之，烂其盈门。

蹶父孔武，靡国不到。

为韩姞相攸<sup>⑪</sup>，莫如韩乐。

孔乐韩土，川泽訏訏<sup>⑫</sup>，

鲂鱮甫甫<sup>⑬</sup>，麀鹿噳噳<sup>⑭</sup>，

有熊有罴，有猫有虎。

庆既令居，韩姞燕誉。


溥彼韩城，燕师所完。

以先祖受命，因时百蛮。

王锡韩侯：其追其貊<sup>⑮</sup>，

奄受北国，因以其伯。

实墉实壑，实亩实藉<sup>⑯</sup>。

献其貔皮，赤豹黄罴。

【注释】

①奕奕：高大的样子。②甸：治理。③匪解：坚持不懈。④虔共：敬奉。⑤介圭：大圭，一种礼器。⑥出祖：出行并祭祀路神。⑦侯氏：诸侯。燕胥：宴饮享乐。⑧汾王：即周厉王。⑨蹶父：周宣王大臣。⑩诸娣：陪嫁的媵妾。⑪相：看。攸：居所。⑫訏訏：广阔的样子。⑬甫甫：数量很多的样子。⑭噳噳：很多鹿聚集在一起的样子。⑮追、貊：当时北方的两个少数民族部落。⑯亩：整理田埂地垄。藉：耕种土地。

筍即竹笋，竹子的幼芽，可以食用，是中国菜肴中的常见食材，还可以加工成笋干、笋衣等食品。

貓

　　按照《韩奕》的内容来看，应该是指猫科动物里的野兽，如云豹等，而不是家养的宠物猫。

# 江 汉

这是一首歌颂召虎奉宣王的旨意向南进兵平定淮夷叛乱功绩的诗歌。

江汉浮浮<sup>①</sup>，武夫滔滔<sup>②</sup>。

匪安匪游，淮夷来求<sup>③</sup>。

既出我车，既设我旟。

匪安匪舒，淮夷来铺<sup>④</sup>。

江汉汤汤，武夫洸洸<sup>⑤</sup>。

经营四方，告成于王。

四方既平，王国庶定。

时靡有争，王心载宁。

江汉之浒，王命召虎<sup>⑥</sup>：

式辟四方，彻我疆土。

匪疚匪棘，王国来极。

于疆于理，至于南海。

王命召虎：来旬来宣。

文武受命，召公维翰。

无曰予小子，召公是似。

肇敏戎公，用锡尔祉。

釐尔圭瓒，秬鬯<sup>chàng</sup> 一卣<sup>yǒu</sup>⑦。

告于文人，锡山土田。

于周受命，自召祖命。

虎拜稽首，天子万年！


虎拜稽首，对扬王休⑧。

作召公考，天子万寿！

明明天子，令闻不已，

矢其文德，洽此四国⑨。

**【注释】**

①江汉：长江与汉水。浮浮：河流浩荡的样子。②滔滔：顺流而下的样子。③淮夷：居住在淮水下游的少数民族。④铺：出兵。⑤洸洸：威武的样子。⑥召虎：即召穆公，召公奭后裔，周厉王暴虐，召虎多次劝谏，周厉王都不听从，最终引发国人暴动。召穆公藏匿太子（周宣王），保住其性命。政权由大臣周定公和召穆公共同执掌，称为"共和"。周厉王死后，周宣王即位。召穆公后来又率军征伐淮夷，开辟疆土。⑦秬鬯：用黑黍与香草酿造的酒。卣：一种酒器。⑧对扬：称颂。休：美德。⑨四国：东西南北四方各国。

## 常　武

周宣王元年，属于淮夷的徐国叛乱，宣王御驾亲征并大获全胜，这首诗就是赞颂宣王的功绩的。

赫赫明明<sup>①</sup>，王命卿士<sup>②</sup>。

南仲大祖<sup>③</sup>，大师皇父。

整我六师，以修我戎。

既敬既戒，惠此南国。


王谓尹氏，命程伯休父：

左右陈行，戒我师旅。

率彼淮浦<sup>④</sup>，省此徐土<sup>⑤</sup>。

不留不处，三事就绪<sup>⑥</sup>。


赫赫业业，有严天子。

王舒保作<sup>⑦</sup>，匪绍匪游。

徐方绎骚<sup>⑧</sup>，震惊徐方。

如雷如霆，徐方震惊。

王奋厥武，如震如怒。

进厥虎臣，阚如虓虎<sup>⑨</sup>。

（hǎn xiāo）

铺敦淮濆，仍执丑虏。

截彼淮浦，王师之所。

王旅啴啴，如飞如翰。

如江如汉，如山之苞。

如川之流，绵绵翼翼。

不测不克，濯征徐国。

王犹允塞，徐方既来。

徐方既同，天子之功。

四方既平，徐方来庭。

徐方不回<sup>⑩</sup>，王曰还归。

【注释】

①赫赫：显赫盛大的样子。明明：明察的样子。②卿士：朝中重臣，类似后世的宰执。③南仲：周宣王时期大臣。祖：出行时祭祀神明。④率：沿着。浦：河边。⑤省：巡视。徐土：徐国的疆土。⑥三事：三卿。或者解读为各种事务。⑦舒：慢慢。保：安。作：行。⑧绎骚：这里指徐国人看到周天子的军队知道打不赢，于是一传十，十传百，一片骚乱。⑨阚如：老虎咆哮的样子。虓：正在咆哮的虎。⑩回：违抗。

## 瞻卬（yǎng）

这首诗讲述的是周幽王宠信褒姒，任用奸臣，最终导致身死国灭的可悲下场，诗人以此来讽刺周幽王的荒淫。

瞻卬昊天①，则不我惠。

孔填不宁②，降此大厉。

邦靡有定，士民其瘵③（zhài）。

蟊（máo）贼蟊疾，靡有夷届。

罪罟不收④（gǔ），靡有夷瘳⑤（yí chōu）。


人有土田，女反有之；

人有民人，女覆夺之。

此宜无罪，女反收之；

彼宜有罪，女覆说之。


哲夫成城，哲妇倾城。

懿厥哲妇⑥，为枭为鸱（xiāo chī）。

妇有长舌，维厉之阶。

乱匪降自天，生自妇人。

匪教匪诲，时维妇寺。


鞫人忮忒⑦（jū zhì tè），谮始竟背⑧。

岂曰不极？伊胡为慝⑨（tè）？

如贾三倍，君子是识。

妇无公事，休其蚕织。


天何以刺？何神不富？

舍尔介狄，维予胥忌。

不吊不祥，威仪不类。

人之云亡，邦国殄瘁。


天之降罔<sup>⑩</sup>，维其优矣。

人之云亡，心之忧矣。

天之降罔，维其几矣。

人之云亡，心之悲矣。


<sup>bì</sup>
觱沸槛泉，维其深矣。

心之忧矣，宁自今矣？

不自我先，不自我后。

藐藐昊天，无不克巩<sup>⑪</sup>。

无忝皇祖，式救尔后。


【注释】

①瞻卬：仰望。昊天：皇天。②孔填：很久。③瘵：病，这里指忧患。④罪罟：有罪的人。不收：不逮捕。⑤瘳：病愈。⑥噎：通"噫"，感叹词。⑦鞫：告。忮：害人。忒：差错。⑧谮：通"僭"，欺骗。始：开始。竟：最后。背：背叛。⑨愿：罪恶。⑩降罔：降灾。⑪克巩：可畏。

　　蚕是中国人最早饲养的昆虫之一，是丝绸的主要原料来源，在人类经济生活当中有着非常重要的地位。

shào  mín
# 召 旻

这首诗斥责了周幽王时期小人干政，使得朝纲混乱、国家衰败。诗人在诗中表达了强烈的痛心疾首与无能为力的情感。

旻天疾威，天笃降丧①。

diān
瘨 我饥馑②，民卒流亡。

yǔ
我居圉卒荒！


天降罪罟，蟊贼内讧。

zhuó            yù
昏 椓 靡共③，溃溃回遹④，

实靖夷我邦。


gāo gāo zǐ  zǐ
皋 皋訿訿⑤，曾不知其玷。

兢兢业业，孔填不宁，

我位孔贬。


如彼岁旱，草不溃茂⑥。

jū
如彼栖苴，

我相此邦，无不溃止。

维昔之富不如时，

维今之疚不如兹。

彼疏斯粺⑦，胡不自替⑧？

职兄斯引。


池之竭矣，不云自频？

泉之竭矣，不云自中？

溥斯害矣！职兄斯弘，

不烖我躬！


昔先王受命，有如召公。

日辟国百里；今也日蹙国百里。

於乎哀哉，维今之人，

不尚有旧！

**【注释】**

①天笃：应为大笃，很大的。②瘨：降下灾祸。③昏㥊：指阉人。靡共：不恭敬。
④溃溃：混乱的样子。回遹：邪辟。⑤皋皋訿訿：诽谤与诋毁人的样子。⑥溃茂：丰茂。
⑦疏：粗茶淡饭。粺：精米。⑧自替：主动让位。

# 颂 · 周颂

　　《周颂》多为西周初年的作品，内容是
祭祀时的祷词以及描述祭祀场景的诗歌，
共三十一篇。

# 清 庙

这是西周初年，周天子在宗庙当中祭祀先祖时配舞乐演唱的诗。内容主要是表现清庙的庄严与深邃，并赞颂诸位先王的威严与贤能、高尚的品质，由此歌颂先祖文王的功绩和美德。

於穆清庙<sup>①</sup>，肃雝显相<sup>②</sup>。

济济多士，秉文之德<sup>③</sup>。

对越在天<sup>④</sup>，骏奔走在庙。

不显不承<sup>⑤</sup>，无射于人斯<sup>⑥</sup>。

**【注释】**

①於：赞美时发出的感叹词。穆：形容清庙深远的样子。清庙：肃然清净的宗庙。②肃雝：恭敬的样子。显相：有显著德行的助祭之人。③秉：拥有。文德：有教养，通晓礼仪的人。④对越：称颂。⑤显：光耀。⑥无射：没有厌弃。

## 维天之命

这首诗是周天子祭祀礼拜周文王的诗，显得格调开阔、气氛庄严，充满了崇敬的情感。这首诗的中心思想是彰显文王的品德与功绩，显示文王泽被后世的荣耀，表达了自己要向先王学习的决心。

维天之命，於穆不已！

於乎不显！文王之德之纯①。

假以溢我②，我其收之。

骏惠我文王③，曾孙笃之。

【注释】

①德之纯：德行的美好。②溢：使安宁。③骏惠：顺从、遵从。

## 维　清

这依旧是一首祭祀周文王的诗歌，但重点在于歌颂文王制定的典章制度，表明要继承发扬文王开创的道路。

维清缉熙①，文王之典②。

肇　禋③，迄用有成④，

维周之祯⑤。

【注释】

　①清：清明。缉熙：辉煌光明。②典：典章法制。③肇：开始。禋：祭天的仪式。④迄：到。有成：指周朝平定天下。⑤祯：吉祥。

# 烈　文

这首诗是周武王去世后，周成王继位不久，在举行祭祀先祖的典礼上发表的诗篇，叮嘱臣子与诸侯们不要忘记先祖的功绩与品德。

烈文辟公<sup>①</sup>，锡兹祉福。

惠我无疆，子孙保之。

无封靡于尔邦<sup>②</sup>，维王其崇之<sup>③</sup>。

念兹戎功，继序其皇之<sup>④</sup>。

无竞维人<sup>⑤</sup>，四方其训之。

不显维德，百辟其刑之，

於乎前王不忘！

【注释】

①烈：追溯先祖的功绩。文：追溯先祖的德行。辟公：参与祭祀典礼的各位诸侯。
②封靡：大的罪过。③崇：崇尚。④继序：继承祖宗的大业。⑤竞：强于。

## 天　作

本诗是一首周天子祭祀岐山的诗，也是祈求国运亨通的诗。岐山是周王朝的发祥地，因此历代周天子都对祭祀岐山非常重视，在诗中也包含了缅怀先祖，继承、发扬先祖遗志的情感。

天作高山①，大王荒之②。

彼作矣，文王康之③。

彼徂矣④，岐有夷之行⑤，

子孙保之！

【注释】

①作：造就。高山：这里指岐山。②大王：指周朝的先祖古公亶父，后被追封为周太王。大通"太"。荒：大，引申为扩大治理。③康：通"赓"，继承。④徂：往，到。⑤夷：平坦。

## 昊天有成命

这是一首祭祀周成王的颂词，展现了成王继承了文王、武王的事业，不辞辛劳地开创伟大事业，巩固了周王朝的统治，歌颂成王为国日夜操劳，殚精竭虑。

昊天有成命①，二后受之②。

成王不敢康，夙夜基命宥密③。

於缉熙，单厥心④，肆其靖之⑤。

【注释】

①昊天：上天。成命：定下来的命数。②二后：周文王与周武王。受之：承接天命。③基：谋。命：天命。宥：有。密：通"勉"，努力。④单：同"殚"，尽力。⑤靖：安定。

## 我　将

这是一首周天子祭祀上天并以文王为配享的诗歌。诗中表达了周文王的德行使得上天予以护佑，后世子孙不敢忘记这一根本的思想。

我将我享<sup>①</sup>，维羊维牛，维天其右之。

仪式刑文王之典<sup>②</sup>，日靖四方<sup>③</sup>。

伊嘏文王<sup>④</sup>，既右飨之<sup>⑤</sup>。

我其夙夜，畏天之威，于时保之。

【注释】

①将：祭祀名称，一般认为是用鼎煮肉来献祭神明祖先的仪式。②式、刑：效仿。③靖：平定。④嘏：伟大。⑤飨：享用，上天与文王享用祭品。

牛

　　牛是人类最早驯化的动物之一，是农业发展必不可少的牲畜。牛的适
应性很强，能够较好地适应所在地气候，最喜欢吃青草，还喜欢吃一些绿
色植物（或果实），也是古人重要的祭品。

## 时 迈

这是一首周武王灭商后巡视天下、祭祀江河山川的舞乐之诗。一说认为此诗为周公所写，也有人认为是《大武》中的一个乐章，但都没有切实的证据。武王以接受天命之主的姿态出现，代表着最高的权威向诸侯展现周的力量，使其臣服。

时迈其邦<sup>①</sup>，昊天其子之？

实右序有周<sup>②</sup>，薄言震之。

莫不震叠<sup>③</sup>，怀柔百神<sup>④</sup>。

及河乔岳，允王维后<sup>⑤</sup>。


明昭有周<sup>⑥</sup>，式序在位。

载戢干戈，载櫜弓矢。

我求懿德，肆于时夏<sup>⑦</sup>。

允王保之！

【注释】

①时：是。迈：行。邦：指各个诸侯国。②右：佑护。③震叠：震慑。④怀柔：安抚。⑤允：确实。后：指君主。⑥明昭：光明的样子。⑦肆：施行。夏：中国。

## 执 竞

这是一首歌颂周武王、周成王与周康王三代国君的诗篇。全诗以武王伐纣建立基业为起始，随后成王与康王继承武王功业，成康之治使得天下太平兴旺为内容，指出由于其良好的德行，神灵庇护他们，降下福气。

执竞武王<sup>①</sup>，无竞维烈<sup>②</sup>。

不显成康，上帝是皇。

自彼成康，奄有四方，

斤斤其明。

钟鼓喤喤<sup>③</sup>，磬筦将将<sup>④</sup>，

降福穰 穰<sup>⑤</sup>。
rǎng rǎng

降福简简<sup>⑥</sup>，威仪反反<sup>⑦</sup>。

既醉既饱，福禄来反。

【注释】

①执竞：这里指武略上的功绩。②烈：这里指讨伐商纣王的功绩。③喤喤：钟鼓发出的洪亮的声音。④筦：管，这里指某种管乐器。⑤穰穰：众多的样子。⑥简简：盛大的样子。⑦反反：严肃的样子。

## 思 文

这是一首祭祀周王朝远祖后稷时歌唱的诗篇，属于典型的抒情诗。传说后稷之母姜嫄踩踏巨人脚印而怀孕生下后稷。后稷善于种植粮食，担任农官，教民耕种，对中国的农业发展有巨大贡献。这首诗通过追述后稷的功绩，表达人们对他的思念与缅怀。

思文后稷①，克配彼天②。

立我烝民③，莫匪尔极④。

贻我来牟⑤，帝命率育⑥。

无此疆尔界，陈常于时夏。

【注释】

①思文：思念文德。②克：能。③立：养育。烝民：天下百姓。④极：最。⑤来牟：小麦与大麦。⑥率育：普遍种植。

　　来即小麦，牟即大麦，都是几千年来人类的主食，由此衍生出来的食
物面粉更是为人们的餐桌带来了多姿多彩的变化。

# 臣 工

这是一首描述周成王在举行籍田礼场景的诗。籍田，是每年春耕前周天子会在田间举行的一种仪式，表示新的一年开始耕种，由天子与农官一起主持，表示天子对农耕的重视。

嗟嗟臣工①，敬尔在公。

王釐尔成②，来咨来茹③。

嗟嗟保介，维莫之春④，

亦又何求？如何新畬⑤？

於皇来牟⑥，将受厥明。

明昭上帝，迄用康年。

命我众人，庤乃钱镈⑦，

奄观铚艾⑧。

【注释】

①嗟嗟：表示感叹。②釐：奖赏。③咨：谋划。茹：慰劳。④莫：通"暮"。⑤新畬：新旧开垦的土地。⑥於皇：赞叹、赞美之词。⑦庤：准备。钱：铲子类的农具。镈：锄头之类的除草农具。⑧铚艾：镰刀。

## 噫 嘻
yī　xī

这是一首是赞美周成王在籍田礼时亲自耕作的诗。这首诗与《臣工》是同样的创作背景。

噫嘻成王①，既昭假尔②。

率时农夫，播厥百谷。

骏发尔私③，终三十里。

亦服尔耕④，十千维耦。

【注释】

①噫嘻：感叹词。②昭假：表明人的诚敬之心上达于天帝。③骏：迅速。发：启动。
④亦服尔耕：你们耕作要仔细。

# 振 鹭
<sub>lù</sub>

这首诗是周天子接待前来朝贡的杞、宋两国诸侯的诗。杞、宋两国的诸侯有着比较特殊的身份，杞国是夏朝后裔，宋国是商朝后裔，对于曾经作为天下共主的两国，周天子对他们的礼节比一般诸侯要高，当他们是客人，进行安抚，并希望他们永远臣服。

振鹭于飞①，于彼西雍②。

我客戾止③，亦有斯容④。

在彼无恶，在此无斁⑤。

庶几夙夜，以永终誉⑥。

【注释】

①振：群鸟飞翔的样子。②西雍：在镐京西郊的地名。③客：来朝见的诸侯。④亦有斯容：指有白鹭般高洁的外貌。⑤无斁：没有厌恶之情。⑥终誉：很高的名望。

鹭即鹭鸶，是湿地常见的鸟类，主要以各种小型鱼类为食，也吃虾、蟹、蝌蚪和水生昆虫等动物性食物。

# 丰　年

每一年的秋收之后，周天子都要举行大规模祭祀天地鬼神的"报祭"，报答诸神保佑粮食丰收的恩情，并祈求明年继续丰收的祭祀典礼。这首诗就是在"报祭"典礼上歌唱的颂歌。

丰年多黍多稌<sup>tú</sup>①，

亦有高廪<sup>lǐn</sup>②，

万亿及秭<sup>zǐ</sup>③。

为酒为醴<sup>lǐ</sup>，烝畀<sup>bì</sup>祖妣<sup>bǐ</sup>④，

以洽百礼⑤，降福孔皆⑥。

【注释】

①黍：黍米。稌：水稻。②高廪：高大的粮仓。③亿：当时的计量单位是以十万为一亿。秭：十亿为一秭。这里指粮食丰收，数量很多。④烝：献上。畀：给予。祖妣：男性与女性的祖先。⑤洽：配合。⑥孔皆：很普遍。

# 有 瞽
gǔ

这是一首周天子在宗庙祭祀先祖的乐曲。全诗详细描绘了宗庙当中各类乐器的摆放位置及演奏的次序，是研究先秦礼乐制度的重要文献。

有瞽有瞽①，在周之庭。

设业设虡②，崇牙树羽③。

应田县鼓④，鞉磬柷圉⑤。

既备乃奏，箫管备举。

喤喤厥声⑥，肃雍和鸣，

先祖是听。

我客戾止，永观厥成。

【注释】

①瞽：这里指睁不开眼睛的盲人。先秦时期常以盲人作为乐官。②虡：挂钟鼓的架子。③树羽：在崇牙上装饰有五彩鸟羽。崇牙是悬挂乐器的木架上端刻下的锯齿。④应：小鼓。田：大鼓。⑤鞉：摇鼓。磬、柷、圉：三种打击乐器。⑥喤喤：乐曲洪亮。

## 潜

本诗是在宗庙献鱼祭祖时所唱的乐歌。鱼作为祭品在古代象征着多子多福，代表了古人在祭祀时的美好心愿。

猗与漆沮<sup>①</sup>！潜有多鱼<sup>②</sup>，
有鳣有鲔，鲦 鲿 鰋鲤。

以享以祀<sup>③</sup>，以介景福。

【注释】

①猗与：感叹词。漆、沮：在镐京附近的两条河流。②潜：应作涔，将木材堆在水里供鱼在其中生活，这样可以保证鱼的鲜活，又不会让它逃走。③享：祭献。

鳣即鲟鳇鱼，是白垩纪时期就已经出现的古生物，有水中"活化石"之称，鲟鳇鱼体重可达 1000 公斤，是我国淡水鱼类中体重最大的。

鲦

　　鲦即白鲦，是常见的淡水鱼，生活于河流、湖泊中，喜欢群集在水面游动，以群体中的强者为首领，首领游向何方，其他的鲦鱼就跟到那里。

　　鳢即鲶鱼，常见的食用鱼，肉质细嫩，营养丰富，属于比较珍贵的优秀食用鱼。

# 雍

这是一首反映在祭祀活动完毕，人们将祭品撤走后，进行演奏的一首乐曲，内容是周天子对父母的怀念之情。

有来雍雍①，至止肃肃。

相维辟公②，天子穆穆③。

於荐广牡④，相予肆祀。

假哉皇考！绥予孝子⑤。

宣哲维人，文武维后。

燕及皇天，克昌厥后⑥。

绥我眉寿，介以繁祉⑦。

既右烈考⑧，亦右文母⑨。

【注释】

①来：前来助祭的各路诸侯。雍雍：和睦的样子。②相：这里指助祭。辟公：诸侯。③穆穆：举止端庄的样子。④荐：进献。广牡：体型很大的公牛。⑤绥：安抚。⑥厥后：后代。⑦介：保佑。繁祉：福气很大。⑧烈考：先父。⑨文母：拥有文德的母亲。这是对去世的母亲的尊称。

# 载 见

这首诗讲述的是周成王刚即位时，各路诸侯前来朝见新天子，并参加祭祀过程中的部分活动。也有说法认为是反映诸侯首次拜祭武王宗庙的场景。

载见辟王①，曰求厥章。

龙旂阳阳②，和铃央央③。

鞗革有鸧④，休有烈光⑤。

率见昭考，以孝以享。

以介眉寿，永言保之，

思皇多祜。烈文辟公，

绥以多福，俾缉熙于纯嘏⑥。

# 有 客

本诗描述的是周天子热情接待来宾的场景，对后世了解周王朝的外交情况有所帮助。

有客有客①，亦白其马②。

有萋有且（jū），敦琢其旅③。

有客宿宿④，有客信信⑤。

言授之絷（zhí），以絷其马⑥。

薄言追之，左右绥之。

既有淫威，降福孔夷。

【注释】

①客：一般认为指微子，是商朝的后裔，所以属于客。②亦：语气词。白是纯洁的颜色，是对客人骑乘的马的赞美。③敦琢：本意是指对玉石的雕琢，这里引申为选择。④宿宿：两个晚上。⑤信信：连续住上几天。⑥言授之絷，以絷其马：想要用绊马索阻挡住客人的马。意思是挽留客人多住几天。絷：绊马索。

# 武

周武王灭商后，群臣写下《大武》乐章来纪念武王的伟大功绩，分为多个乐章。本诗是其中的一首，主要歌颂武王灭商的武略与此后安定天下的文治功绩。

於皇武王，无竞维烈[1]。

允文文王[2]，克开厥后。

嗣武受之，胜殷遏刘[3]，

zhǐ
耆定尔功[4]。

【注释】

①烈：功绩。②允：诚信。③刘：杀，这里指过多的杀戮。④耆定：成就。

## 闵予小子

本诗是周成王为周武王守孝期满，将要亲政时去宗庙朝拜、祭告先祖时写的诗，表达了自己对父亲的哀思与对自己能否巩固周朝基业的担心。

闵予小子<sup>①</sup>，遭家不造<sup>②</sup>，

嬛嬛在疚<sup>③</sup>。

於乎皇考！永世克孝。

念兹皇祖，陟降庭止。

维予小子，夙夜敬止<sup>④</sup>。

於乎皇王！继序思不忘<sup>⑤</sup>。

【注释】

①闵：可怜。予小子：周成王的自称。②遭：遭遇。不造：不幸。③嬛嬛：孤独忧伤的样子。疚：哀悼悲痛。④敬止：谨慎。止：语气助词。⑤序：通"绪"，指事业。思：语气助词。

# 访 落

这首诗一般认为是周成王祭拜武王的宗庙时，表达自己悔过之心，及祈求先祖和神灵可以护佑自己与江山社稷的想法。

访予落止①，率时昭考②。

於乎悠哉，朕未有艾③。

将予就之，继犹判涣④。

维予小子，未堪家多难。

绍庭上下⑤，陟降厥家⑥。

休矣皇考，以保明其身。

【注释】

①访予落止：在这个时刻来到这里。②率：遵循。昭考：即皇考，这里指武王。③艾：阅历。④判涣：徘徊。⑤绍：一说继承。一说应通"昭"，指列位神灵。⑥陟降：降临。

## 敬 之

这是一首周天子自我告诫的诗，告诫自己要敬畏神明，学习积累治国经验。具体是哪一位周天子已经不可考。

敬之敬之①，天维显思，

命不易哉②！无曰高高在上，

陟降厥士③，日监在兹。

维予小子，不聪敬止。

日就月将④，学有缉熙于光明⑤。

佛时仔肩⑥，示我显德行。
bi

【注释】

①敬：通"警"，警戒。②命不易：赢得天命是不容易的。③陟降厥士：这里指上天对人们的所作所为做出的回应是非常迅速的。④就：成就。将：奉行。⑤缉熙：积累发扬。⑥佛：通"弼"，辅佐。仔肩：责任。

# 小 毖

这是一首周天子在深陷困境时表示愿意悔过的诗。至于是哪位天子因为何事悔过，有争议，一说是成王面对三监之乱所写的诗。本诗用小鸟变大鹰最终引发祸患的比喻，形象说明了做事情不谨慎就可能引发大祸的道理。

予其惩而毖后患①。

莫予荓蜂②，自求辛螫③。

肇允彼桃虫④，拼飞维鸟⑤，

未堪家多难，予又集于蓼⑥。

**【注释】**

①惩：警戒。毖：谨慎。②荓蜂：让蜂螫我。③辛：酸痛。螫：蜂螫人。④肇允：才相信。桃虫：鹪鹩，一种小鸟。⑤拼飞：上下飞翔。⑥蓼：一种味道很辛辣的草，比喻自己陷入困境。

蜂这里指大黄蜂，学名胡蜂，又名马蜂。体大身长，有很强的毒性，雌蜂身上有一根有力的长螯针，可以致人出现过敏反应和毒性反应，严重者可导致死亡，所以不要轻易招惹。

桃虫即鹪鹩，一种小型鸟类，在灌木丛中迅速移动，常从低枝逐渐跃
向高枝，尾巴翘得很高，歌声嘹亮。主要吃各种昆虫。

## 载芟

这是一首周天子在春天进行籍田礼时祭神用的乐歌，用来祈求今年丰收。整首诗意境淳朴，描写了各个阶层的百姓的生活画卷与农业生产的过程，有很高的艺术水平。

载芟载柞①，其耕泽泽②。

千耦其耘③，徂隰徂畛。

侯主侯伯，侯亚侯旅，

侯彊侯以。有嗿其馌④。

思媚其妇，有依其士。

有略其耜，俶载南亩。

播厥百谷，实函斯活。

驿驿其达⑤，有厌其杰⑥。

厌厌其苗，绵绵其麃⑦。

载获济济，有实其积⑧，

万亿及秭。为酒为醴，

烝畀祖妣，不洽百礼。

有饛其香⑨，邦家之光。

有椒其馨，胡考之宁⑩。

匪且有且，匪今斯今，

振古如兹。

**【注释】**

①载：开始。芟：除草。柞：砍树。②泽泽：土壤松散的样子，指春耕犁地。③千耦：很多人一起耕地。④馌：吃饭的样子。馌：饭菜。⑤驿驿：接连不断的样子。⑥厌：禾苗茁壮的样子。杰：这里指发芽早的禾苗。⑦绵绵：茂密的样子。麃：禾苗抽穗。⑧有实其积：粮食丰收堆满了场地。⑨饛：食物的芳香味。⑩胡考：长寿的人。

# 良 耜
（sì）

本诗与上一首《载芟》的内容是对应的，上一篇讲的是春天祭祀社稷神祈求丰收，还有春耕活动，这一首讲的是秋收后祭祀社稷神并表示感恩。

畟畟良耜<sup>①</sup>（cè cè），俶载南亩<sup>②</sup>。

播厥百谷，实函斯活。

或来瞻女，载筐及筥（jǔ），

其饷伊黍<sup>③</sup>。其笠伊纠<sup>④</sup>，

其镈斯赵（bó），以薅荼蓼（hāo liǎo）。

荼蓼朽止，黍稷茂止。

获之挃挃<sup>⑤</sup>（zhì zhì），积之栗栗<sup>⑥</sup>。

其崇如墉<sup>⑦</sup>，其比如栉（zhì），

以开百室。

百室盈止，妇子宁止。

杀时犉牡，有捄其角<sup>⑧</sup>（qiú）。

以似以续，续古之人。

【注释】

①畟畟：耜插入土壤深处耕地的样子。②俶：翻土。载：除草。③饷：送来的食物。④纠：编织。⑤挃挃：收割庄稼的声音。⑥栗栗：众多的样子。⑦崇：高。墉：城墙。⑧捄：牛角弯曲的样子。

蓼

蓼即蓼蓝，是古代最常用的制作蓝色染料的植物，产量高，染色效果好。明代著名科技图书《天工开物》中就有一节专门讲述用蓼蓝制作蓝色染料来染布的技术。此外，蓼蓝还可以入药。

## 丝 衣

这是一首描写在祭祀先祖的祭典举行后的第二天，酬谢那些在祭典上扮演祖先的"尸"举行宴会的场景的诗。古代贵族在祭祀先祖时，会让一位地位较高的嫡系亲属扮演祖先参加祭典，这个人就被称为"尸"。"尸"在祭典中举足轻重，因此在祭祀后要专门答谢他。

丝衣其紑①，载弁俅俅②。

自堂徂基③，自羊徂牛，

鼐鼎及鼒④，兕觥其觩，

旨酒思柔⑤。

不吴不敖，胡考之休。

【注释】

①丝衣：一种祭服。紑：洁白鲜明的样子。②俅俅：恭顺的样子。③堂：庙堂。基：门槛。④鼐：大鼎。鼒：小鼎。⑤柔：酒的口感绵柔。

## 酌

这首诗一般被认为是《大武》中的一个乐章,《大武》是周代著名的乐舞,描绘的是武王兴兵灭商成就功业的过程。这首诗写的是武王的军队的威严。

於铄王师①,遵养时晦②。

时纯熙矣③,是用大介④。

我龙受之⑤,蹻蹻王之造⑥。

载用有嗣,实维尔公允师。

【注释】

①铄:光明而辉煌。②遵:遵循。养:修养。晦:昧,也可以理解为指昏君商纣王。③纯熙:获得了大的光明,这里指伐纣成功。④大介:大的战争。⑤龙:通"宠",这里指上天的恩眷。⑥蹻蹻:勇武的样子。

# 桓

这首诗一般认为是《大武》中的一个乐章，讲述的是伐纣成功后，歌颂武王的功绩与给天下人带来的福祉。

绥万邦<sup>①</sup>，娄丰年<sup>②</sup>。天命匪解。

桓桓武王<sup>③</sup>，保有厥士。

于以四方，克定厥家。

於昭于天，皇以间之<sup>④</sup>。

【注释】

①绥：安定。②娄：屡。③桓桓：威武的样子。④皇：谁。间：取代。

## lài<br>赉

这首诗也是《大武》中的一个乐章，说的是武王继承文王的遗命准备伐纣的故事，展现了一代雄主的胸怀。

文王既勤止[1]，我应受之。

敷时绎思[2]，我徂维求定[3]。

时周之命，於绎思！

【注释】

①勤：勤劳辛苦。止：语气助词。②敷：推广。③徂：这里指前往伐纣。求定：寻求安定。

# 般①

这是一首描写周武王灭商后班师回朝途中，为了感谢神灵庇佑而祭祀山川神灵的诗。

於皇时周！陟其高山，

隋山乔岳②，允犹翕河③。
<small>duò</small>

敷天之下，裒时之对④，
<small>póu</small>

时周之命。

# 颂·鲁颂

　　周成王封周公旦、伯禽于鲁，本来诸侯是不应该有《颂》的，但因为周公对周王室有匡扶社稷的大功，因此周天子特许鲁国有《颂》。现存的四篇《鲁颂》都作于鲁僖公晚年，属于春秋中期作品。

jiǒng
# 駉

本诗是一首赞美鲁僖公组织养马以增强国家实力的诗篇，也是历史上第一篇咏马诗。讲述了各种马匹的形态与颜色，还有其雄壮、剽悍等特点，并从养马进一步引申到人才的培养与选拔，借物喻人，含义深刻。

駉駉牡马①，在坰之野②。

薄言駉者！

有骄有皇③，有骊有黄，以车彭彭。

思无疆，思马斯臧！


駉駉牡马，在坰之野。

薄言駉者！

  zhuī    xīn     pǐ pǐ
有骓有駓④，有骍有骐⑤，以车伾伾⑥。

思无期⑦，思马斯才！


駉駉牡马，在坰之野。

薄言駉者！

     liú luò
有驒有骆⑧，有骝有雒⑨，以车绎绎。

思无斁⑩，思马斯作！

骊骊牡马，在坰之野。

薄言驹者！

有骃有骢<sup>⑪</sup>，有驔有鱼<sup>⑫</sup>，以车祛祛<sup>⑬</sup>。

思无邪，思马斯徂！

# 有 駜
bì

这首诗描写的是鲁国君臣一起宴饮的场景，描写得较为夸张。还写到了为给自己的享乐行为找理由，大臣们还借口日常为公务繁忙而不断奔走，宴饮也是公务的一部分等，可见当时贵族沉迷享乐的可悲现实。

有駜有駜①，駜彼乘黄②。

夙夜在公，在公明明③。

振振鹭，鹭于下。

鼓咽咽④，醉言舞。于胥乐兮！
yān yān

有駜有駜，駜彼乘牡⑤。

夙夜在公，在公饮酒。

振振鹭，鹭于飞。

鼓咽咽，醉言归。

于胥乐兮！

有駜有駜，駜彼乘骃⑥。

夙夜在公，在公载燕。

自今以始，岁其有。

君子有穀，诒孙子。

于胥乐兮！

【注释】

①駜：马肥壮有力量的样子。②乘黄：驾车的四匹黄马。③明明：勤勉的样子。④咽咽：击鼓的声音。⑤乘牡：拉车的四匹公马。⑥骃：铁黑色的马。

馬

　　马是六畜之一，人类驯养马的历史已经有数千年之久。马是古代进行
农业生产、交通运输与军事行动的重要牲畜，也是《诗经》里出现最频繁
的动物之一。

## <ruby>泮<rt>pàn</rt></ruby> 水

本诗是一首赞美鲁国某位国君（一说为鲁僖公）的文治武功的诗。但一般认为这首诗的内容与鲁国的历史对应不上，是一篇基于幻想的阿谀之词。

思乐泮水①，薄采其芹。

鲁侯戾止，言观其旂②。

其旂茷茷，鸾声哕哕。

无小无大③，从公于迈。


思乐泮水，薄采其藻。

鲁侯戾止，其马蹻蹻④。

其马蹻蹻，其音昭昭⑤。

载色载笑，匪怒伊教⑥。


思乐泮水，薄采其茆。

鲁侯戾止，在泮饮酒。

既饮旨酒，永锡难老。

顺彼长道，屈此群丑⑦。

穆穆鲁侯，敬明其德。

敬慎威仪，维民之则。

允文允武，昭假烈祖。

靡有不孝，自求伊祜<sup>hù</sup>⑧。

明明鲁侯，克明其德。

既作泮宫，淮夷攸服。

矫矫虎臣，在泮献馘<sup>guó</sup>⑨。

淑问如皋陶，在泮献囚。

济济多士，克广德心。

桓桓于征，狄彼东南。

烝烝皇皇，不吴不扬⑩。

不告于讻，在泮献功。

角弓其觩，束矢其搜⑪。

戎车孔博，徒御无斁。

既克淮夷，孔淑不逆。

式固尔犹，淮夷卒获。

翩彼飞鸮，集于泮林。

食我桑黮，怀我好音。

憬彼淮夷<sup>⑫</sup>，来献其琛。

元龟象齿，大赂南金<sup>⑬</sup>。

【注释】

　　①泮：环绕泮宫的河流。泮宫为当时各诸侯国的学宫。②旂：这里指象征着国君身份的带有铎与龙图案的旗帜。③无小无大：不计较身份的高低尊卑。④跻跻：马强壮的样子。⑤音：鲁国国君说话的声音。昭昭：明快而响亮的声音。⑥匪怒伊教：不是愤怒地斥责，而是温和地教导臣子。⑦屈：收服。群丑：指与鲁国敌对的淮夷。⑧祜：福气。⑨馘：古代打仗时士兵会割下杀死的敌人的左耳作为论功行赏的依据。⑩不吴不扬：不发出很大的声音。⑪角弓其觩，束矢其搜：指战争结束，天下太平，弓箭都不再使用。⑫憬：觉悟的样子。⑬大赂：大块的玉石。

　　芹菜，属于我们日常食用的蔬菜之一。有水芹、旱芹两种，功能相近，旱芹香气较浓，又名"香芹"，我们今天吃的芹菜是在旱芹的基础上栽培出来的。本诗指的是水芹，生长在沟渠边或河边，是常见野菜。

茆即莼菜，莼菜也叫马蹄菜、湖菜等，适合在清水池里生长，嫩叶可供食用，是著名的野菜之一。莼菜本身没有味道，但口感鲜美滑嫩，便于调味，在民间广受欢迎。

桑

　　桑叶是蚕的主要食物，为了养蚕，自古以来，人们都大规模种植桑树。
除了桑叶外，桑葚也是人们很喜欢的水果。

　　龟是现存非常古老的爬行动物，特征为身上有非常坚固的甲壳，受袭
击时多数龟可以把头、尾及四肢缩回龟壳内。龟寿命较长，被古人认为是
长寿的象征，古代多用龟壳来占卜。

## 闷 宫

　　这是一首鲁国的公子子鱼为鲁僖公修建宗庙时写下的诗，是《诗经》里篇幅最长的诗，也是我国最早专门吟咏宫廷建筑的诗。

闷宫有侐<sup>xù</sup>①，实实枚枚②。

赫赫姜嫄，其德不回③。

上帝是依，无灾无害，

弥月不迟。

是生后稷，降之百福。

黍稷重穋，稙稚菽麦④。

奄有下国，俾民稼穑。

有稷有黍，有稻有秬。

奄有下土，缵禹之绪⑤。

后稷之孙，实维大王⑥。

居岐之阳，实始翦商。

至于文武，缵大王之绪。

致天之届，于牧之野。

"无贰无虞，上帝临女。"

敦商之旅，克咸厥功。

王曰："叔父⑦，建尔元子，

俾侯于鲁。大启尔宇，

为周室辅。"

乃命鲁公[8]，俾侯于东。

锡之山川，土田附庸。

周公之孙，庄公之子[9]。

龙旂承祀，六辔耳耳。

春秋匪解<sup>xiè</sup>，享祀不忒：

皇皇后帝，皇祖后稷。

享以骍牺<sup>xīn</sup>[10]，是飨是宜，

降福孔多。

周公皇祖，亦其福女<sup>rǔ</sup>。


秋而载尝，夏而楅衡<sup>bì háng</sup>[11]。

白牡骍刚，牺尊将将<sup>qiāng qiāng</sup>。

毛炮胾羹<sup>páo zì gēng</sup>[12]，笾豆大房<sup>biān</sup>。

万舞洋洋，孝孙有庆。

俾尔炽而昌，俾尔寿而臧。

保彼东方，鲁邦是常。

不亏不崩，不震不腾。

三寿作朋，如冈如陵。

公车千乘，朱英绿縢。

二矛重弓，公徒三万，

贝胄朱绶，烝徒增增。

戎狄是膺，荆舒是惩。

则莫我敢承。

俾尔昌而炽！俾尔寿而富！

黄发台背，寿胥与试。

俾尔昌而大！俾尔耆而艾！

万有千岁，眉寿无有害。


泰山岩岩，鲁邦所詹。

奄有龟蒙，遂荒大东。

至于海邦，淮夷来同。

莫不率从，鲁侯之功。


保有凫绎，遂荒徐宅。

至于海邦，淮夷蛮貊。

及彼南夷，莫不率从。

莫敢不诺，鲁侯是若。

天锡公纯嘏，眉寿保鲁。

居常与许，复周公之宇。

鲁侯燕喜，令妻寿母。

宜大夫庶士，邦国是有。

既多受祉，黄发儿齿。

徂徕之松，新甫之柏。

是断是度，是寻是尺。

松桷有舄⑬，路寝孔硕⑭，

新庙奕奕。奚斯所作，

孔曼且硕⑮，万民是若⑯。

**【注释】**

①閟宫：神宫，这里指供奉周人始祖后稷的母亲姜嫄的庙宇。有侐：清静的样子。②实实枚枚：形容建筑宽敞而设计精巧。③不回：品行端正。④稙稚：庄稼种植的先后顺序。⑤缵禹之绪：继承大禹的事业。⑥大王：指太王，周文王的祖父。⑦王：指周成王。叔父：指周公。⑧鲁公：指周公之子伯禽，周公受封于鲁，但因为要辅佐成王没有去封国，由其子伯禽就封。⑨庄公之子：指鲁僖公。⑩骍牺：将红色的牛作为牺牲。⑪楅衡：绑在牛角上的横木。古代在将某一头牛选为祭祀的祭品后，就要在其角上绑横木以免出现损伤（因为祭品的品相必须完好）。⑫毛炰：这里指烧熟的小猪。菆羹：肉片汤。⑬桷：方正的椽子。有舄：粗大的样子。⑭路寝：正室。⑮曼：长。硕：大。⑯若：顺从。

# 颂·商颂

　　《商颂》是商朝及周朝时期的宋国（宋国国君为殷商后裔）的诗歌，共有五篇。前三篇《那》《烈祖》《玄鸟》是祭祀商朝先祖的乐歌，应该是商朝时期创作的。后两篇《长发》《殷武》是歌颂商高宗武丁伐荆楚的功迹，一般认为创作于春秋时期。

<sup>nuó</sup>
# 那

本篇是《商颂》之首，是殷商的后裔宋国国君祭祀先祖成汤的乐歌。这首诗略显杂乱，应当是在流传过程中出现了较多的错漏，但也能从中看出当时祭祀先祖场景的盛大。

猗与那与①！置我鞉鼓。

奏鼓简简②，衎我烈祖。

汤孙奏假③，绥我思成④。

鞉鼓渊渊，嘒嘒管声。

既和且平，依我磬声⑤。

於赫汤孙！穆穆厥声。

庸鼓有斁，万舞有奕⑥。

我有嘉客，亦不夷怿<sup>yì</sup>⑦。

自古在昔，先民有作⑧。

温恭朝夕，执事有恪。

顾予烝尝，汤孙之将⑨。

【注释】

①猗与那与：多么美好而盛大的场景。②简简：鞉鼓发出的巨大声响。③汤孙：指成汤的子孙。④绥：赐予。思：语气助词。成：福。⑤依我磬声：指奏乐时有磬声伴奏。⑥有奕：舞蹈场面盛大的样子。⑦夷怿：喜悦。⑧先民：祖先。⑨将：烹飨。

# 烈　祖

这首诗与上一首应当是同宗同源的，都是与宋国国君祭祀祖先的场景有关的诗。区别在于上一首主要讲祭祀时的音乐，这一首侧重于祭祀时的食品。

嗟嗟烈祖①，有秩斯祜②。

申锡无疆③，及尔斯所。

既载清酤④，赉我思成。

亦有和羹，既戒既平。

鬷假无言⑤，时靡有争。

绥我眉寿，黄耇无疆。

约軧错衡，八鸾鸧鸧⑥。

以假以享，我受命溥将⑦。

自天降康，丰年穰穰⑧。

来假来飨，降福无疆。

顾予烝尝，汤孙之将。

【注释】

①嗟嗟：赞叹的语气助词。烈祖：有功业的先祖。②有秩：浩大的样子。祜：福气。③申锡：一再赐予。④载：往杯里倒酒。⑤鬷假无言：默默祈祷。⑥鸧鸧：铃铛的响声。⑦溥将：大而长。⑧穰穰：粮食丰收的样子。

　　青鸾又名鸾鸟、青鸟等，是古代中国神话传说中凤凰一类的鸟，后世常将其看作西王母的象征，有时也指代信使。由于人们认为铃铛声近似鸾鸟的鸣叫声，故而铃铛也叫鸾铃。

## 玄 鸟

商朝在建立后经历过几次兴旺，也经历过数次衰败，最后一次中兴是在商高宗武丁时期，因此商朝后裔很重视对武丁的祭祀。这首诗就是祭祀武丁的乐歌。这首诗从介绍商朝的源流开始讲起，概述殷商的诸位祖先的功绩，并最终专门突出了武丁的地位与功绩，也是《诗经》里的名篇。

天命玄鸟，降而生商①，

宅殷土芒芒。

古帝命武汤②，正域彼四方。


方命厥后，奄有九有③。

商之先后，受命不殆，

在武丁孙子。

武丁孙子，武王靡不胜。


龙旂十乘，大糦是承④。

邦畿千里，维民所止，

肇域彼四海⑤。

四海来假，来假祁祁。

景员维河，殷受命咸宜⑥，

百禄是何⑦。

【注释】
　　①天命玄鸟，降而生商：相传商的始祖契的母亲简狄在河边沐浴时，看到玄鸟
衔卵飞过，见卵很好看，就吞了下去，随后怀孕生下了契。②古帝：天帝。武汤：
即商朝开国之君成汤。③九有：九州，代指天下。④糦：酒食。⑤域：统治。四海：
天下。⑥咸：都。宜：适宜。⑦百禄：各种福气。何：承受。

燕

　　玄鸟即燕子，是常见的候鸟，在古代，燕子有象征爱情、象征时事变
迁等多重文化寓意。许多古诗文中都有关于燕子的描写。

# 长 发

本诗是描述殷商后人在进行祫祭时的场景，祫祭是将所有先祖的牌位都集中于太庙进行大规模合祭的仪式。这首诗从始祖契的母亲简狄说起，重点讲述商汤的功绩。

濬哲维商①！长发其祥②。

洪水芒芒！禹敷下土方③。

外大国是疆，幅陨既长④。

有 娀 方将⑤，帝立子生商。
（sōng）

玄王桓拨⑥！受小国是达；

受大国是达。

率履不越，遂视既发。

相土烈烈，海外有截。

帝命不违，至于汤齐。

汤降不迟，圣敬日跻⑦。

昭假迟迟，上帝是祗，

帝命式于九围⑧。

受小球大球，为下国缀旒<sup>⑨</sup>。

何天之休。不竞不绒，

不刚不柔。

敷政优优，百禄是遒。


受小共大共，为下国骏庞<sup>⑩</sup>，

何天之龙。敷奏其勇。

不震不动，不戁不竦，

百禄是总。


武王载斾，有虔秉钺。

如火烈烈，则莫我敢曷。

苞有三蘖，莫遂莫达。

九有有截，韦顾既伐，

昆吾夏桀。

昔在中叶，有震且业。

允也天子！降予卿士，

实维阿衡<sup>⑪</sup>，实左右商王<sup>⑫</sup>。

【注释】

①濬哲：有大智慧。②长：久远。发：兴起、兴旺。祥：好的征兆。③敷：治理。下土方：天下。④幅陨：疆域范围。⑤有娀：指简狄为有娀氏之女。将：指长大。⑥玄王：商的始祖契。桓拨：英明。⑦跻：升。⑧九围：九州，代指天下。⑨缀旒：表率。⑩骏庞：厚德贤能的国君。⑪阿衡：指贤臣伊尹。⑫左右：辅佐。

## 殷　武

这首诗是赞美商高宗武丁中兴殷商功绩的祭祀之歌，强调了上天给予武丁的恩赐与他的显赫功绩。

挞彼殷武<sup>①</sup>，奋伐荆楚。

罙　入其阻<sup>②</sup>，裒荆之旅。
shēn　　póu

有截其所<sup>③</sup>，汤孙之绪<sup>④</sup>。


维女荆楚，居国南乡。

昔有成汤，自彼氐羌<sup>⑤</sup>，

莫敢不来享<sup>⑥</sup>，莫敢不来王。

曰商是常<sup>⑦</sup>。


天命多辟，设都于禹之绩。

岁事来辟<sup>⑧</sup>，勿予祸适，
shì

稼穑匪解。


天命降监，下民有严<sup>⑨</sup>。

不僭不滥<sup>⑩</sup>，不敢怠遑。

命于下国，封建厥福。

商邑翼翼，四方之极<sup>⑪</sup>。

赫赫厥声，濯濯厥灵。

寿考且宁，以保我后生。


陟彼景山，松柏丸丸。

是断是迁，方斫是虔。

松桷有梴<sup>jué</sup>，旅楹有闲<sup>⑫</sup>，

寝成孔安。

【注释】
①挞：勇武的样子。殷武：指武丁。②罙："深"的本字。阻：险阻。③截：治理。④汤孙之绪：这是商汤子孙的功绩。⑤氐羌：古代西部的两个游牧民族。⑥享：进贡。⑦常：崇尚。⑧辟：诸侯。⑨严：敬。⑩僭：差错。⑪极：准则。⑫旅楹：排列的楹柱。闲：空旷宽敞的样子。

松

　　松树是北半球最重要的森林树种，几乎遍布整个北半球，并往往形成浩瀚的林海，因此松树被誉为"北半球森林之母"。在中国，从皇家古典园林到街路道旁都能见到松树的身影，也因为其耐寒耐旱、四季常青的特性，与梅、竹并称为"岁寒三友"。

柏

　　柏树与松树类似，都是四季常青的植物，木材坚实耐用，是建筑、车船、桥梁、家具和器具等常用的木材。柏木的枝叶、树干等都可提炼精制柏木油，是很好的化工原料。